Né à Stockholm le 3 février 1948, Henning Mankell a passé son enfance dans le Härjedalen (nord de la Suède). Romancier, essayiste engagé, auteur de pièces de théâtre et d'ouvrages pour la jeunesse, il partageait son temps entre son pays et le Mozambique, où depuis 1996 il dirigeait à Maputo la troupe du théâtre Avenida, « la passion de sa vie ». Il avait d'ailleurs écrit ses premiers textes pour le théâtre à l'âge de dix-neuf ans. Mais ce sont ses romans policiers, traduits dans une trentaine de langues, qui lui valent une immense célébrité. De nombreux prix littéraires – Grand Prix de l'Académie suédoise, Deutsche Krimi-Preis allemand, CWA Gold Dagger anglais, prix Mystère de la critique, prix Calibre 38 et Trophée 813 en France – ont récompensé la série d'enquêtes menées par Kurt Wallander et son équipe du commissariat d'Ystad, en Scanie. Henning Mankell est l'auteur tout aussi remarqué de dix romans qui ont trait à l'Afrique, à des questions de société et aux mystères de l'âme humaine, notamment *Les Chaussures italiennes*, qui ont enthousiasmé les lecteurs. Il est décédé en octobre 2015.

Henning Mankell

COMÉDIA INFANTIL

ROMAN

Traduit du suédois
par Agneta Ségol et Pascale Brick-Aïda

Éditions du Seuil

TEXTE INTÉGRAL

TITRE ORIGINAL
Comédia Infantil
ÉDITEUR ORIGINAL
Ordfront Förlag, Stockholm

Cette traduction est publiée en accord avec Ordfront Förlag, Stockholm
et l'agence littéraire Leonhardt & Høier, Copenhague

ISBN 978-2-7578-5886-8
(ISBN 2-02-036766-1, 1re publication)

L'être humain a deux yeux ;
l'un ne voit que l'éphémère,
l'autre l'éternel et le divin.

ANGELUS SILESIUS

Si c'est celui-ci le meilleur des mondes possibles,
que sont donc les autres ?

VOLTAIRE, *Candide*

Quand les abîmes n'étaient pas,
j'ai été enfantée,
quand n'étaient pas
les sources profondes des eaux.

LE LIVRE DES PROVERBES (8,24) [1]

1. TOB, les Éditions du Cerf *[NdT]*.

José Antonio Maria Vaz

Moi qui porte le nom de José Antonio Maria Vaz, j'attends la fin du monde debout sur un toit en terre rouge brûlée par le soleil. La nuit sous le ciel étoilé des Tropiques est suffocante et humide. Je suis sale et fiévreux. Mes vêtements en lambeaux semblent vouloir se détacher de mon corps décharné. J'ai de la farine dans mes poches et elle est pour moi plus précieuse que l'or. Il y a un an, j'étais encore quelqu'un, j'étais boulanger, alors qu'à présent je ne suis plus personne. Je ne suis plus qu'un mendiant qui passe ses journées à errer sous le soleil brûlant, et ses nuits interminables à attendre sur le toit vide d'une maison. Mais les mendiants possèdent aussi leurs signes, qui leur assurent une identité et les distinguent de tous ceux qui exposent leurs mains au coin des rues, comme pour les offrir ou pour vendre leurs doigts, les uns après les autres. José Antonio Maria Vaz est ce miséreux connu sous le nom du Chroniqueur des Vents. Mes lèvres bougent sans relâche, jour et nuit, comme pour raconter une histoire que personne n'a jamais eu le courage d'écouter. J'ai fini par accepter que la mousson venant de la mer soit mon unique auditeur, toujours aussi attentif, patient comme un vieux curé qui attend la fin de la confession.

La nuit, je me réfugie en haut de ce toit abandonné

qui m'offre de l'espace et une vue de la ville dans son ensemble. Les constellations sont muettes et ne m'acclament pas, mais leurs yeux scintillants me donnent l'impression de parler à l'oreille de l'éternité. En penchant la tête, je vois la ville s'étendre, cette ville nocturne avec ses feux nerveux qui dansent et flamboient, et ses chiens invisibles qui ricanent. Je m'émerveille en pensant à tous ceux qui y dorment, respirent, rêvent et aiment pendant que moi, debout sur mon toit, je parle d'une personne qui n'existe plus.

Moi, José Antonio Maria Vaz, je fais aussi partie de cette ville qui s'accroche le long des pentes escarpées au bord de l'estuaire. Les maisons y grimpent comme des singes et le nombre d'habitants augmente tous les jours. Ils viennent à pied des terres inconnues du centre du pays, de la savane et des forêts lointaines et dévastées pour atteindre la côte où est située la ville. Ils s'y installent, manifestement insensibles aux regards hostiles qui se posent sur eux. Personne ne peut dire avec certitude de quoi ils vivent ni comment ils trouvent un toit. Ils se font absorber par la ville et se fondent en elle. Chaque jour apporte son lot d'étrangers chargés de balluchons et de paniers, et parmi eux les femmes noires, grandes et élancées qui portent d'énormes balles d'étoffes sur leur tête au port noble. Je les vois qui avancent, se découpant sur l'horizon comme un alignement de petites taches noires. Il y a de plus en plus de naissances. De nouvelles maisons se construisent à flanc de colline pour ensuite se faire emporter par les eaux quand les nuages deviennent noirs et que les ouragans sont menaçants comme des bandits assoiffés de sang. C'est ainsi que les choses se passent depuis toujours. Nombreux sont ceux qui restent éveillés la nuit en envisageant avec inquiétude l'inéluctable dénouement.

Combien de temps faudra-t-il pour que la ville capitule et se laisse engloutir par la mer ?

Combien de temps faudra-t-il pour que le poids de tous ces gens devienne insupportable ?

Combien de temps faudra-t-il pour que la terre disparaisse ?

Il fut un temps où moi, José Antonio Maria Vaz, je restais éveillé la nuit comme les autres, à me poser les mêmes questions.

Ce n'est plus le cas depuis le jour où j'ai rencontré Nelio, depuis le jour où je l'ai installé sur le toit et que je l'ai vu mourir.

L'inquiétude que je ressentais auparavant a disparu. J'ai fini par comprendre la différence fondamentale qui existe entre avoir peur et s'inquiéter.

Nelio me l'a expliquée, comme il m'a expliqué tant d'autres choses :

– Avoir peur c'est souffrir d'une faim impossible à assouvir, disait-il, alors que s'inquiéter c'est offrir de la résistance à l'inquiétude.

Je me souviens de ses paroles et je sais à présent qu'il avait raison. En contemplant la ville nocturne et les flammes vacillantes des feux, je me remémore tout ce qu'il m'a dit au cours des neuf nuits que j'ai passées en sa compagnie et pendant lesquelles je l'ai vu s'affaiblir et mourir.

Mais le toit représente aussi une part vivante de cette histoire. Comme si je me trouvais au fond de l'eau, comme si j'avais coulé sans pouvoir descendre plus bas, je me retrouve au cœur de ma propre histoire : c'est ici, sur ce toit, que tout a commencé et c'est ici également que tout a pris fin.

Il m'arrive de penser que ma mission consiste justement à me promener éternellement sur ce toit en m'adressant aux étoiles. Ma mission est celle-là, pour l'éternité.

Voici mon histoire, étonnante et, je l'espère, difficile à oublier.

C'était vers la fin novembre, il y a un an. Le ciel était dégagé après les violentes pluies et la lune était pleine le soir où je posai Nelio sur le matelas sale. Là où à l'aube, neuf jours plus tard, il allait mourir. Il avait déjà perdu beaucoup de sang. Les pansements que j'avais réussi à confectionner à partir de mes guenilles n'étaient pas d'un grand secours. Bien avant moi, il sut qu'il n'en avait plus pour longtemps.

Ce fut aussi à ce moment-là que tout a commencé, comme si nous entrions soudain dans une autre époque, une ère nouvelle. Je m'en souviens avec précision, bien qu'il y ait un an de cela et que depuis beaucoup d'autres événements se soient produits dans ma vie.

Je me souviens de la lune dans le ciel noir.

On aurait dit le reflet du visage pâle de Nelio. Des gouttes de transpiration brillaient sur sa peau alors que la vie se retirait de son corps, tout doucement, comme si elle avait peur de réveiller celui qui dormait.

L'aube qui succéda à la neuvième nuit, celle de la mort de Nelio, marque la fin de quelque chose d'important. J'ai du mal à expliquer ce que je veux dire. Mais il m'arrive parfois de me sentir entouré d'un grand vide. Comme si j'étais enfermé dans un espace énorme, délimité par un voile invisible et infranchissable.

Voilà dans quel état j'étais le matin de la mort de Nelio, abandonné de tous, avec moi pour seul témoin.

Quand tout fut terminé, j'ai fait ce qu'il m'avait demandé.

J'ai descendu l'escalier en colimaçon en portant son

corps jusqu'à la boulangerie. Je n'ai jamais pu m'habituer à la chaleur qui y régnait.

J'étais seul à y travailler la nuit. Le grand four était chaud, prêt à recevoir le pain qui apaiserait la faim du lendemain. J'ai poussé son corps à l'intérieur du four, j'ai fermé la porte et j'ai attendu exactement une heure. Il m'avait dit que c'était le temps nécessaire pour que son corps fût entièrement consumé. Quand j'ai ouvert la porte du four, il n'y avait plus rien. Son âme s'était échappée de la chaleur infernale et je l'ai sentie passer devant moi comme un souffle frais. C'était fini.

Je suis retourné sur le toit et j'y suis resté jusqu'à ce que la nuit tombe à nouveau. Là, sous les étoiles et le croissant de lune à peine perceptible, mon visage chagrin caressé par la brise légère de l'océan Indien, j'ai compris que c'était à moi qu'il incombait de raconter l'histoire de Nelio.

Pour la simple raison que personne d'autre ne pouvait le faire. Personne à part moi. Personne.

Et il fallait que cette histoire fût racontée. Il était important qu'elle ne fût pas reléguée dans le débarras qui existe dans chaque cerveau humain, comme une image abandonnée.

La vérité est la suivante : Nelio n'était pas seulement un enfant de la rue pauvre et sale. Il était avant tout un être exceptionnel, insaisissable, énigmatique, une sorte d'oiseau rare dont tout le monde parle mais que personne n'a réellement vu. Il n'avait que dix ans à sa mort, mais il possédait la Sagesse et il avait l'expérience de quelqu'un qui aurait vécu cent ans. Nelio – si toutefois c'était son vrai nom, car il lui arrivait de façon inattendue de se faire appeler autrement – était entouré d'un champ magnétique invisible, impossible à pénétrer. Tout le monde le traitait avec respect – même les policiers brutaux et les commerçants indiens, constamment affairés. Ils étaient nombreux à lui demander conseil ou à chercher discrètement sa compagnie, espérant bénéficier d'un peu de ses forces mystérieuses.

A présent, Nelio est mort.

Submergé par une fièvre profonde et trempé de sueur, il a exhalé son dernier souffle avec difficulté.

Une vague solitaire se répandit sur toutes les mers de la terre, et tout fut terminé. Le silence qui s'ensuivit était effrayant par son vide. J'ai contemplé le ciel étoilé en me disant que plus rien ne serait comme avant.

Je connaissais l'opinion qu'avaient beaucoup de gens et je la partageais : Nelio n'était pas un être humain. C'était un dieu. Un de ces dieux anciens et oubliés qui, par défi ou par témérité, était revenu sur terre pour se glisser dans le corps maigre de Nelio. Et s'il n'était pas un dieu, il était au moins un saint. Un petit saint de la rue.

A présent, il est mort. Disparu.

La petite brise qui caressait mon visage devint subitement froide et menaçante. Je survolai du regard la ville sombre accrochée aux pentes qui descendaient vers la mer. Je vis les feux flamboyants et les rares lampadaires à la lueur desquels dansaient les papillons, et je me dis : c'est ici, parmi nous, que Nelio a vécu pendant un temps très court. Et moi, je suis le seul à connaître toute son histoire. C'est à moi qu'il s'est confié quand il était blessé, quand je l'ai porté en haut du toit et que je l'ai posé sur le matelas d'où il ne s'est jamais relevé.

– Ce n'est pas parce que j'ai peur d'être oublié, me disait-il. C'est pour que vous n'oubliiez pas vous-mêmes qui vous êtes.

Nelio nous rappelait notre identité : des êtres humains

possédant des forces secrètes dont nous ignorons l'existence. Nelio était quelqu'un d'exceptionnel. Sa présence nous donnait, à nous tous, l'impression d'être exceptionnels.

C'était là son secret.

Il fait nuit au bord de l'océan Indien.

Nelio est mort.

Et même si cela peut paraître invraisemblable, il me semble qu'il a affronté la mort sans aucune peur.

Comment se peut-il qu'un enfant de dix ans meure sans manifester le moindre signe de frayeur et qu'il soit ainsi privé de son avenir ?

Je ne le comprends pas. Je ne peux pas le comprendre.

Moi, adulte, je suis incapable d'envisager la mort sans sentir une main glaciale se serrer autour de ma gorge.

Mais Nelio ne faisait que sourire. De toute évidence, il détenait un secret qu'il ne partageait pas avec nous. C'était d'autant plus déconcertant compte tenu de la générosité qu'il montrait pour le peu de choses qu'il possédait, que ce soient les chemises sales en coton indien qu'il portait ou une de ses pensées toujours aussi surprenantes.

Sa mort signifie pour moi la disparition imminente de la terre.

Je me trompe peut-être.

Je suis sur le toit et je pense à la première fois où je l'ai vu, étendu sur le sol maculé, touché par les balles d'un déséquilibré.

Pour mieux me souvenir, je demande à ce petit vent nocturne, léger et doux, qui vient de la mer, de me venir en aide.

Nelio me demandait souvent :

– Sens-tu le goût du vent ?

Je ne savais jamais quoi répondre. Le vent peut-il avoir un goût ?

Nelio le pensait.

– De mystérieuses épices, disait-il – il me semble que c'était la septième nuit –, qui nous parlent d'événements et de gens lointains. Nous ne pouvons les voir mais nous pouvons les sentir en aspirant profondément le vent pour ensuite le consommer.

Nelio était ainsi. Pour lui, le vent était comestible. Pour lui, le vent était capable de calmer la faim.

Maintenant que je m'efforce de me souvenir de ce que j'ai entendu durant les neuf nuits passées aux côtés de Nelio, je me dis que ma mémoire n'est ni meilleure ni moins bonne que celle d'un autre.

Je suis cependant entièrement conscient de vivre à une époque où les gens cherchent à oublier plutôt qu'à se souvenir. Ainsi j'arrive mieux à m'expliquer ma propre peur. En fait, j'attends la disparition de la terre. L'être humain vit pour construire et pour partager ses souvenirs heureux. Mais si nous sommes honnêtes avec nous-mêmes, il nous faut admettre que les temps sont sombres, aussi sombres que la ville qui s'étend à mes pieds. Les étoiles éclairent à contrecœur notre terre délaissée et les souvenirs de nos expériences positives sont si rares que les parties de nos cerveaux, qui leur sont réservées, restent vides et murées.

C'est assez étonnant que je raconte tout cela.

Je ne suis pas quelqu'un de pessimiste. Je ris bien plus souvent que je ne pleure.

Bien que je sois un mendiant vêtu de loques, j'ai gardé le cœur joyeux d'un boulanger.

Je réalise que j'ai du mal à formuler ce que je veux dire. Quelqu'un comme moi, qui a fait du pain dans une boulangerie surchauffée et étouffante dès l'âge de six ans, manie mal les mots.

Je ne suis jamais allé à l'école. J'ai appris à lire dans de vieux journaux déchirés, souvent si vieux que la ville y portait encore son nom colonial. J'ai appris la lecture en attendant que le pain cuise. C'est le vieux chef boulanger Fernando qui me l'a enseignée. Je revois encore toutes les nuits où il criait et m'injuriait à cause de ma paresse.

– Ce ne sont pas les lettres et les mots qui viennent vers l'homme, soupirait-il. C'est l'homme qui doit aller vers eux.

Mais j'ai fini par apprendre. J'ai appris à côtoyer les mots, même en gardant un peu mes distances et en ayant le sentiment permanent de ne pas être tout à fait à la hauteur.

Les mots restent pour moi des étrangers. Du moins quand je cherche à exprimer ce que je ressens ou ce que je pense. Mais il faut que j'essaie. Je ne peux plus attendre. Un an s'est déjà écoulé.

Je n'ai pas encore parlé du sable d'un blanc aveuglant, ni des palmiers bruissants, ni des requins qu'on voit parfois au large de la jetée rongée par les intempéries.

Je le ferai plus tard.

Maintenant je vais vous parler de Nelio, l'exceptionnel. De celui qui est arrivé de nulle part. De celui qui a élu domicile dans une statue oubliée sur une des places de la ville.

Et c'est justement par là que je vais commencer mon histoire.

Tout commence par le vent, ce vent mystérieux et attirant, qui souffle sur notre ville et qui vient de l'océan Indien en perpétuel mouvement.

Moi, José Antonio Maria Vaz, seul sur le toit, sous le ciel étoilé des Tropiques, j'ai une histoire à raconter.

La première nuit

Lorsque les coups retentirent, cette nuit fatale où je trouvai Nelio baignant dans son sang, cela faisait déjà de nombreuses années que je travaillais dans la boulangerie de cette femme à moitié folle qu'était Dona Esmeralda. Personne n'avait résisté aussi longtemps que moi.

Dona Esmeralda, connue dans la ville entière, était quelqu'un d'incroyable. Ceux qui ne l'admiraient pas en secret la jugeaient folle. Lorsque Nelio gisait mourant sur le toit de sa boulangerie, à son insu, elle avait déjà plus de quatre-vingt-dix ans. D'aucuns prétendaient qu'elle avait dépassé la centaine, mais personne ne pouvait l'affirmer avec certitude. L'absence de certitude était d'ailleurs la seule chose dont on fût réellement certain à son sujet. Elle paraissait avoir toujours existé. Son destin se confondait avec celui de la ville et sa fondation. Personne ne se souvenait de l'avoir connue jeune. Depuis toujours elle avait quatre-vingt-dix ans, ou bien cent. Depuis toujours elle conduisait sa vieille voiture, capote baissée, à toute allure, tantôt d'un côté de la rue, tantôt de l'autre. Depuis toujours ses robes étaient confectionnées dans de la soie légère et ses chapeaux étaient noués sous son menton ridé à l'aide de larges rubans. Mais bien qu'elle eût toujours été très âgée, on continuait à expliquer aux étrangers qui avaient réussi à échapper de justesse à sa course folle qu'elle était la fille cadette du célèbre gouverneur de la ville, Dom Joaquim Leonardo dos Santos. Celui-ci avait au cours de sa vie outrancière rempli la ville d'un nombre incalculable de statues équestres installées sur les différentes places. Un tas d'histoires circulaient à son sujet, surtout à propos des nombreux enfants illégitimes qu'il avait laissés derrière lui. De son épouse, Dona Celestina aux allures d'oiseau, il avait eu trois filles, dont Esmeralda qui était celle qui lui ressemblait le plus, si ce n'était physiquement, au moins dans sa manière d'être. Dom Joaquim descendait d'une des familles de colonisateurs les plus anciennes, venues de l'autre côté des mers au milieu du siècle précédent. En peu de temps, elle était devenue l'une des plus influentes du pays. Les frères de Dom Joaquim avaient affermi leur situation comme prospecteurs de pierres précieuses dans les provinces lointaines, chasseurs de grands fauves, ou encore comme prélats ou militaires. Dom Joaquim lui-même avait, très jeune, choisi de s'engager dans le milieu trouble de la politique communale. Le pays étant dirigé comme une province depuis l'autre côté des océans, les gouverneurs locaux étaient quasiment omnipotents puisque incontrôlables. Les rares fois où les soupçons étaient trop évidents, des représentants du gouvernement furent envoyés pour vérifier les activités de l'administration coloniale. Il était arrivé à Dom Joaquim de lâcher des serpents dans leurs bureaux, et aussi d'installer des percussionnistes déchaînés dans une maison voisine. Les envoyés, rendus fous, s'étaient enfermés dans un grand silence et avaient préféré déguerpir par le premier bateau en partance pour l'Europe. Leurs rapports étaient toujours rassurants : tout allait pour le mieux dans la colonie.

Cette conclusion était d'ailleurs appuyée par les petits sacs en tissu garnis de pierres précieuses que Dom Joaquim leur glissait dans la poche en les accompagnant sur le quai pour leur dire adieu.

Dom Joaquim avait tout juste dépassé vingt ans quand il fut élu gouverneur de la ville pour la première fois. Son adversaire, un vieux colonel aimable et naïf, se vit obligé de se retirer de la campagne électorale : le bruit courait que c'était un ancien repris de justice. Il aurait commis des crimes (que l'on ne précisait pas) dans sa jeunesse, quand il vivait encore de l'autre côté des océans. Cette rumeur avait été lancée avec beaucoup d'habileté par Dom Joaquim. Bien que les accusations soient fausses, le colonel décida de ne pas se présenter, conscient qu'il lui était impossible de les démentir. Comme à chaque élection, la condition fondamentale de l'organisation était la fraude électorale et Dom Joaquim fut élu avec une majorité qui dépassait largement le nombre d'électeurs inscrits sur les listes. Le point fort de son programme était de vouloir augmenter sensiblement les jours fériés locaux. Il tint sa promesse sans tarder, dès son installation et immédiatement après sa première sortie sur le perron de la résidence du gouverneur, coiffé du tricorne empanaché, symbole de sa dignité nouvellement et démocratiquement acquise. La première mesure que prit Dom Joaquim en tant que gouverneur fut la construction d'un balcon sur la façade de la résidence, destiné à servir lors de ses discours au peuple. Dès son élection, il veilla attentivement à ce que personne ne pût le défier et pendant les soixante années qui suivirent, il fut réélu avec une majorité croissante, bien que la population durant cette période diminuât de façon significative. A la fin de sa vie, ses apparitions officielles avaient cessé depuis bien longtemps. Très diminué, il avait sombré dans les brumes de la vieillesse au point d'être parfois convaincu qu'il était déjà mort, si bien qu'il passait ses nuits dans un cercueil posé à côté de son grand lit à l'intérieur du Palais. Personne n'osa cependant remettre en question le fait qu'il poursuivît sa fonction. Il était craint par tous. Finalement on apprit sa mort : on l'avait trouvé à moitié sorti de son cercueil, comme s'il avait cherché à ramper jusqu'au balcon pour contempler une dernière fois la ville rendue méconnaissable par ses nombreuses années de pouvoir. Ce ne fut qu'au bout de quelques jours, quand la chaleur torride eut rendu la puanteur insupportable, que l'on osa intervenir.

Dona Esmeralda était à l'image de Dom Joaquim. Lorsqu'elle fonçait à travers la ville au volant de sa voiture décapotable, elle voyait partout les statues imposantes qui encombraient les places et qui lui rappelaient son père. Dom Joaquim avait toujours été attentif à la moindre agitation ou manifestation révolutionnaire dans le pays. Il avait très tôt constitué une police secrète, dont l'existence n'avait rien d'officiel mais que personne n'ignorait. Son unique mission était de se mêler au peuple pour déceler les foyers d'opposition. Quand une révolution dans un pays voisin détrônait les despotes en place et les jetait en prison, les forçait à l'exil ou bien les fusillait, Dom Joaquim agissait toujours très rapidement en faisant une offre substantielle pour acquérir les statues renversées par la population en fureur. Il les faisait ensuite transporter jusqu'à sa ville par bateau et par camion. Une fois les anciennes inscriptions effacées, il ordonnait que son propre patronyme y soit gravé. Sa famille n'étant constituée que de simples paysans venus des plaines de l'Europe du Sud, il s'était tout bonnement et sans aucun scrupule inventé un arbre généalogique tout neuf. C'est ainsi que la ville s'était remplie de statues d'anciens chefs d'armée issus d'une dynastie qui n'avait jamais existé. Étant donné la fréquence des révolutions dans les pays voisins, les arrivages de statues étaient si importants qu'il avait été obligé d'aménager de nouvelles places pour pouvoir les installer. A sa mort, le plus petit emplacement libre était surchargé de monuments anglais, allemands, français et portugais représentant des généraux, des penseurs et des explorateurs avec lesquels Dom Joaquim, dans son imagination inépuisable, avait enrichi son passé familial.

Sa fille, l'éternelle nonagénaire Esmeralda, s'efforçait de trouver un sens à sa propre vie. Dans sa quête tourmentée, elle passait fatalement devant tous ces souvenirs. Elle avait été mariée quatre fois, mais jamais plus d'un an, soit parce qu'elle s'ennuyait, soit parce que les hommes qu'elle avait choisis s'étaient sauvés, effrayés par son tempérament violent. Elle n'avait jamais eu d'enfants bien qu'on la soupçonnât d'avoir un fils caché qui, à l'instar de son grand-père, apparaîtrait un jour pour se faire élire gouverneur. Mais aucun fils ne s'était montré et Dona Esmeralda avait continué sa recherche incessante de cette chose indéfinissable dont elle ignorait la nature.

C'est à cette période de l'histoire de la ville, que l'on pourrait appeler « l'époque de Dona Esmeralda », que la guerre coloniale finit par atteindre également ce pays, un des tout derniers du continent africain. Des jeunes gens qui avaient décidé de faire leur devoir historique et incontournable voulurent libérer leur pays d'une puissance coloniale de plus en plus affaiblie. Ils franchirent la frontière nord et pénétrèrent sur le territoire de leurs voisins qui avaient déjà rejeté leur passé, installé leurs propres bases militaires et fondé leurs propres universités. Quand ils jugèrent le moment opportun, ils en revinrent, chargés d'armes cette fois et pleins d'assurance.

La guerre commença un sombre soir de septembre, déclenchée par la balle qu'un *chefe de posto* local avait reçue dans le pouce. Le tireur était un soldat révolutionnaire de dix-neuf ans. Plus tard, il deviendrait le premier chef des forces armées du pays indépendant. Au bout de cinq années de combats, le pays de l'autre côté des mers n'avait toujours pas voulu admettre qu'une situation nouvelle était en train de s'établir. La propagande, devenue de plus en plus évidente, traitait les membres de l'armée révolutionnaire de terroristes égarés et encourageait la population à tirer l'oreille à ces *criminosos* fourvoyés plutôt qu'à écouter leur discours malveillant sur l'ère et le monde nouveaux qui les attendaient. La puissance coloniale fut cependant progressivement obligée de convenir que ces jeunes hommes étaient extrêmement déterminés et que la population déloyale avait visiblement déjà choisi son camp. Une armée coloniale fut rapidement expédiée par bateau et l'on se mit à lâcher des bombes au hasard sur des cibles que l'on supposait être les bases des libérateurs révolutionnaires. Sans vraiment s'en rendre compte, on allait ainsi d'échec en échec. Ceux qui étaient venus coloniser le pays refusèrent jusqu'au bout de voir la réalité en face. Même lorsque les jeunes révolutionnaires encerclèrent la capitale et qu'ils se trouvèrent à deux pas des quartiers de la population noire, les colonisateurs blancs continuèrent à administrer et à planifier un avenir qui n'allait jamais voir le jour.

Ce n'est qu'après, quand la défaite fut définitive, que l'on découvrit les longues rangées de pierres blanches alignées dans le cimetière. C'est là que reposaient les jeunes garçons, de dix-huit, dix-neuf ans, qui avaient traversé la mer pour participer à une guerre qu'ils ne comprenaient pas et pour tuer des soldats qu'ils n'avaient même pas vus. Le chaos s'installa dans la ville, beaucoup de colonisateurs prirent la poudre d'escampette, laissèrent leurs maisons, leurs voitures, leurs jardins, leurs chaussures, leurs maîtresses noires, se piétinèrent dans le hall des départs de l'aéroport ou se battirent pour avoir une place dans les navires qui s'apprêtaient à quitter le port. Les plus prévoyants avaient échangé leur argent et leurs biens contre des pierres précieuses, qu'ils portaient dans des petites pochettes en tissu cachées sous leurs chemises, trempées de sueur. Les autres quittèrent le pays en abandonnant ce qu'ils possédaient et en maudissant les révolutionnaires iniques qui leur avaient tout pris.

Même si Dona Esmeralda ne s'était jamais intéressée à la politique et bien qu'elle eût à l'époque au moins quatre-vingts ans, elle avait compris très tôt, probablement de façon intuitive, que les jeunes révolutionnaires allaient gagner la guerre. Effectivement une nouvelle ère s'annonçait et il fallait qu'elle choisît son camp. Elle avait réalisé sans aucun mal qu'elle était de leur côté et était fermement décidée à combattre, avec enthousiasme et colère, la pesante bureaucratie qui semblait constituer l'unique bien que le pouvoir colonial eût à offrir à sa province lointaine. Elle se coiffa de son chapeau le plus foncé, peut-être dans l'idée de camoufler ses intentions traîtresses, et se dirigea vers le nord au volant de sa voiture. Elle passa devant une série de barrages militaires où l'on essaya en vain de lui faire faire demi-tour, en l'avertissant qu'elle entrait dans des zones contrôlées par des révolutionnaires sanguinaires qui lui confisqueraient la voiture et lui arracheraient son chapeau pour ensuite l'égorger. Comme elle poursuivit son chemin sans y prendre garde, on la crut folle, et c'est de là que naquit cette réputation qui désormais ne la quitta plus.

Il est vrai qu'elle fut arrêtée par les jeunes révolutionnaires, mais ils ne lui arrachèrent pas son chapeau pas plus qu'ils ne l'égorgèrent. Bien au contraire : ils la traitèrent avec un aimable respect. A l'un des barrages, un commandant local lui demanda d'expliquer pour quelle raison elle voyageait seule dans sa grande voiture. Elle lui répondit brièvement qu'elle avait l'intention de s'enrôler dans l'armée révolutionnaire et sortit de son sac à main un vieux pistolet de cavalier, qui avait appartenu à son père. Le jeune commandant s'appelait Lorenzo. Plus tard il tomberait en disgrâce à cause de sa concupiscence et de son goût pour les femmes des autres. Il la dirigea vers un autre barrage situé dans le bush à une centaine de kilomètres, devant un officier plus haut placé et plus à même de prendre une décision la concernant. Cet homme, qui se nommait Marcelino, était colonel dans l'armée révolutionnaire et connaissait bien le vieux gouverneur Dom Joaquim. Il accueillit Dona Esmeralda, lui proposa de remplacer son chapeau voyant par une casquette militaire et se chargea personnellement de lui inculquer les valeurs idéologiques auxquelles adhéraient complètement les forces révolutionnaires. Il envoya ensuite Dona Esmeralda dans un hôpital de campagne où il pensait qu'elle serait plus utile. Sous la direction de quelques médecins cubains, elle put en peu de temps participer à des interventions délicates, et elle y resta jusqu'à la fin de la guerre coloniale. Lorsque finalement les nouveaux leaders firent leur entrée triomphale dans la ville, la population découvrit avec stupeur que la fameuse voiture, qui avait été absente des rues un certain nombre d'années, était de retour. A son volant se trouvaient Dona Esmeralda et, à l'arrière, l'un des chefs militaires, debout pour saluer le peuple. Pendant la confusion enivrante qui suivit la libération, le nouveau Président lui demanda quel rôle elle souhaitait jouer dans la transformation révolutionnaire qui commençait à s'opérer dans l'ancienne société.

– Je veux fonder un théâtre, répondit-elle sans hésitation.

Le Président essaya de la convaincre qu'il y avait des tâches dont la portée révolutionnaire était bien plus importante, mais en vain. Rien ne la fit changer d'avis. Il promulgua alors un décret, confirmé ultérieurement par le ministre de la Culture, qui nomma Dona Esmeralda responsable de l'unique théâtre de la ville.

Et ce fut le début de la nouvelle ère.

Dona Esmeralda était tellement préoccupée par son changement d'existence qu'elle ne s'aperçut pas que les statues, si chèrement acquises par son père lors de la chute des différentes dictatures, étaient à nouveau renversées puis transportées dans une vieille forteresse où elles étaient livrées à l'oubli ou fondues. La ville, qui jusqu'alors avait porté l'empreinte de sa famille réinventée, se modifia sans qu'elle le remarquât. Dona Esmeralda elle-même consacra tout son temps à son théâtre sombre et délabré, si longtemps laissé à l'abandon. C'était devenu un véritable bourbier : la puanteur y était insupportable et les rats, gros comme des chats, régnaient en maître sur la scène où pourrissaient les vieux décors.

Animée par une énergie furieuse, Dona Esmeralda se mit à l'œuvre en déclarant la guerre aux rats et à l'odeur tenace. Elle se lança par la suite dans une offensive acharnée qui avait pour seul but la renaissance du théâtre, échoué dans la boue tel un bateau naufragé. Tous ceux qui l'observèrent pendant cette période déclarèrent que la folie de Dona Esmeralda était à son comble. On affirma avec dégoût et un certain mépris qu'elle se consacrait à un travail parfaitement inutile, le pire des péchés pour un être humain. Parfois elle réussissait à se faire aider par des jeunes qui étaient aussi désœuvrés qu'ignorants dans le domaine du théâtre. Dona Esmeralda tentait de leur expliquer que c'était comme du cinéma sans projecteur. Elle leur faisait miroiter la possibilité de tester un jour leur talent sur la scène, encore à moitié submergée par les eaux sales. Elle arrivait ainsi à obtenir qu'ils déblayent les décors pourris et qu'ils remontent leurs jupes et leurs pantalons pour chasser les rats à l'aide de bâtons, en pataugeant dans la boue.

Au bout de six mois, elle avait reconquis la scène et la salle de spectacle avec ses sièges cassés en plastique rouge. Elle avait fini également par remettre en état les câbles électriques. Ce fut un grand moment quand elle alluma la lumière pour la première fois. Deux projecteurs, vieux de trente ans, explosèrent immédiatement, dans un bruit assourdissant. Cela sonna comme une salve d'honneur aux oreilles de Dona Esmeralda. Elle eut enfin une idée précise de son théâtre et ce qu'elle vit la conforta dans sa décision, dont tout le monde ignorait encore la nature.

Six mois plus tard, elle avait réuni autour d'elle un groupe de personnes disposées à la suivre et elle avait conçu un spectacle sur un *halakawuma* qui donnait des conseils, en permanence erronés, à son roi. La pièce durait plus de sept heures. Dona Esmeralda construisit les décors, confectionna les costumes, dirigea les acteurs et s'attribua les rôles pour lesquels elle n'avait pas réussi à trouver d'interprètes.

L'inauguration du nouveau théâtre était prévue pour un soir de décembre. Dona Esmeralda avait envoyé des invitations au Président et au ministre de la Culture. Ce dernier n'était pas très satisfait qu'elle eût éconduit les nombreux bureaucrates du ministère, venus l'éclairer dans le fonctionnement du théâtre. Le Président s'était excusé, mais le ventripotent Adelino Manjate avait malgré tout accepté de se rendre à la première. Ancien cordonnier, il avait été nommé ministre de la Culture grâce au succès qu'il avait remporté comme danseur lorsqu'il était soldat révolutionnaire. Une pluie violente se déchaîna juste au moment où la pièce allait commencer. Elle traversa le toit et mit hors d'usage l'installation électrique. La représentation fut ainsi retardée de plusieurs heures et les spectateurs manifestèrent un mécontentement croissant au fur et à mesure que la pluie incessante transperçait leurs beaux vêtements.

Il était plus de dix heures du soir quand Dona Esmeralda put enfin rallumer les projecteurs et que le premier acteur, qui avait oublié son texte, fit son entrée sur scène. La représentation fut une aventure étrange qui ne prit fin que le lendemain matin. Personne parmi les spectateurs, et encore moins parmi les acteurs, ne comprenait le thème de la pièce. Pourtant, personne n'oublierait jamais cette soirée. Quand Dona Esmeralda, à la première clarté de l'aube, se retrouva seule sur la scène, elle fut envahie d'un immense bonheur, réservé à ceux qui ont accompli l'impossible. Elle eut une pensée mélancolique pour son père, le vieux gouverneur, qui n'avait pu vivre ce moment de satisfaction. Soudain, elle se rendit compte qu'elle avait faim. Elle n'avait pas vraiment eu le temps de manger au cours de l'année qui venait de s'écouler.

Quand elle sortit dans la ville, la pluie avait cessé. Les acacias en fleur, qui bordaient les rues centrales, emplissaient l'air d'un parfum rafraîchissant. Elle observa avec curiosité les gens qu'elle croisait, comme si, pour la première fois, elle réalisait qu'elle n'était pas le seul habitant. Elle découvrit que les statues, que son père avait consacré sa vie à acquérir, avaient subitement disparu des places. L'ère nouvelle avait tout changé. En constatant que rien ne serait plus comme avant, elle se sentit vieille et triste pour un court instant. Son sentiment de triomphe eut cependant raison de sa tristesse et elle oublia rapidement ces réflexions pénibles. Elle s'installa à une table dans un café pour commander un verre de cognac et un morceau de pain. Tout en mangeant, elle réfléchit à la manière de se procurer l'argent pour la bonne marche de son entreprise. C'est alors qu'elle eut l'idée de transformer l'ancienne billetterie et le café abandonné du théâtre en boulangerie. En vendant du pain, elle aurait l'argent nécessaire. Elle termina son frugal repas, se leva, retourna au théâtre et se mit aussitôt à dégager un espace suffisant pour installer un pétrin et des fours. Sa voiture lui permettrait de faire les investissements indispensables : elle la vendit à un fonctionnaire de l'ambassade de Grande-Bretagne. Trois mois plus tard, elle ouvrait les portes de la boulangerie.

Moi, José Antonio Maria Vaz, je me présentai à Dona Esmeralda dès que l'annonce de l'ouverture de sa boulangerie se fut répandue dans la ville. A l'époque j'étais encore au service du boulanger Felisberto dans le quartier du port et je n'avais aucune intention de changer d'employeur. Et pourtant, un après-midi après mon travail, je ne pus m'empêcher de me rendre chez Dona Esmeralda qui justement cherchait à embaucher un boulanger. Une longue queue s'était formée devant la petite porte latérale du théâtre et je la pris, moi aussi, bien que persuadé de l'inutilité de ma démarche. Mais j'étais incapable de résister à la tentation de pouvoir ainsi, une fois dans ma vie, approcher l'étonnante Dona Esmeralda. Quand enfin ce fut mon tour, on me fit entrer dans une pièce où un pétrin en acier étincelant était prêt à travailler. Au milieu, Dona Esmeralda, vêtue d'une longue robe en soie et coiffée d'un chapeau fleuri aux larges bords, était assise sur un tabouret bas. Elle m'observa avec gravité. Son regard était interrogateur, comme si elle se demandait si nous ne nous étions pas déjà rencontrés. Puis, comme si elle avait pris une décision importante, elle hocha la tête.

– Tu as l'air d'être boulanger. As-tu un nom ?

– José Antonio Maria Vaz, répondis-je. Je fais du pain depuis l'âge de six ans.

Je lui indiquai où je travaillais, sans être sûr qu'elle m'eût entendu.

– Il te paye combien, Felisberto ? m'interrompit-elle.

– Cent trente mille, répondis-je.

– Je te donne cent vingt-neuf mille, dit-elle. Si tu as vraiment envie de travailler ici, tu te contenteras de moins que ce que tu touches chez Felisberto.

J'acquiesçai. J'étais embauché. Il y a plus de cinq ans de ça, mais je me souviens de ce moment comme si c'était hier. Dona Esmeralda voulut que je commence immédiatement. Elle me demanda de l'aider à prévoir les achats de farine, sucre, levure, beurre et œufs. Au cours des longues journées et des longues soirées que nous avons passées ensemble à préparer l'ouverture de la boulangerie, elle m'a raconté sa vie.

Voilà pourquoi je sais tout sur elle. C'est grâce à elle que j'ai pu comprendre la ville dans laquelle je vis et le pays qui est le mien.

Je suis incapable de dire si Dona Esmeralda était folle ou pas. Par contre, je peux affirmer avec certitude qu'elle était dotée d'une énergie et d'une volonté que je n'avais jamais rencontrées auparavant. Ceux qui l'entouraient pouvaient tomber d'épuisement simplement en la voyant s'occuper de son théâtre et de sa boulangerie. Elle avait alors entre quatre-vingts et quatre-vingt-dix ans, mais malgré cela elle ne se reposait jamais. Souvent, elle ne se donnait même pas la peine de rentrer chez elle la nuit. Elle se pelotonnait contre quelques sacs de farine, souhaitait bonne nuit aux boulangers et se relevait au bout d'une demi-heure, de nouveau débordante de vitalité, comme si elle se réveillait après une longue nuit de sommeil. De temps en temps, en attendant qu'une pâte lève, nous nous demandions entre nous ce que mangeait Dona Esmeralda et à quel moment. Régulièrement, elle grattait les bords du pétrin pour enlever la pâte. Personne ne l'avait jamais vue avaler autre chose. En revanche, elle avait toujours une bouteille de cognac à portée de main. Nous pressentions que c'était là qu'elle trouvait la force dont elle avait besoin. Comme nous étions des gens simples et que nous n'avions jamais eu les moyens ni l'occasion de goûter aux boissons étrangères – nous n'utilisions que le *tontonto* pour faire la fête –, nous nous demandions si le contenu de ses bouteilles avait la faculté de prolonger la jeunesse. Dona Esmeralda avait peut-être un *curandeiro* qui ajoutait des propriétés magiques à ses boissons ?

Quand moi, José Antonio Maria Vaz, je suis arrivé à la boulangerie de Dona Esmeralda qu'elle venait d'appeler « La Boulangerie du Pain Sacré », j'avais tout juste dix-huit ans. J'étais alors un boulanger expérimenté, même si je n'avais pas encore mon brevet de capacité. Je faisais du pain depuis l'âge de six ans.

Un jour, mon père, un homme qui n'avait jamais eu les pieds sur terre, regarda mes mains, et il décida qu'elles étaient faites pour confectionner des croissants. Il m'emmena voir son oncle, maître Fernando, qui dirigeait une boulangerie dans le *bairro* africain, au-delà de l'aéroport. J'allais trouver mon destin et mes ressources dans le métier de boulanger. Comme pratiquement tous les Africains, nous étions pauvres. J'ai grandi à une époque où personne n'avait entendu parler des jeunes révolutionnaires qui avaient franchi la frontière nord du pays. Personne ne pouvait encore imaginer que le pouvoir des Blancs, qui dominaient notre pays et nos vies, serait un jour contesté. Encore moins qu'ils se sauveraient, ventre à terre, pour ne jamais revenir. Pendant des générations, nous avions été obligés de courber l'échine en signe de soumission. Je sais aujourd'hui qu'il est impossible de s'habituer à l'oppression. Même s'il existait déjà une opposition silencieuse vis-à-vis de tous ces Blancs qui dirigeaient nos vies, personne, à part les jeunes révolutionnaires, n'envisageait sérieusement qu'il y aurait un jour un changement.

Mon père passa sa longue vie à bavarder. Quand il était certain qu'aucun Blanc ne pouvait le comprendre, il se mettait à maudire tous ceux qui étaient venus par la mer pour nous obliger à travailler dans leurs plantations de thé et dans leurs exploitations fruitières. Mais cette façon de protester n'eut jamais d'autre effet qu'un débordement de paroles.

Pendant quarante ans, mon père est resté assis sous un arbre de la place, parmi les baraquements et les cases dans le *bairro*. Installé à l'ombre, il discutait avec les autres hommes oisifs, en attendant que ma mère eût terminé la cuisine sur le feu ouvert. Durant toutes ces années, il parla sans interruption. Ma mère l'écoutait d'une oreille résignée et distraite. Malgré tout, je pense que c'est sa belle voix qui l'a enchantée. Ils ont eu onze enfants, j'étais le huitième. Sept d'entre eux ont grandi et survécu à nos deux parents. Mon père, Zeca Antonio, était arrivé d'une des lointaines provinces de l'Ouest et il disait toujours qu'il y retournerait avec sa famille. Pratiquement dès son arrivée, il a rencontré ma mère,

Graça, qui elle, était née dans la ville. Elle a donc été séduite par ses paroles, ils ont construit ensemble leur pauvre maison dans le *bairro* qui avait poussé en même temps que l'aéroport. Aucun des deux ne savait lire ni écrire. Parmi leurs enfants, il n'y a que moi et une de mes sœurs qui avons fini par savoir manier les lettres et les mots.

Ce n'est qu'après, une fois que les jeunes révolutionnaires furent entrés dans la ville et que les statues équestres de Dom Joaquim furent précipitées de leurs socles, que les gens ont commencé sérieusement à s'indigner. C'est alors seulement qu'ils ont mesuré les injustices séculaires qu'on leur avait fait subir. Pour eux, la libération et la liberté dont parlaient les jeunes révolutionnaires signifiaient surtout la liberté de ne pas travailler. Quand ils comprirent que non seulement ils seraient obligés de travailler aussi durement qu'avant, mais qu'en plus il faudrait qu'ils se mettent eux-mêmes à réfléchir et à planifier le travail, un grand nombre d'entre eux furent profondément déconcertés. Quelques années après la disparition des Blancs, il m'arrivait d'entendre mon père critiquer les ravages causés par les jeunes révolutionnaires en prenant les mêmes précautions que lorsqu'il parlait des méfaits de l'époque coloniale. Il exprimait tout à fait sérieusement la nostalgie du bon vieux temps, quand tout était organisé et bien réglé, et que les pensées étaient dictées par les Blancs. La confusion s'installa quand il fallut cesser d'utiliser le mot *patrão* et appeler tout le monde *camarada*. Tout devait changer, néanmoins tout était maintenu, mais d'une autre manière.

C'est alors aussi qu'éclata la longue guerre civile. Les jeunes révolutionnaires, qui avaient maintenant atteint un âge mûr, roulaient en Mercedes noires, se faisaient escorter par des motards aux sirènes hurlantes et appelaient leurs adversaires les *bandidos armados*. A l'évidence, ceux-là étaient manipulés par les Blancs qui s'étaient enfuis et qui rêvaient de revenir. Ils avaient formé une armée de gangsters composée de Noirs fourvoyés. Leur but était de rentrer au pays, de remettre les statues de Dom Joaquim à leur place, d'imposer leurs idées et de repousser les révolutionnaires vieillissants de l'autre côté de la frontière nord. Au nom de ces Blancs, les bandits noirs commirent des actions terrifiantes et nous craignions tous qu'ils emportent la guerre.

Les hostilités ne cessèrent que l'année où je fis la connaissance de Nelio. Un accord de paix fut signé, le chef des bandits entra dans la ville et reçut l'accolade du Président. Les Blancs étaient déjà revenus. Mais ce n'étaient pas les mêmes Blancs. Ceux-là venaient de pays aux noms étranges et ils n'étaient pas là pour nous forcer à travailler dans les plantations de thé ou de fruits. Ils voulaient nous aider à reconstruire ce que la guerre avait détruit. Beaucoup achetaient leur pain chez Dona Esmeralda. Nous savions qu'il était bon. Si pour une raison ou une autre la fournée était ratée, Dona Esmeralda fermait aussitôt la boulangerie et ne l'ouvrait que lorsque le pain avait retrouvé sa qualité habituelle.

Il ne m'a pas fallu longtemps pour me plaire chez Dona Esmeralda, même si elle était capricieuse et avait rarement assez d'argent à la fin du mois pour payer les salaires. C'était surtout la proximité du théâtre qui donnait un sens à ma vie, entièrement transformée et pleine d'expériences surprenantes. Très rapidement après l'inauguration légendaire des lieux, Dona Esmeralda mit sur pied une troupe dont l'unique préoccupation était de faire du théâtre. La plupart des gens s'indignèrent de cette démesure. Comment pouvait-elle imaginer que les comédiens seraient payés simplement pour être sur scène quelques soirées par semaine ? Le théâtre pouvait-il être autre chose qu'un loisir ? Dona Esmeralda a, bien évidemment, défendu son point de vue avec passion et elle a réuni autour d'elle ceux que l'on considérait comme les meilleurs acteurs du pays. Ils répétaient le jour et, le soir, ils jouaient.

Un escalier en colimaçon conduisait de la boulangerie au toit de l'immeuble. Juste sous les tôles, il y avait une cage qui avait contenu d'énormes appareils d'air conditionné. En s'y glissant et en passant ensuite par une lucarne, on pénétrait dans une pièce où était rangé un vieux projecteur de cinéma qui ressemblait à un animal préhistorique. De là, on pouvait suivre ce qui se passait sur la scène éclairée, grâce aux petites ouvertures dans le mur. Dona Esmeralda savait que les boulangers avaient pris l'habitude d'assister ainsi aux répétitions, quand ils avaient le temps. Elle nous y encourageait même, pour après nous demander notre avis. A condition de respecter le silence, elle nous autorisait également à prendre place au dernier rang des gradins et à assister à la générale quand une nouvelle représentation était au point.

Moi qui suis boulanger et qui n'ai appris à lire qu'à l'âge de quinze ans, grâce aux vieux journaux et à la lutte infatigable que maître Fernando menait contre ma paresse, je ne suis bien sûr pas capable de porter un jugement sur le théâtre de Dona Esmeralda et sur ses acteurs. Je pense tout de même avoir senti qu'un grand nombre de ces jeunes comédiens étaient doués. Pour nous les boulangers, les personnages ou les animaux qu'ils incarnaient paraissaient tout à fait convaincants puisqu'ils nous faisaient rire. Je crois aussi pouvoir affirmer que Dona Esmeralda était un piètre auteur. Nous entendions fréquemment des disputes. Les acteurs ne parvenaient pas à comprendre sa pièce, et Dona Esmeralda était vexée parce qu'elle était incapable de la leur expliquer et de leur prouver que c'était elle qui avait raison. Leurs discussions pouvaient être terribles, comme si les répétitions constituaient déjà une partie dramatique du spectacle. Cependant Dona Esmeralda imposait toujours sa volonté. C'était elle qui payait les salaires et c'était elle qui était la plus entêtée. Nous qui travaillions dans la boulangerie, nous considérions comme un privilège d'avoir la possibilité d'assister au défilé des différents mondes sur la scène du théâtre, cette scène que Dona Esmeralda avait sortie des égouts puants. Comme nos salaires arrivaient très en retard, ou pas du tout, cela représentait pour nous une compensation.

Sur la petite scène éclairée par les projecteurs vieillots, bien souvent en panne, il y eut des instants de pure magie. Je vois encore les esprits descendre doucement sous forme de fleurs jaunes en tissu. C'était Dona Esmeralda elle-même qui les répandait au péril de sa vie, accrochée au gril rouillé. Quand je pense aux bateaux d'esclaves qui glissaient sur la scène avec leurs chargements gémissants, j'en ai encore des frissons dans le dos. Leurs voiles blanches, fabriquées dans de vieux draps et des sacs de farine, flottaient au vent, et leur ancre semblait peser mille kilos bien qu'elle fût faite en papier humecté, tendu sur une armature en fil de fer. Les acteurs traversaient l'espace et le temps, au rythme des pièces incompréhensibles de Dona Esmeralda. Nous, les boulangers vêtus de blanc, nous observions tout cela dans la cage sous le plafond ou bien à partir du dernier rang, assis sur des journaux, pour ne pas salir les gradins. Nos rires signifiaient que la représentation était fin prête et qu'il était temps d'annoncer la première et d'ouvrir les guichets.

Nous étions tous secrètement amoureux de la jeune et belle Eliza, la star de Dona Esmeralda. Elle n'avait que seize ans mais sa présence sur scène nous charmait tous, qu'elle incarnât une *puta* cynique et outrageusement maquillée dans une pièce réaliste ou, plus poétiquement, une femme portant en équilibre sur sa tête un seau, au bord d'un fleuve imaginaire dont l'eau invisible coulait sur le plateau. Nous l'aimions tous, nous les boulangers, et nous fûmes profondément et durablement attristés le jour où elle quitta le théâtre. Un fonctionnaire d'une ambassade étrangère avait assisté un soir à une représentation. Il était revenu voir la pièce vingt-trois fois de suite. Il demanda la main d'Eliza et l'emmena de l'autre côté de la mer. Je me suis souvent demandé comment Dona Esmeralda avait vécu ce moment. S'était-elle sentie déçue et trahie, ou remplie de colère ? Elle n'en a jamais parlé.

Quelques mois plus tard, Marguerida avait presque effacé le souvenir d'Eliza. Il semblait impossible que l'on puisse faire sombrer le monde du théâtre.

Pour moi, José Antonio Maria Vaz, ma vie a changé le jour où je me suis présenté devant Dona Esmeralda et que j'ai obtenu grâce et travail. Si mon père n'a jamais rien fait d'autre dans sa vie que parler, je dois toutefois reconnaître qu'il avait raison en ce qui concerne mes mains. J'étais réellement un boulanger. J'avais enfin ma place dans la vie. Celle que tout le monde cherche mais qu'il est donné à peu de gens de trouver. Je me suis fait des amis parmi les autres boulangers et les filles espiègles qui vendaient notre pain frais et odorant derrière le comptoir. J'ai fait la connaissance de tous ceux qui vivaient autour du théâtre, dans la large avenue qui conduisait à la vieille forteresse où étaient abandonnées les statues équestres de Dom Joaquim. Mais surtout je me suis lié d'amitié avec beaucoup d'enfants de la rue.

Ils s'abritaient dans de vieux cartons et ils vivaient de ce qu'ils dénichaient dans les poubelles, de ce qu'ils réussissaient à voler et à revendre.

C'est à ce moment-là que j'ai entendu parler de Nelio pour la première fois.

Je ne sais plus qui m'a parlé de lui. Peut-être Sebastiao, le vieux soldat unijambiste qui habitait la cage d'escalier de l'atelier du photographe indien Abu Cassamo, en face du café. Abu Cassamo était aussi triste que senhor Leopoldo, le propriétaire du café, était soûl. Senhor Leopoldo faisait partie des Blancs qui n'avaient jamais pris la fuite pour retourner dans leur pays de l'autre côté de la mer. Il distrayait les rares clients qui fréquentaient son établissement sale en maudissant la prise du pouvoir par les jeunes révolutionnaires et le changement de situation depuis leur arrivée dans la ville.

– Tout le monde rit, disait-il. Mais je me demande bien pourquoi. Parce que tout est foutu ? Ils devraient pleurer, les nègres. Quand je pense qu'avant…

C'était peut-être l'un d'eux. Peut-être quelqu'un d'autre, peut-être l'un de nos clients de passage. Mais je me souviens très clairement des mots. Ces mots qui m'ont fait comprendre qu'il y avait un enfant de la rue pas comme les autres, un enfant qui s'appelait Nelio.

– Le Président devrait le prendre comme conseiller. C'est l'être le plus sage que nous ayons dans notre pays.

L'une des vendeuses me l'a montré quelques jours plus tard. Il me semble que c'était la petite Dinoka, toute menue, qui aimait bien tortiller son derrière quand il y avait un homme à proximité. Elle m'a indiqué un groupe d'enfants qui avait son quartier général juste devant le théâtre. Selon elle, Nelio était le plus petit. Il avait peut-être neuf ans à l'époque.

– Il n'a jamais été battu, m'a dit Dinoka pleine d'admiration. Tu imagines, un enfant de la rue qui n'a jamais été battu !

La vie de ces enfants était dure. Une fois dans la rue, aucune possibilité de retour. Ils vivaient dans la saleté, dormaient dans leurs cartons et dans de vieilles voitures, buvaient l'eau des fontaines fêlées, vestiges du règne de Dom Joaquim. Quand il pleuvait, ils en profitaient pour salir les voitures garées devant les banques. Ensuite, innocemment, ils se proposaient de les laver quand les propriétaires venaient prendre leur café au Scala ou au Continental. A l'occasion ils volaient, portaient des sacs de farine pour Dona Esmeralda contre un bout de pain rassis mais en sachant fort bien que leur vie ne serait jamais meilleure.

Les différents groupes d'enfants avaient chacun son territoire bien délimité et ils s'organisaient en petites dictatures. Le chef avait pleins pouvoirs pour juger et châtier. Ils se battaient souvent entre eux ou avec d'autres groupes qui avaient pénétré sur leur territoire et avec les policiers qui les soupçonnaient en permanence de vol. Ils chassaient les chiens errants. Ils attrapaient des rats grâce à des cages construites astucieusement qu'ils arrosaient ensuite d'essence siphonnée dans les voitures. Ils jubilaient en les voyant brûler.

Ils venaient tous de régions diverses et ils avaient tous leur propre histoire. Certains avaient perdu leurs parents dans la longue guerre, d'autres ne se souvenaient même pas d'en avoir eu un jour. Beaucoup d'entre eux s'étaient enfuis, d'autres encore avaient tout bonnement été jetés dehors par manque de place ou de nourriture.

Pourtant ils riaient tout le temps. En attendant la fin de la cuisson du pain, j'allais souvent chercher un peu de fraîcheur dans la rue et je les voyais rire, même affamés, fatigués ou malades. Tout les faisait rire. Surtout la colère de Leopoldo éméché. Parfois, quand ils faisaient trop de bruit, Leopoldo se précipitait dans la rue et lançait des canettes de bière vides derrière eux. Et pourtant il savait que le lendemain matin il trouverait les boîtes bien disposées en tas devant son café, l'empêchant d'ouvrir la porte.

Les histoires au sujet de Nelio ne manquaient pas. Elles parlaient de sa malice et de sa ruse, de son aptitude à rendre la justice et surtout de son habileté à éviter d'être battu. J'avais aussi entendu des rumeurs qui disaient qu'il possédait des pouvoirs magiques. Qu'il portait en lui l'esprit d'un *curandeiro* mort, qui avait exercé son pouvoir sur les habitants installés près de l'embouchure du fleuve. Il y avait de ça très longtemps, au moment où la construction de la ville n'avait pas encore commencé.

Je connaissais donc son existence. J'avais compris qu'il n'était pas comme les autres.

Mais je ne lui avais jamais adressé la parole avant cette nuit où soudain j'ai entendu des coups de feu venant de l'intérieur du théâtre vide. J'étais seul dans la boulangerie. J'ai monté l'escalier en colimaçon quatre à quatre et je me suis glissé jusqu'au gradin supérieur. A ma grande surprise, les projecteurs étaient allumés et il y avait sur la scène un décor que je n'avais jamais vu auparavant.

Au milieu du cercle de lumière, Nelio était étendu. Le sang qui coulait de sa blessure paraissait presque noir sur sa chemise blanche en coton. J'étais là dans l'obscurité, le cœur battant, essayant de réfléchir calmement. Qui lui avait tiré dessus ? Pour quelle raison se trouvait-il sur la scène en pleine nuit, baignant dans son sang et dans la lumière des projecteurs ? J'ai tendu l'oreille, mais je n'ai perçu aucun bruit.

Puis, j'ai entendu son râle. J'ai descendu à tâtons l'escalier sombre, craignant à chaque instant que quelqu'un ne surgisse et braque une arme sur moi aussi. Quand enfin j'ai réussi à atteindre la scène et à m'agenouiller à ses côtés, j'étais persuadé qu'il était déjà mort. Comme s'il avait deviné mes pensées, il a ouvert ses yeux qui étaient étonnamment clairs compte tenu du sang qu'il avait perdu.

– Je vais chercher de l'aide, ai-je dit.

Il s'y est opposé d'un faible mouvement de tête.

– Monte-moi sur le toit, a-t-il dit. J'ai seulement besoin d'air.

J'ai ôté mon tablier blanc, je l'ai secoué pour le débarrasser de la poussière de farine. Puis je l'ai déchiré en lanières et j'ai fait un pansement autour de sa cage thoracique, là où il avait reçu les balles. Je l'ai pris dans mes bras et je l'ai porté jusqu'en haut du toit. Il y avait un matelas que j'avais trouvé un matin devant la boulangerie à côté d'une des poubelles. Je l'ai posé là. J'ai approché mon visage tout près de sa bouche pour voir s'il respirait. M'étant assuré qu'il était encore en vie, je suis descendu très vite pour aller chercher de l'eau et une lampe.

– Il nous faut absolument de l'aide, lui ai-je répété en revenant. Tu ne peux pas rester ici.

A nouveau il m'a fait non de la tête.

– Je veux rester ici, a-t-il dit. Je ne vais pas mourir. Pas encore.

Sa voix était si décidée que je n'ai pas eu l'idée d'insister, même si au fond de moi je savais qu'il lui fallait un médecin.

Il a tourné la tête pour me regarder.

– Il fait frais ici, a-t-il dit. Je veux rester ici.

Je me suis installé à côté de lui. De temps à autre je lui donnais de l'eau pour humecter ses lèvres, mais comme les balles étaient entrées dans sa poitrine, je n'osais pas le faire boire.

C'était la première nuit.

Je suis resté assis sur le matelas tout près de lui. Quand j'avais l'impression qu'il dormait, je descendais vérifier que le pain n'était pas en train de brûler dans les fours.

L'aube était encore loin quand il a ouvert les yeux. Le sang s'était coagulé, le pansement autour de sa poitrine avait durci.

– Ce silence..., m'a-t-il dit. Ici, j'ose libérer mes esprits.

Je ne savais pas quoi répondre. Les mots étaient étranges venant d'un garçon qui n'avait que dix ans.

Que voulait-il dire ?

Je l'ai compris bien plus tard.

C'est tout ce qu'il a dit.

Le reste de la nuit, de cette première nuit, il a gardé le silence.

La deuxième nuit

Je me suis souvent demandé pourquoi le lever du soleil éveillait en moi une telle mélancolie. J'avais pris l'habitude de rester un moment sur le toit après une longue nuit passée dans la boulangerie, où l'intensité de la chaleur aurait pu me pousser au bord de la folie. Très tôt le matin, alors que la ville se réveillait et que le soleil sortait de la mer comme une boule gigantesque, je sentais sur moi la fraîcheur du vent de l'océan Indien et mon cerveau se laissait envahir par cette pesante mélancolie.

Était-ce la manifestation des esprits, qui se souciaient du sort d'un simple boulanger ? Une sorte de rappel de l'anéantissement qui m'attendait, moi aussi.

Ce matin-là, ce deuxième jour, Nelio avait passé plusieurs heures étendu sur le matelas sale et je n'avais pas eu le temps de me préoccuper des esprits. Habituellement, je me rendais à la pompe qui se trouvait derrière le théâtre pour me débarrasser de la poussière et de la sueur accumulées au cours de la nuit devant les fours. Normalement les deux menuisiers étaient déjà là en train de travailler sur les décors d'une des pièces de Dona Esmeralda. Après je rentrais chez moi en passant par la ville qui, à cette heure-là encore, sentait bon le frais. A cette époque, j'habitais avec l'un de mes frères,

Augustinho et sa famille, dans un *bairro* situé sur une des hauteurs les plus escarpées de l'estuaire. Ce matin-là, je ne suis pas parti. Cela n'avait rien d'extraordinaire en soi. De temps à autre, il m'arrivait de dormir à l'ombre de l'arbre qui, bien des années plus tôt, avait pris racine entre le théâtre et la boutique du photographe indien.

J'étais le seul à monter sur le toit. Ce prolongement presque invisible de l'escalier en colimaçon et de la porte en tôle rouillée n'appartenait qu'à moi. Je ne suis pas sûr que Dona Esmeralda ait connu son existence. Je pense même qu'elle n'y a jamais mis les pieds. S'il y avait une chose qui ne l'intéressait absolument pas, c'était bien la contemplation d'un paysage, aussi beau soit-il.

Ce matin-là, alors que Nelio était étendu sur le toit, la respiration haletante, il m'était impossible de rentrer chez moi. Je devais rester. Je fis un brin de toilette à la pompe avant de me rendre chez madame Muwulene qui logeait dans un garage derrière les tribunaux à quelques pas du théâtre. Madame Muwulene était une *feticheira* réputée du temps où les colonisateurs, avec une certaine maladresse et une résignation grandissante, avaient essayé d'interdire ce qu'ils considéraient comme une superstition primitive. Les Blancs n'ont jamais compris l'importance des esprits dans la vie d'un être humain. Ils n'ont jamais compris la nécessité de maintenir de bonnes relations avec les âmes de nos ancêtres. Ils n'ont jamais compris que la vie d'un homme est une lutte incessante pour parvenir à garder les esprits de bonne humeur. D'ailleurs, c'est probablement la raison pour laquelle les Blancs ont fini par perdre la guerre et ont été obligés de quitter notre pays. Or les véritables vainqueurs furent les esprits et non pas les jeunes révolutionnaires.

Mais à la surprise de madame Muwulene, et à la nôtre aussi, les jeunes révolutionnaires étaient encore plus enclins que les Blancs à condamner l'habitude que nous avions de vénérer les esprits et d'organiser notre vie selon leurs désirs. Madame Muwulene était une *feticheira* qui utilisait les serpents pour se prononcer sur l'avenir et sur l'état de santé des gens. Elle vivait alors en dehors de la ville, sur une île, que l'on pouvait apercevoir du toit de la boulangerie par temps clair. Lors d'un grand rassemblement sur cette île, le commissaire politique local, âgé d'à peine dix-sept ans, avait, selon des directives du pouvoir central, annoncé la fin de la sorcellerie. Tous ceux qui la pratiquaient, y compris madame Muwulene, devaient immédiatement renoncer à utiliser leurs dons surnaturels pour acquérir une formation médicale de base. Tous avaient accepté cette décision, sauf madame Muwulene. Le commissaire avait ajouté qu'il était prévu de transformer en prison l'endroit où était stockée la glace de l'usine de poisson. Lorsque les jeunes révolutionnaires avaient pris le pouvoir, les Blancs avaient abandonné cette usine après avoir saccagé la machine à glace. Mais bien des années après, une odeur de poisson pourri flottait encore avec persistance au-dessus de la ville. Or madame Muwulene n'avait nullement l'intention de renoncer à ses facultés occultes et elle s'était présentée au rassemblement munie d'un panier plein de serpents. Le commissaire s'apprêtait à la faire arrêter. Un grondement menaçant s'était élevé de la foule, ce qui l'avait immédiatement fait changer d'avis.

Plus tard, madame Muwulene était venue habiter en ville. Elle s'était installée avec ses serpents dans le garage derrière les tribunaux. Il arrivait que ses petites bêtes s'échappent et se faufilent dans la salle d'audience, déclenchant la panique et interrompant la séance en cours. Madame Muwulene se mettait à quatre pattes pour les récupérer, là où ils avaient l'habitude de se cacher : dans les coins sombres derrière les grands bureaux du procureur et des avocats, fabriqués dans le bois dense et foncé que l'on ne trouve que dans notre pays.

Je me rendis donc chez madame Muwulene. En me voyant arriver, elle me fit un grand sourire édenté. Je lui expliquai que j'avais besoin d'herbes pour guérir un jeune homme qui avait reçu deux balles dans la poitrine et qui avait perdu beaucoup de sang. Madame Muwulene ne posait jamais de questions sur les circonstances de l'événement. Par contre, elle tenait à savoir si Nelio était gaucher, s'il était né un dimanche ou un jour où le vent venait du nord. Je lui répondis que je n'en avais pas la moindre idée. Après avoir soupiré et s'être plainte de la mauvaise préparation de ma visite, madame Muwulene se mit à écraser quelques feuilles dans un liquide transparent. Elle versa le tout dans un flacon à eau de toilette. Je payai et me dépêchai de retourner à la boulangerie. Suivant les instructions de madame Muwulene, je délayai le contenu du flacon dans de l'eau et je montai sur le toit. Nelio était immobile sur le matelas. Il n'avait pas bougé pendant mon absence.

A-t-on une perception plus nette de quelqu'un quand il est mourant ? Les véritables traits d'un visage se révèlent-ils à l'approche de la mort ? Ces questions occupaient mon esprit pendant que je lui donnais à boire. J'avais peur que le liquide ne fît fausse route dans son thorax déchiré. Mais il fallait prendre ce risque. Tant qu'il refusait de l'aide, je n'avais pas le choix. J'aurais pu l'emmener dans une charrette jusqu'à l'hôpital, tout en haut de la ville sur la colline, mais il s'y opposa également. Après lui avoir fait boire la décoction, je reposai sa tête sur le matelas. Comme il gardait les yeux fermés après l'effort, je pus encore l'observer et je me fis cette réflexion : la maladie nous rend pâles, même nous les Noirs. En posant ma main sur son front, je constatai qu'il avait de la fièvre et j'espérai que madame Muwulene avait choisi ses meilleures herbes.

Nelio avait dix ans, onze peut-être. Pourtant, j'avais l'impression que c'était un homme très âgé qui était étendu devant moi. Était-ce la vie éprouvante d'un enfant de la rue qui lui faisait atteindre la vieillesse plus rapidement ? Un chien de quinze ans est déjà vieux. Et pour Nelio, qu'en était-il ? Mes questions restaient sans réponse et je me désespérais en pensant à sa mort si proche. Sa façon de respirer m'indiqua qu'il dormait à nouveau profondément. Son front n'était plus aussi brûlant. Les herbes de madame Muwulene semblaient avoir déjà fait de l'effet. Je me mis debout pour regarder la ville tout en mangeant un morceau du pain que j'avais fait la nuit.

Il était encore très tôt le matin et je savais que je trouverais le théâtre vide puisque les comédiens commençaient rarement leurs répétitions avant dix heures. Nelio dormait, sa respiration était calme. Je descendis l'escalier en colimaçon pour revoir l'endroit où s'était déroulé le drame nocturne. La femme de ménage, la vieille Cashilda, remuait la poussière en tapant bruyamment sur les chaises avec un chiffon. Étant donné son grand âge, elle entendait et voyait très mal. Il lui était même arrivé, confondant le matin et le soir, d'entrer en pleine représentation et de se mettre à épousseter vigoureusement les sièges sur lesquels les spectateurs étaient installés. Les comédiens, avertis par le bruit de Cashilda et par les protestations coléreuses du public dans la salle obscure, s'étaient immobilisés. L'un d'entre eux était descendu de la scène pour expliquer à

Cashilda que ce n'était pas le matin mais le soir, que les gens avaient payé leurs places et qu'il ne fallait pas faire le ménage pendant qu'ils étaient là. Puis, le spectacle avait repris. En réalité, le ménage était toujours mal fait puisque Cashilda était vieille et fatiguée, mais Dona Esmeralda n'avait pas le cœur de la licencier.

Quand je pénétrai dans la salle, Cashilda ne remarqua pas ma présence. Je m'aperçus que le décor de la nuit précédente avait disparu. Incrédule, je scrutai la scène. M'étais-je trompé ? Non, j'étais certain que non. Ça ne relevait ni de l'imagination ni du rêve. Il y avait bien eu un décor : un ciel bleu, infini, un paysage d'herbe aux éléphants qui ondulait au vent. Et maintenant il n'y avait plus rien, à part une porte solitaire qui annonçait la nouvelle pièce dont les répétitions venaient de commencer.

Pour quelles raisons Nelio s'était-il trouvé sur la scène éclairée par les projecteurs ? Qu'est-ce qui avait bien pu se passer dans le théâtre vide au cours de ces heures tardives ? Qui avait tiré ? Je montai sur le plateau et je revis la tache de sang sombre. C'était du vrai sang et non pas une illusion de théâtre oubliée lors d'une représentation précédente.

Cashilda me découvrit soudain, malgré sa mauvaise vue, et je fus interrompu dans mes pensées. Elle me prit pour un des comédiens et crut que la répétition avait déjà commencé. Comme elle était sourde, elle parlait très fort et elle se mit à s'excuser de ne pas avoir terminé le ménage.

– Ça ne fait rien, répondis-je, je ne suis pas comédien, je suis boulanger.

Elle ne m'entendit pas. Pour elle, j'étais un comédien matinal. Je quittai le plateau et retournai sur le toit. Nelio dormait. Je devais changer son pansement, mais j'hésitai à le toucher de peur de le réveiller. Je m'assis à l'ombre d'une des cheminées pour regarder la ville. Au loin, j'entendis le bruit de ces milliers de gens qui allaient passer une journée de plus à faire tout leur possible pour survivre.

Je les imaginai serrant les dents pour réussir à conserver leur rêve insensé : le jour qui les attendait serait enfin meilleur que celui qui venait de s'achever. J'aurais souhaité qu'ils s'arrêtent un instant pour apprendre qu'un petit enfant de la rue était en train de mourir sur le toit de Dona Esmeralda.

Je m'étais probablement endormi à l'ombre de la cheminée. L'après-midi était déjà bien avancé lorsque je me réveillai. Je me redressai en sursaut, en me demandant où j'étais. J'avais rêvé de mon père. Il n'avait pas cessé de me parler, mais je n'arrivais pas à me rappeler ses paroles. Puis, je me souvins de la situation et je retournai auprès de Nelio. Il dormait. Son visage était très pâle, mais sa respiration était toujours régulière et son front frais. J'avais faim et décidai de descendre dans la petite cour derrière la boulangerie. Elle était protégée par un toit en feuilles de palmier tressées et c'était là que les boulangers prenaient leurs repas. Le cuisinier, Albano, me donnait du riz cuit et des légumes qui lui restaient des repas qu'il avait servis dans la journée. Devant mon assiette, je me rendis compte que j'avais vraiment très faim. Dans quelques heures, j'allais reprendre mon service et la nuit serait longue. J'ignorais combien de temps les herbes de madame Muwulene pourraient tenir la fièvre à distance.

Je venais de repousser mon assiette vide quand Albano vint s'asseoir en face de moi. C'était un homme robuste et corpulent de qui émanait en permanence une odeur d'eau de toilette fabriquée maison. Il s'essuya le visage trempé de sueur avec son tablier sale.

– La police est venue, dit-il.

Je retins mon souffle.

– Et pourquoi ?

Albano écarta les bras.

– Elle vient pourquoi, la police ? reprit-il. Pour poser des questions, pour fouiner, pour passer le temps.

Je comprenais ce qu'il voulait dire. Personne n'avait confiance en la police. Elle élucidait rarement une affaire criminelle, son taux de réussite devait être infime. Par contre, elle acceptait facilement des pots-de-vin et sa collaboration fréquente avec les voleurs n'était un secret pour personne. Les policiers se partageaient ensuite le butin entre eux, avant d'informer les victimes avec regret qu'on n'avait rien retrouvé.

– Des questions sur quoi ? demandai-je.

– Quelqu'un a entendu des coups de feu dans la nuit, dit Albano. Ils venaient d'ici. De la boulangerie ou du théâtre. As-tu remarqué quelque chose ?

Albano est un ami. Je l'aime beaucoup, lui et pas uniquement sa cuisine. J'aurais pu lui dire la vérité. J'avais besoin de parler de Nelio avec quelqu'un. Et pourtant, je n'ai rien dit. Aujourd'hui encore je me demande pourquoi. Probablement parce que je sentais que Nelio ne le voulait pas. Pendant que je le portais en haut du toit, il m'avait parlé du calme et du silence. Pour moi, cela signifiait qu'il souhaitait être seul avec sa douleur et ses pensées.

– Non, rien. Si quelqu'un avait tiré, je l'aurais entendu.

– C'est bien ce que nous avons dit.

– Ils vous ont crus ?

– Qui peut savoir ce que croit la police ? fit Albano. Qui s'en soucie, d'ailleurs ?

Pour détourner la conversation, je lui demandai de me mettre un peu de riz et de légumes dans du papier journal pour que j'aie quelque chose à manger dans la nuit. Je ne savais pas si Nelio serait capable d'avaler quelque chose. Mais il me semblait que le riz et les légumes étaient préférables au pain. Albano fit ce que je lui demandai. Je regagnai la boulangerie où les vendeuses nettoyaient le sol et les étagères pendant que les derniers clients achetaient ce qui restait de pain. Je m'organisai pour la nuit. J'indiquai à Julio, le jeune garçon qui s'occupait de mon pétrin, la quantité de farine qu'il devait prendre dans le dépôt. Bientôt nous ne fûmes plus que tous les deux. Et peu avant minuit, Julio repartit chez lui. Je préparai la première fournée. Après avoir mis les plaques dans le four, je montai vite sur le toit. Nelio était réveillé.

C'est cette nuit-là qu'il se mit à me raconter son histoire.

Un chant montait de la rue plongée dans le noir. Il venait de l'autre côté d'une maison délabrée, tout près du théâtre. Une femme chantait en écrasant le maïs pour le lendemain, en tapant avec son lourd pilon. J'étais assis à côté de Nelio et nous écoutions son chant, rythmé par les coups réguliers et infatigables du pilon. On aurait dit des battements de cœur.

– Le bruit du pilon me fait penser à ma mère, dit Nelio d'une voix étonnamment forte. Je pense à elle et je me demande si elle est encore en vie.

Il me raconta son enfance et les événements terribles qui l'avaient précipité dans un monde qui lui était jusque-là inconnu. Il me raconta ce qu'il avait ressenti la première fois qu'il avait vu la mer et comment il était arrivé dans cette ville. Mais il lui était impossible de parler sans faire de pause. La fatigue reprenait ses droits, la fièvre revenait et il sombrait dans un état de torpeur qui, cependant, ne durait jamais très longtemps.

J'avais l'impression qu'il plongeait dans la mer pour ensuite remonter à la surface, jamais au même endroit.

Juste avant l'aube, il réussit à manger le riz et les légumes qu'Albano m'avait donnés. Quand il s'enfonça dans le sommeil, je retournai aux fours. Ses périodes de silence et de fièvre coïncidaient chaque fois avec la fin d'une cuisson, comme s'il avait passé un mystérieux accord avec le feu.

C'est donc cette nuit-là qu'il se mit à me raconter sa vie. Je n'avais pas encore compris à quel point son histoire allait transformer la mienne.

Il avait grandi dans un village situé au-delà des grandes plaines. Dans une vallée, près des montagnes qui nous séparaient des peuples aux langues incompréhensibles et aux habitudes étranges. Son village n'était pas grand. Les cases étaient faites de terre séchée au soleil. Au centre, un pilier de bois maintenait le toit fait de roseaux tressés. Ils provenaient du fleuve proche où les crocodiles faisaient le guet, à fleur d'eau, et où les hippopotames mugissaient la nuit. Il avait grandi entouré de ses nombreux frères et sœurs, de sa mère Solange et de son père Hermenegildo. Il avait eu une enfance heureuse. Jamais, autant qu'il pût s'en souvenir, il n'avait eu à se coucher le ventre creux. Il y avait toujours eu du maïs chez lui et, avec ses frères et sœurs, il avait appris où les abeilles cachaient leur miel.

Son père s'absentait pendant de longues périodes. Il savait qu'Hermenegildo travaillait dans les mines d'un pays lointain. Il ignorait ce que c'était précisément, mais on lui avait expliqué qu'il s'agissait de cavités qui descendaient profondément sous la terre. Elles contenaient des pierres brillantes et les Blancs le payaient pour aller les chercher. A son retour, Hermenegildo apportait des cadeaux à la famille et, pour lui-même, il s'achetait toujours un chapeau neuf. Aux yeux de Nelio, ce chapeau représentait le premier signe de l'existence d'un monde où tout était différent. Il essayait d'imaginer quels seraient ses sentiments le jour extraordinaire où il pourrait, lui aussi, se coiffer d'un chapeau, un chapeau aux larges bords avec un galon en cuir à l'intérieur.

Dans son premier souvenir, son père le soulevait vers le ciel pour lui faire saluer le soleil. Quand Hermenegildo était à la maison, le temps s'arrêtait et le monde était parfait. Mais la vie reprenait son cours dès qu'il repartait sur l'un des sentiers qui serpentaient le long du fleuve, vers les grandes montagnes où il y avait une route, peut-être même un bus pour le conduire aux mines. Sa petite enfance était composée de deux espaces de temps bien distincts, l'un quand son père était à la maison, l'autre quand il était seul avec sa mère, ses frères et ses sœurs. A cinq ans, il avait commencé à garder les chèvres avec les autres enfants. Il avait appris à tirer sur les oiseaux avec un lance-pierres et à maîtriser les bâtons dans les combats singuliers aux règles compliquées que tous les garçons du village étaient censés connaître. Une fois, un léopard avait rôdé près du village et une autre encore, le rugissement d'un lion s'était fait entendre au loin. Mais invariablement, tous les matins, il était réveillé par le bruit du pilon, tellement lourd qu'il ne pouvait même pas le soulever, quand sa mère écrasait le maïs devant la case. Et elle chantait comme si elle voulait puiser sa force dans les notes qui lui montaient dans la gorge.

La catastrophe arriva la nuit, comme un fauve invisible.

Il était endormi. Il faisait une chaleur oppressante – le moment le plus chaud de l'année – et cela perturbait ses rêves. Trempé de sueur, il avait rejeté sa couverture. Il se souvenait encore d'avoir dormi tout nu sur la natte en raphia. Soudain, le monde avait explosé. Une lumière blanche et vive l'avait arraché au sommeil. Quelqu'un avait poussé un cri. L'un de ses frères et sœurs. Ou peut-être sa mère. Il s'était fait piétiner dans la confusion qui avait suivi, toujours sans comprendre ce qui se passait. Il n'avait pas retrouvé sa culotte et il avait été projeté tout nu dans ce cataclysme. Les bandits s'étaient approchés en catimini, abrités par la nuit, pour tuer, piller, brûler. L'attaque s'était poursuivie jusqu'à l'aube. Mais l'embrasement était si fort que personne n'avait remarqué que le soleil s'était levé. Déjà haut dans le ciel, il éclairait les cases incendiées, les nombreux villageois battus à mort, transpercés par des tuyaux en acier tranchant, écrasés avec des maillets en bois, ou découpés à la machette.

Un grand silence avait suivi. Toujours sans culotte, il s'était accroupi derrière un panier dans lequel sa mère avait stocké le maïs récolté quelques semaines auparavant. Jamais il ne pourrait oublier l'odeur des cases brûlées. Cette odeur qui avait accompagné les gens quand les bandits en haillons, soûlés de *tontonto*, drogués de *soruma*, les avaient arrachés à leurs rêves pour les précipiter dans la mort. L'odeur du monde évanoui dans la fumée et le chaos. Sans un bruit, les survivants, hommes, femmes et enfants, peut-être la moitié des villageois, avaient été repoussés vers la place au milieu des cases où ils avaient l'habitude de danser et de jouer des percussions lors des fêtes. Nelio se tut, comme si les mots devenaient trop difficiles à prononcer. Puis il me regarda et poursuivit son histoire.

– On aurait dit que les esprits de nos ancêtres étaient là, avec nous. Ils erraient, inquiets, comme s'ils avaient été chassés de leurs lieux de repos invisibles avec la même brutalité que nous. Je suis resté accroupi derrière le panier tressé. A ce moment-là, j'avais bien compris ce qui se passait, mais j'étais surtout tracassé par le fait de ne pas avoir de culotte. J'avais peur qu'un des bandits me découvre et m'oblige à rejoindre les autres. J'ai essayé de me cacher en me couvrant de mon angoisse comme d'un manteau et en attendant la suite des événements. Il y avait une quinzaine de bandits. Je ne savais pas encore compter, mais je me dis qu'ils étaient deux fois plus nombreux que les chèvres que je gardais, en général sept ou huit. Ils étaient sales et leurs vêtements étaient en moins bon état que les nôtres. Quelques-uns portaient de gros souliers de soldat sans lacets, d'autres allaient nu-pieds. Quelques-uns étaient munis de fusils et de cartouchières. D'autres avaient de grands couteaux, des haches, des machettes ou des maillets. Ils étaient tous jeunes, certains à peine plus vieux que moi. Les plus jeunes se cachaient dans le fond, les mains crispées sur leurs armes. Eux aussi avaient le visage, les mains, les pieds, les vêtements éclaboussés de sang.

Il y avait un chef, un homme plus âgé. Il était le seul à porter une veste militaire et une casquette, mais elles étaient tachées et déchirées. Quand il ouvrait la bouche, je pouvais voir qu'il lui manquait des dents. Peut-être n'en avait-il pas du tout. Il était ivre, comme les autres. Mais je crois qu'il était surtout ivre du pouvoir qu'il exerçait sur nous et qui lui avait permis de brûler nos maisons, de tuer un grand nombre d'entre nous et de semer la terreur parmi les survivants. De temps à autre, il frappait l'air avec l'un de ses bras comme si, agacé par les esprits, il voulait s'en débarrasser. Puis il s'est mis à parler d'une voix criarde qui ressemblait au bruit que font les oiseaux quand ils volent au-dessus du fleuve où les femmes vont chercher l'eau. Il parlait la même langue que nous, mais son léger accent m'indiquait qu'il était originaire d'un village plus près des grandes montagnes. Il nous a dit qu'ils étaient venus nous libérer du parti des jeunes révolutionnaires et du gouvernement qui étaient maintenant à la tête du pays. Si nous refusions de coopérer, il nous tuerait tous. C'était pour nous prouver leur détermination et leur volonté de nous libérer, pour nous offrir une meilleure vie qu'ils avaient brûlé notre village et tué autant de gens. A présent, il leur fallait de la nourriture et il voulait qu'on les aide à la transporter hors du village. J'ai eu très peur en pensant au panier de maïs derrière lequel j'étais caché. Si jamais ils le soulevaient, ils me trouveraient. Je me suis mis à creuser le sable avec mes orteils dans l'espoir vain de m'y enfoncer. En même temps, j'ai cherché mon père du regard parmi les villageois entassés comme du bétail au milieu de la place, cette place réservée jadis à la fête et transformée maintenant en cimetière. Tout autour se tenaient les hommes en haillons, aux yeux marqués par la drogue et aux armes pleines de sang. Ne voyant pas mon père, je me suis dit qu'il s'était peut-être caché comme moi, derrière une des cases encore debout. Le chef des bandits a poursuivi son discours. Il a expliqué qu'ils n'étaient pas venus uniquement pour nous libérer, mais qu'ils avaient l'intention de proposer à certains d'entre nous de se joindre à eux pour continuer la libération d'autres villages. A ces mots, les survivants se sont mis à se lamenter et à pleurer.

C'est alors que j'ai découvert ma mère. Elle était serrée derrière les autres femmes. Elle portait sur son dos ma petite sœur née quelques semaines auparavant. Son visage, habituellement si beau, était défiguré par l'angoisse, la même que celle qui se lisait sur les visages de tous. Son regard errait à la recherche de quelqu'un. Soudain j'ai réalisé que c'était moi qu'elle cherchait et j'ai compris ce que cela signifiait d'avoir une mère. J'ai su que j'allais la perdre comme j'avais déjà probablement perdu mon père.

Une grande inquiétude s'est subitement emparée des bandits. Ils ont commencé à taper autour d'eux, à bousculer les femmes et les vieillards, à frapper quelques garçons un peu plus âgés que moi sur la tête en leur donnant l'ordre d'aller chercher les chèvres. Puis ils ont mis tout le monde en rang. La peur et les lamentations se sont accrues et sans que je m'en aperçoive, j'ai commencé à pleurer moi aussi. Quelques-unes des jeunes femmes ont été mises à l'écart. Comprenant que les bandits les emmèneraient comme prisonnières en quittant le village, elles ont manifesté leur frayeur en déchirant leurs vêtements.

Alors il s'est produit quelque chose d'épouvantable. Un des hommes, voyant ce qui attendait sa femme, a osé s'avancer pour s'opposer à leurs projets. Je l'ai reconnu. C'était Alfredo, le cousin de mon père, un bon pêcheur qui n'avait jamais dit du mal de qui que ce soit. En défendant sa femme terrifiée, il faisait preuve d'un courage dont il n'avait pas idée. Il est sorti du rang comme on sort d'une existence pour s'engager dans une autre. Ce n'était pas seulement sa propre dignité et celle de sa femme qu'il défendait ainsi, c'était notre dignité à tous. Son comportement a repoussé notre peur. Le chef des bandits l'a regardé sans comprendre. Puis, il a fait un signe à l'un des plus jeunes de sa bande. Sans hésiter, ce garçon, d'à peu près treize ans, s'est approché et a tranché la tête d'Alfredo d'un coup de hache. La tête a roulé dans le sable en le colorant de rouge. Le corps est tombé, le sang continuant à gicler du cou. Tout s'est passé si vite que personne n'a eu le temps de réagir.

Brusquement, le silence a été déchiré par le rire du garçon. Il a essuyé sa hache sur sa veste. Et il a ri.

J'ai vu qu'il était terrorisé lui aussi et qu'une hache invisible menaçait sa nuque.

Un hurlement terrible s'est élevé parmi ces gens épouvantés qui étaient tous mes amis, mes voisins, mes cousins. Ma mère a mis ses mains devant ses yeux et je me suis détesté d'être trop petit et trop peureux pour l'aider. Les bandits ont de nouveau montré des signes d'inquiétude. Avec beaucoup d'agressivité, ils ont ramassé le peu de nourriture qu'ils trouvaient avant de traîner avec eux quelques-unes des jeunes femmes. Pour une raison que je ne m'explique pas, ils n'ont pas remarqué le panier de maïs derrière lequel je me cachais. Paniqué, je les ai vus attraper ma mère qui était encore jeune et qu'ils voulaient emmener avec eux. Elle a crié le nom de mon père. Ils l'ont frappée mais elle a continué à résister. En voyant cela, je n'ai pas pu rester caché plus longtemps. Je me suis levé, toujours sans culotte, et j'ai couru à travers la place en passant devant la tête d'Alfredo déjà entourée d'une nuée de mouches vertes. Je me suis agrippé à la *capulana* de ma mère. Le chef, qui semblait particulièrement intéressé par elle, m'a jeté un regard interrogateur. Il a compris que j'étais son fils. On nous a souvent dit qu'on se ressemblait beaucoup. Alors il a arraché ma petite sœur du dos de ma mère où elle était attachée comme je l'avais été moi aussi quand j'étais bébé. Il a porté ma sœur vers un mortier qui servait à broyer le maïs et l'y a déposée. Puis il a ramassé par terre le lourd pilon et l'a tendu à ma mère.

– J'ai faim, a-t-il dit. Écrase le maïs avec ce qui est dans le mortier pour qu'on ait quelque chose à manger.

Ma mère a hurlé et s'est débattue, elle a essayé d'atteindre le mortier, mais il la tenait à distance. Pour finir, il l'a renversée en la frappant violemment. En même temps il m'a saisi par le bras.

– A toi de choisir, a-t-il crié à ma mère.

De sa bouche édentée est sorti un bruit aussi rauque que celui d'un animal.

– Je vais lui tordre le cou à ce poussin, a-t-il poursuivi. Je lui tordrai le cou si on ne me donne pas à manger.

Ma mère n'a pas arrêté de crier tout en s'efforçant de ramper jusqu'au mortier où était ma sœur. J'avais tellement peur que j'ai fait pipi. L'incarnation du Mal, cet homme qui m'avait attrapé, était si terrible et si incompréhensible que je ne souhaitais qu'une chose, mourir. Je voulais mourir, je voulais aussi que ma mère meure pour que ma sœur puisse vivre. Je voulais qu'une de nos tantes la prenne dans ses bras et l'attache sur son dos pour la ramener à la vie. Personne ne devait mourir écrasé par un pilon dans un mortier à maïs. La mort ne pouvait pas demander un tel sacrifice.

Soudain l'homme sans dents a semblé changer d'avis. Il a lancé quelques ordres rapides à ses hommes qui se sont mis à rassembler les chèvres, les femmes et les jeunes garçons qui portaient sur leur tête la nourriture récupérée dans le village. Ma mère a continué à se débattre pour pouvoir aller chercher ma petite sœur dont on entendait les pleurs.

Le chef a dû les entendre, lui aussi, car il s'est emparé du pilon posé à côté de la tête d'Alfredo. Il l'a d'abord regardé, l'air étonné, comme s'il se demandait ce qu'il était en train de faire.

Puis cet homme édenté, venu la nuit avec sa bande pour tuer au nom de la liberté, l'a levé pour le cogner contre le mortier jusqu'à ce que ma sœur ne pleure plus.

Quand les pleurs ont cessé, ma mère s'est retournée et elle a vu l'homme frapper une dernière fois. Il ne resta que le silence.

A cet instant, le monde a cessé de vivre. Même nous qui étions encore en vie avons cessé de vivre. Les esprits qui erraient autour de nous sont tombés comme une pluie de pierres mortes et froides.

J'ai très peu de souvenirs de ce qui a suivi. Les bandits ont traîné avec eux ma mère qui s'était évanouie. Les ronces ont écorché mon corps nu alors que nous nous dirigions vers une destination inconnue. Dans ma tête, je nous voyais avancer comme des fantômes à travers un paysage dévasté. Nous étions tous morts, les bandits aussi, tout comme l'air que nous respirions. Il n'y avait plus aucune vie depuis que les pleurs de ma sœur avaient cessé. Le fleuve que nous devinions derrière les ronces était mort, comme l'eau, comme le soleil qui brûlait dans le ciel et comme nos pas fatigués. Nous formions une caravane funèbre qui avait laissé la vie derrière elle. Nous étions en marche vers un néant éternel. Toute la nuit, jusqu'à l'aube, nous marchions, devancés par des éclaireurs envoyés par l'homme sans dents. Quand ils apercevaient des gens à proximité, ils nous faisaient faire de grands détours. Le jour, nous attendions le retour de la nuit à l'abri d'un bosquet touffu.

Les bandits avaient commencé à se partager les femmes, sans cependant s'occuper de ma mère qui ne cessait de pleurer. Ils avaient beau la battre et la couvrir de coups de pied, rien n'y faisait. J'ai fait de mon mieux pour ne pas m'éloigner d'elle. Je n'avais toujours pas de culotte, mais une des femmes m'avait donné un bout de sa *capulana* que j'avais enroulé autour de ma taille. Les bandits obligeaient les femmes à leur préparer à manger, sans jamais rien partager avec nous. Une fois rassasiés, ils les emmenaient de force derrière les buissons d'où elles revenaient les vêtements déchirés et en désordre. Elles avaient honte, ça se voyait. Ils buvaient du *tontonto* transporté dans des bidons, parfois ils se battaient, mais la plupart du temps ils dormaient. L'homme sans dents les envoyait à tour de rôle monter la garde.

Nous avancions péniblement à travers un paysage qui paraissait abandonné par toute vie. Il n'y avait même pas d'oiseaux. D'après le soleil, nous nous dirigions vers le nord, puis un jour nous avons tourné vers l'est. La destination de cette marche nous était toujours inconnue. On nous avait interdit de nous parler. Nous avions juste le droit de répondre aux questions que les bandits nous posaient. J'observais les jeunes, à peine plus âgés que moi, qui agissaient comme des vieux. Celui qui m'intéressait le plus était le garçon qui avait coupé la tête d'Alfredo et je l'observais souvent en cachette. Ses rires provoqués par la peur me poursuivaient et je me demandais comment les morts, ses ancêtres, accueilleraient un jour son âme. Elle serait sans doute punie. Il me semblait impossible que les esprits échappent aux châtiments pour les crimes commis dans le monde des vivants.

Tard un soir, nous sommes arrivés sur un plateau. Le sentier que nous avions suivi pendant plusieurs jours était devenu de plus en plus abrupt. En haut, d'autres bandits, quelques cases mal construites, des feux de bois et beaucoup d'armes nous attendaient. Il s'agissait d'une des bases que les bandits avaient établies dans des endroits à l'accès difficile et que les jeunes révolutionnaires parvenaient très rarement à repérer. Je ne me souviens que d'une chose, c'est que nous étions épuisés. Ma mère avait arrêté de pleurer. Elle avait également arrêté de parler. J'ai pensé que son cœur était paralysé par le chagrin d'avoir laissé dans le village brûlé tous ceux qu'elle aimait. On nous a poussés à l'intérieur d'une case. Je suis resté dans le noir, couché sur le sol en terre battue, à écouter les bandits se soûler de vin de palme, s'engueuler, entonner parfois des chansons obscènes ou maudire les jeunes révolutionnaires. La faim qui me tenaillait m'empêchait de m'endormir. J'avais l'impression que des animaux furieux me mordillaient les entrailles, qu'ils les perçaient de petits trous par lesquels mes forces s'écoulaient lentement comme les dernières gouttes quittant le lit d'un fleuve. Finalement, j'ai pourtant dû m'endormir.

Le matin, je suis sorti d'un sommeil profond. On nous a chassés des cases et j'ai vu que les bandits avaient formé un cercle comme pour préparer un conseil. Immédiatement j'ai compris que l'homme sans dents n'était plus le chef. Le vrai leader était un homme de petite taille aux yeux plissés. On nous a poussés au milieu en nous ordonnant de nous asseoir. Il faisait très lourd. Au loin, de gros nuages noirs s'amoncelaient en formations gigantesques, certainement chargées de pluie. L'homme aux yeux plissés portait un uniforme propre et en bon état. Il s'est posté devant nous en nous souhaitant la bienvenue sur ce plateau qu'il nous a présenté comme un espace libéré. Il nous a expliqué que c'était là que nous allions vivre désormais. Nous allions participer à la guerre menée contre les jeunes révolutionnaires et nous devions être prêts au sacrifice si nécessaire. Si nous tenions à nos vies, nous avions intérêt à obéir aux ordres. Ensuite il nous a offert à manger et à boire. Bien qu'affamés, nous n'avons pas pu avaler grand-chose, nos estomacs étaient rétrécis par la peur, comme pour se faire oublier, eux aussi. Puis nous, les garçons, nous avons reçu l'ordre de suivre l'homme aux yeux plissés et quelques-uns des jeunes bandits. Ils étaient tous armés. Ma mère a essayé de me retenir. Sa main s'est accrochée à mon bras. Je l'ai regardée et je lui ai expliqué que je reviendrais mais que je ferais mieux d'obéir, autrement ils risquaient de me tuer. Je me suis levé pour me joindre au groupe.

C'est la dernière fois que j'ai vu ma mère. Sa main qui tant de fois avait caressé mon front s'était refermée sur mon bras comme une griffe. Ses ongles s'étaient enfoncés dans ma chair jusqu'au sang. Ses doigts m'avaient parlé. Sa crainte de me perdre, moi aussi, était tellement grande.

Je suis parti sans me retourner.

Nous avons suivi un sentier jusqu'à un ravin qui partageait le plateau en deux. Il y avait autant de garçons que j'ai de doigts à mes mains et c'était moi le plus jeune. Les autres étaient mes amis, mes frères, mes compagnons de jeu.

Tout s'est passé très vite. L'homme aux yeux plissés m'a donné un fusil, très lourd. Puis il m'a ordonné de poser mon doigt sur la détente et de tirer sur le garçon qui se tenait devant moi. Je n'ai pas compris ce qu'il voulait que je fasse, mais une grande peur m'a de nouveau envahi.

– Tire, si tu tiens à la vie, m'a-t-il répété. Tu n'es pas un homme si tu ne tires pas, et dans ce cas, tu n'en as plus pour longtemps.

– Je ne peux pas tirer sur mon frère, lui ai-je dit. Je ne suis pas encore un homme. Je ne suis qu'un enfant.

– Tire, si tu veux vivre. Tire.

Le garçon s'appelait Tiko. C'était le fils d'un de mes oncles et nous avions souvent joué ensemble bien qu'il fût mon aîné de plusieurs années. Il était là, devant moi, et il pleurait. Je savais que je ne pourrais jamais tirer. Même pour sauver ma propre vie. Je savais aussi que l'homme aux yeux plissés ne plaisantait pas. Il me tuerait de ses propres mains, s'il le fallait.

Je n'étais qu'un enfant, mais à cet instant je suis devenu adulte. Je savais que j'avais pris une décision qui me conduirait à la mort. Mais je savais aussi que je n'avais pas le choix. Si je tirais sur un frère, ma vie perdrait tout son sens.

J'ai pensé à ma petite sœur morte dans le mortier. Je voulais la garder présente en moi au moment de mourir à mon tour. Je savais que j'allais bientôt la retrouver.

J'ai posé mon doigt sur la détente en visant l'homme aux yeux plissés et j'ai appuyé. Il a été touché en pleine poitrine et le choc l'a projeté à terre. Je vois encore l'étonnement qu'exprimait son visage. J'ai lancé le fusil et j'ai couru aussi vite que j'ai pu en direction du sentier par lequel nous étions venus.

Le souvenir de ma sœur toujours en tête, j'ai couru de toutes mes forces sur le sol caillouteux, m'attendant à chaque instant à recevoir une balle dans le dos. On n'allait pas tarder à me rattraper pour me tuer. Mes pieds nus touchaient à peine le sol. En réalité, ce n'était pas moi qui courais, c'était la vie dont j'étais porteur. Plus tard, j'ai appris qu'il y a des moments dans l'existence où l'on est réduit à ce que l'on fait. A ce moment précis, je n'étais plus que des pieds et des jambes occupés à courir. Rien d'autre.

Là où le sentier se divisait en deux, j'ai décidé de tourner à gauche, bien conscient que ce n'était pas par là que nous étions venus. Arrivé à une gorge qui m'interdisait le passage, j'ai longé le bord jusqu'à un endroit où j'ai pu me laisser glisser vers la vallée. Ils ne m'avaient toujours pas rattrapé. En atteignant le fond de la vallée, pour la première fois, j'ai osé regarder derrière moi. Aucun bandit n'était en vue. J'ai continué à marcher dans la vallée qui s'étendait devant moi à l'infini. A la tombée de la nuit, je me suis arrêté au pied d'un arbre et j'ai grimpé jusqu'aux branches les plus élevées. J'avais très soif. J'ai utilisé mes dernières forces pour me hisser tout en haut.

Dès l'aube, je suis reparti sans savoir où j'allais. J'ai pensé à ma mère, à ma sœur, à mon père et à notre village dévasté. Mais j'ai aussi pensé au frère que je n'avais pas voulu tuer et à l'homme aux petits yeux plissés. Je n'étais qu'un enfant, mais j'avais déjà tué un homme.

Tard dans l'après-midi, les lèvres gercées et desséchées, je suis arrivé près d'un cours d'eau. J'ai bu à satiété et je me suis abrité à l'ombre d'épais buissons. J'avais encore du mal à réaliser que j'avais échappé aux bandits. Je ne savais pas quoi faire. Je me souviens de la grande solitude que j'ai éprouvée au bord de cette petite rivière.

Il me semblait que le monde avait disparu et que j'étais le seul survivant. Quelle que soit la direction que je choisisse, je serais toujours seul.

J'avais tort. Car là, assis dans l'ombre des buissons, j'ai aperçu un homme sur l'autre rive. C'était le nain blanc qui m'a conduit jusqu'à cette ville.

L'aube commençait déjà à poindre quand Nelio s'arrêta de parler. Une pluie fine s'était mise à tomber et j'avais improvisé un toit avec des sacs de farine pour le protéger. En posant ma main sur son front, je pus constater que la fièvre était revenue. Avant de retourner chercher d'autres herbes chez madame Muwulene, je pensai longuement à ce qu'il m'avait raconté. J'ignorais toujours ce qui s'était passé cette nuit-là sur la scène du théâtre. Pour quelle raison était-il là ? Qui lui avait tiré dessus ?

Nelio dormait.

Je me levai en étirant mon dos fatigué. Je le laissai seul avec ses rêves dont j'ignorais tout.

La troisième nuit

La nuit suivante, je crus, à plusieurs reprises, que Nelio allait mourir et que je ne saurais jamais pourquoi on avait cherché à le tuer. Il passait de longs moments plongé dans un sommeil profond provoqué par la forte fièvre qui ravageait son corps. En proie au délire, il s'agitait sur le matelas comme quelqu'un qui aurait atteint le dernier stade du paludisme. Je me sentais totalement impuissant, incapable de faire quoi que ce soit pour lui. Il allait partir sans pouvoir aller jusqu'au bout de son récit.

Il réussit néanmoins à surmonter la crise. Il était plus fort que la fièvre et quand vint l'aube, son front était à nouveau frais et sa respiration calme. Il réclama même un morceau de pain. Un peu plus tard dans la journée, je réussis, moi aussi, à faire un petit somme sur une natte en raphia prêtée par madame Muwulene. J'étais allé chez elle chercher d'autres herbes. J'avais décidé de lui faire confiance, mais je n'avais tout de même pas voulu lui dire toute la vérité. Elle savait que quelqu'un avait besoin de mon aide, mais elle ne savait pas qu'il s'agissait de Nelio, un enfant de la rue. Je ne lui avais pas précisé non plus la vraie nature de sa blessure, ni qu'il se trouvait sur le toit du théâtre. Sans faire de commentaire, elle avait préparé un nouveau mélange en utilisant, entre autres, quelques petites feuilles d'un rouge éclatant que je n'avais jamais vues auparavant. Je n'avais pas osé lui demander ce que c'était, persuadé qu'elle ne me répondrait pas. Elle se serait sans doute contentée de me toiser avec la même souveraineté hautaine que lorsqu'elle s'était adressée au jeune commissaire politique qui avait tenté de lui confisquer ses serpents.

La nuit était déjà bien avancée quand Nelio reprit son récit. J'avais renvoyé chez lui le garçon qui s'occupait de mon pétrin et tout était prêt pour une nouvelle nuit solitaire dans la boulangerie. Personne ne semblait soupçonner que mes pensées s'étaient déjà éloignées des fours pour rejoindre Nelio sur le toit.

Cependant, un événement, très certainement en rapport avec la blessure de Nelio, s'était produit dans la journée. Rosa, une de nos vendeuses espiègles, m'avait informé de la disparition d'un des groupes d'enfants de la rue qui avaient l'habitude de traîner devant le théâtre. Je sus immédiatement qu'il s'agissait du groupe de Nelio et je demandai à l'un des autres enfants, curieusement surnommé le Nez, s'il en connaissait la raison.

– Ils sont partis, répondit-il seulement. Partis. Ils ont peut-être trouvé une rue plus intéressante avec des voitures plus chères, qu'on peut salir et nettoyer pour plus d'argent.

Je suis incapable de dire si ce fut ma curiosité ou mon inquiétude pour Nelio qui l'emporta, mais au nom de mes ancêtres, j'espère que ce fut mon inquiétude. Ce soir-là, je ne pus m'empêcher de demander à Nelio ce qui s'était passé. Il ne parut pas surpris par ma question. Sa réponse fut évasive même si le ton de sa voix était décidé.

– Je n'en suis pas encore là. Je ne suis même pas encore arrivé en ville.

Puis il me fixa droit dans les yeux et les paroles qu'il

prononça semblaient être celles d'un vieux sage et non pas celles de ce petit garçon, pâle et maigre, couché devant moi sur ce vieux matelas sale que j'avais trouvé à côté d'une poubelle.

– Si je raconte mon histoire, c'est pour rester en vie. Quand j'ai réussi à échapper aux bandits, c'était ma vie qui courait. De la même manière, c'est elle qui se trouve en ce moment dans les mots qui décrivent ce qui s'est passé.

Nelio savait qu'il allait mourir. Il l'avait toujours su. En réalité, ce n'était pas moi, le vrai destinataire de son histoire, mais lui. Lui et les esprits de ses ancêtres qui, invisibles, l'entouraient sur ce toit en attendant qu'il les rejoigne dans cette autre existence qui se situe avant et après la nôtre.

Je ne lui demandai plus rien. Je savais à présent qu'il allait vivre suffisamment longtemps pour que j'obtienne une réponse aux différentes questions qui surgiraient durant ce long parcours aboutissant à la nuit fatale des coups de feu.

Cette nuit-là, je changeai son pansement. Madame Muwulene m'avait vendu des bandes qui, à mon étonnement, provenaient d'un drapeau déchiré. J'ignore quel pays il représentait. Peut-être était-ce un vieil étendard colonial abandonné, oublié dans quelque grenier et dont personne n'avait su quoi faire. Madame Muwulene avait préparé les bandes en les trempant dans une décoction. Sur son conseil, j'attendais que la brise maritime ait rafraîchi l'air pour commencer les soins. A la lueur vacillante de la lampe à pétrole, je m'aperçus que les deux trous provoqués par les balles avaient commencé à noircir. Nelio ne portait aucune trace dans son dos, ce qui signifiait que les balles étaient allées se loger dans son corps.

Par conséquent, Nelio avait été touché de face. La

poudre sur sa chemise prouvait que la personne qui avait tenu l'arme s'était trouvée très près de lui.

Nelio savait qui avait tiré, mais il ne savait pas forcément pourquoi.

Ou le savait-il ? Jamais au cours de ces nuits pendant lesquelles il attendait que les esprits viennent le chercher, je ne le vis s'indigner de ce qui s'était passé. S'y était-il attendu ? Je brûlais d'impatience de le savoir mais je ne lui posai la question qu'une seule fois. Je savais qu'il racontait son histoire comme on vit sa vie. Il ne fallait pas perturber le cours des événements qui, à travers ses mots, allaient se produire de nouveau et de façon chronologique.

Un jour est toujours suivi par un lendemain.

Malgré mes précautions, je fis tout de même souffrir Nelio lorsque j'ôtai le vieux pansement durci pour le remplacer par les bandes trempées dans la décoction de feuilles rouges. Il serrait les dents, mais s'évanouit de douleur lorsque je fus obligé d'arracher un bout du pansement collé à l'une des plaies. La femme qui lui avait rappelé sa mère était de nouveau en train d'écraser le maïs avec son pilon en bas de notre immeuble. Je frissonnai en repensant au récit de Nelio. Je me demandai comment l'homme pouvait être capable d'autant d'ignominies. Pour quelle raison la barbarie porte-t-elle toujours un visage humain ?

Cette nuit-là, un gros travail m'attendait dans la boulangerie. Une secte religieuse en activité dans la ville avait commandé à Dona Esmeralda un pain spécial qui nécessitait une cuisson très longue. Comme j'en avais déjà confectionné à plusieurs reprises, je savais qu'il exigeait une attention constante. Je finis néanmoins par en venir à bout et je retournai sur le toit. Nelio était réveillé. Je lui donnai à boire. La nuit était claire et les étoiles semblaient toutes proches. Des bruits de percussions nous parvenaient de loin. La femme d'en bas avait cessé son travail, mais le rire fort et passionné d'une autre femme vint troubler le silence. Puis des chiens hurlèrent et s'accouplèrent, et un camion passa bruyamment dans la rue devant le théâtre.

C'est alors que Nelio retourna sur les bords du fleuve où il avait cherché du repos après avoir échappé aux bandits. Sa voix avait changé depuis la nuit précédente. Elle avait été réfléchie, parfois triste ou dure, maintenant elle exprimait le soulagement et même une certaine joie.

Nelio avait découvert un petit être sur la rive d'en face. Tout d'abord, il l'avait pris pour un animal, peut-être un de ces lions blancs extrêmement rares dont il avait entendu parler par les anciens. Un lion qui présageait de grands événements. Heureux ou malheureux, impossible à dire. Puis il avait compris que c'était un être humain, blanc et tout petit, un *xidjana*. Nelio s'était caché, ne sachant pas s'il appartenait au camp des bandits. Mais le nain de l'autre côté du fleuve l'avait déjà découvert et il l'interpella dans une langue qui ressemblait beaucoup à la sienne.

– Que peut bien faire un enfant seul au bord du fleuve ?

La voix était aiguë.

– Que peut bien faire un enfant seul au bord du fleuve si loin de tout village ? Tu t'es perdu ?

– Oui, répondit Nelio. Je me suis perdu.

– Alors, tu verras des choses auxquelles tu ne te serais jamais attendu. Viens de mon côté. Tu peux traverser là où l'arbre est tombé dans l'eau.

Nelio repéra un tronc enfoncé dans la vase et passa de l'autre côté du fleuve. Il avança vers le nain qui s'était assis par terre, les jambes croisées, mâchonnant une racine soigneusement lavée dans l'eau. A côté de lui était posée une grande valise en cuir à la fermeture métallique ouvragée. C'était la première fois que Nelio voyait une valise. Il se dit que, légèrement plus grande, elle aurait pu faire office de maison mobile pour son propriétaire.

Le nain déplia un tissu et en sortit une deuxième racine qu'il tendit à Nelio. Il y avait longtemps qu'il n'avait pas mangé et il se mit à mâchonner à son tour. Le goût était amer. Il n'avait jamais vu une racine pareille et en conclut qu'il était arrivé dans un pays dont la terre offrait des plantes différentes de celles qui poussaient dans son village brûlé.

– Ne mange pas si vite ! cria le nain.

Soudain Nelio eut peur d'avoir en face de lui un bandit déguisé en nain albinos.

Il mâcha plus lentement. En silence. Le nain n'avait toujours pas dit son nom. Bien qu'il y eût plusieurs mètres entre eux, Nelio perçut très nettement une odeur de fleur. Il émanait du nain un parfum douceâtre, comme s'il était une femme déguisée en homme.

Ils continuèrent à mâcher leur racine, toujours sans rien dire. Quand il ne resta plus que les fanes, le nain s'en servit pour se nettoyer les dents, puis il se remit à parler.

– As-tu un nom ? dit-il d'une voix forte comme s'il voulait se faire entendre du monde entier.

– Nelio.

Le nain l'observa attentivement.

– C'est la première fois que j'entends ce nom. Ce n'est pas un nom pour un homme noir. Il est court et insignifiant comme celui d'un Blanc.

– Je le tiens du frère aîné de mon père.

– Il ne te rendra pas heureux, reprit le nain après une pause, sans expliquer le sens de sa remarque.

Puis il se leva pour partir. Nelio en fit autant et s'aperçut qu'il était plus grand que le nain.

– Où vas-tu ? cria le nain.

– Nulle part, répondit Nelio en se mettant à parler d'une voix forte, lui aussi. Nulle part.

– Mais ne crie pas comme ça ! Je suis juste à côté de toi et je t'entends. Mes jambes sont courtes, mais mes oreilles sont grandes et profondes.

Puis il réfléchit en silence.

– Celui qui marche vers un endroit précis peut difficilement faire route avec celui qui ne va nulle part. Mais faisons un essai. Tu peux venir avec moi à condition que tu portes ma valise.

– Tu vas où ? demanda Nelio. Tu as peut-être un nom, toi aussi ?

– Yabu Bata, répondit le nain en posant sa valise sur la tête de Nelio qui constata avec soulagement qu'elle n'était pas lourde.

– Qu'est-ce qu'il y a dans ta valise ?

– Tu poses trop de questions. Elle est vide. Je l'emporte au cas où je trouverais quelque chose à mettre dedans.

Ils se mirent en route. Le nain marchait vite, ses jambes torses tambourinaient contre la terre sèche. Ils suivirent le fleuve vers le sud.

Après plusieurs heures de marche, au moment où le soleil commençait à descendre vers l'horizon, le nain s'arrêta soudain, comme s'il avait une idée.

– Je vais répondre à la question que tu as posée sur ma destination. J'ai vu dans un rêve que je devais partir à la recherche d'un sentier qui m'emmènerait au bon endroit.

Nelio posa la valise par terre et s'essuya le visage.

– Quel sentier ?

– Quel sentier ! répéta le nain irrité. Le sentier de

mon rêve. Celui qui m'emmènera là où je dois aller. Ne pose pas tant de questions. On en est encore loin.

– Comment le sais-tu ?

Yabu Bata lui jeta un regard interrogateur avant de poursuivre.

– Un sentier dont on a rêvé et qui vous conduit au bon endroit ne peut pas être proche, finit-il par dire. Ce qui est important est toujours difficile à trouver.

Les lueurs vespérales flamboyaient à l'horizon quand ils s'installèrent pour la nuit. Ils s'étaient arrêtés près d'une termitière au beau milieu d'une vaste plaine. Un aigle perché au sommet d'un arbre solitaire les scrutait de ses yeux attentifs.

– On s'arrête ici ? s'inquiéta Nelio. Ce serait plus prudent de grimper en haut d'un arbre. Il y a peut-être des animaux sauvages…

– Tu ne sais rien, rétorqua sèchement Yabu Bata. Tu n'as donc rien appris. Tu es perdu et tu devrais m'être reconnaissant de t'autoriser à porter ma valise. Nous allons passer la nuit dans la termitière, voyons. Allez, aide-moi. Ne pose pas tant de questions.

Avec le gros couteau qu'il portait à sa ceinture, Yabu Bata s'attaqua énergiquement à la croûte résistante de la termitière. Nelio, surpris par sa force, entreprit d'écarter les plaques de terre sèche que Yabu Bata détachait. Au bout d'un moment, il parvint à dégager une ouverture dans la butte.

– Mets-y un peu d'herbe, dit le nain.

– Pourquoi ?

– Tu poses trop de questions. Fais ce que je te dis.

Nelio arracha de l'herbe et la fourra dans la termitière. Yabu Bata l'arrêta quand il jugea la quantité suffisante et il y mit le feu à l'aide d'un briquet. Tout à coup, Nelio fit un bond en arrière, trébucha sur la valise de Yabu Bata et s'étala par terre : deux serpents étaient sortis de la termitière pour disparaître rapidement dans l'herbe.

– Nous voilà seuls, dit Yabu Bata en riant. On va pouvoir aller se coucher.

L'intérieur de la termitière était exigu, surtout une fois l'ouverture bouchée avec la valise de Yabu Bata. Leurs corps se touchaient. Nelio était incommodé par la forte odeur de parfum, mais il ne voulait pas demander à Yabu Bata pourquoi il sentait la femme. Un nain, albinos de surcroît, pouvait très bien posséder des pouvoirs mystérieux qu'il valait mieux ne pas défier inutilement. Il avait intérêt à montrer de la gratitude vis-à-vis de Yabu Bata qui l'avait autorisé à l'accompagner et à transporter sa valise vide sur sa tête.

– Tu as échappé aux bandits, lança brusquement Yabu Bata dans le noir. Tu ne t'es pas perdu. Pourquoi me mens-tu ?

Était-il capable de lire dans les pensées de Nelio ? Il était sans doute impossible d'avoir des secrets pour un albinos qui n'allait jamais mourir. Tout le monde sait que les albinos vivent éternellement. Ils ne passeront pas dans l'autre existence. Ils vivent ici et pour toujours, blancs et bien visibles. Comment avait-il pu oublier ça ?

– Ils sont venus la nuit et ils ont brûlé notre village, raconta Nelio. Ils ont tué beaucoup de gens. Même nos chiens. Quand ils m'ont demandé de tuer mon frère, je me suis enfui.

Yabu Bata poussa un soupir.

– Ils tuent tant de gens, dit-il d'une voix chagrine. Ils finiront par tuer tout le monde. Les serpents domineront la terre. Les esprits partiront, inquiets, à la recherche de tous les morts qu'ils n'arrivent pas à retrouver.

– Ont-ils toujours existé ces bandits ? demanda Nelio. Qui sont leurs mères ?

– Il faut dormir maintenant, dit Yabu Bata, énervé. Nous devons poser nos questions au moment où le soleil est là pour rire de nos bêtises. Dormons, à présent. La route sera peut-être longue demain. Personne ne le sait.

Ils se serrèrent l'un contre l'autre dans l'obscurité. Nelio sentit le souffle de Yabu Bata sur sa nuque et il fut rassuré par sa respiration tranquille. La peur s'éloigna, comme si elle avait besoin de repos, elle aussi. Au moment de s'endormir, Nelio eut une dernière pensée : Yabu Bata allait-il l'aider à trouver une culotte ?

Ils continuèrent à marcher pendant des jours sous un soleil brûlant sans que Yabu Bata réussisse à trouver le sentier dont il avait rêvé. Ils n'avaient pas grand-chose à manger. Yabu Bata avait promis à Nelio de lui donner une culotte, mais pour l'instant il portait encore la *capulana* déchirée. Ils s'éloignaient de plus en plus des grandes montagnes sans pour autant s'éloigner des bandits. Ils traversèrent des villages incendiés où il leur arrivait de croiser quelques rares survivants aux apparences fantomatiques, assis, le regard perdu dans le vide. A plusieurs reprises, Yabu Bata s'arrêta net en apercevant des hommes dans le lointain. A la moindre alerte, ils se cachaient tous les deux dans l'herbe et attendaient que le danger soit écarté pour reprendre leur chemin. Le plus souvent, ils marchaient sans se parler. Nelio préférait se taire, lui aussi, conscient que Yabu Bata n'avait pas envie de répondre à ses questions. Il craignait que celui-ci finisse par se lasser de sa compagnie et lui demande de déguerpir. Aussi ne se risquait-il à l'interroger que lorsqu'il était certain que Yabu Bata avait du temps à lui consacrer. Petit à petit, il se rendait compte que l'humeur de son compagnon dépendait de la présence de nourriture. Un jour qu'ils avaient trouvé du maïs et réussi à attraper quelques poissons dans un fleuve, Yabu Bata, bien rassasié, s'était mis à chanter de sa voix aiguë. Il chantait si fort que Nelio craignit que les bandits ne l'entendent de loin. Mais ils ne s'étaient pas montrés, et après une petite sieste digestive, Yabu Bata s'était soudain redressé et avait dit en fixant Nelio :

– Je viens des Montagnes bossues. Si mon père est encore en vie, il doit avoir maintenant plus d'animaux qu'il n'en avait à mon départ. Ma mère tissait des tapis, mon oncle taillait des sculptures dans le bois noir. Moi, j'ai appris le métier de forgeron malgré la petite taille de mes bras. Si je n'avais pas eu mon rêve, j'aurais encore exercé ce métier. Il se peut que ma femme continue à m'attendre, tout comme mes quatre enfants qui sont aussi grands et noirs que toi.

Nelio demanda si ça faisait longtemps que Yabu Bata cherchait son sentier. Depuis plusieurs mois ? Peut-être même depuis la fin de la saison des pluies ? Il obtint une réponse à laquelle il ne s'attendait pas.

– Tu es encore assez jeune pour trouver qu'un mois, c'est long. Ça fait dix-neuf ans, huit mois et quatre jours que je cherche ce sentier. Si j'ai de la chance, je le trouverai avant que dix-neuf années ne se soient écoulées. Si non ou si ma vie est trop courte, je ne le trouverai pas. Dans ce cas, je poursuivrai mes recherches une fois que j'aurai rejoint mes ancêtres.

Nelio resta longtemps silencieux à réfléchir aux paroles de Yabu Bata. Il s'inquiétait d'avoir à porter sa valise aussi longtemps, pendant dix-neuf ans peut-être. Il hésitait à exprimer cette crainte compte tenu de la susceptibilité de Yabu Bata. Mais il n'avait pas le choix.

– Je ne pourrai pas t'accompagner pendant dix-neuf ans, dit-il prudemment.

– Je n'y comptais pas non plus, répondit Yabu Bata

en colère. Je commence déjà à en avoir assez d'avoir ton visage sous les yeux tous les jours. Une fois à la mer, on se séparera. Après tu te débrouilleras seul.

– La mer, reprit Nelio. Qu'est-ce que c'est ?

Il se souvenait confusément d'avoir entendu son père parler d'un fleuve si large qu'il était impossible de voir la rive d'en face, d'une eau gigantesque et rugissante qui pouvait se jeter sur la terre en balayant hommes et bêtes sur son passage. Mais à l'époque il avait pensé que c'était sûrement le fruit de l'imagination de son père, qui était un conteur-né. La mer existerait-elle réellement ?

– Je veux bien venir avec toi jusqu'à la mer.

– Ce n'est plus très loin, dit Yabu Bata. Pas besoin de dix-neuf ans pour s'y rendre.

Ils atteignirent la mer une semaine plus tard, dans l'après-midi. Arrivé sur une hauteur, Yabu Bata s'immobilisa soudain en pointant son doigt. Nelio, à quelques pas derrière lui, s'arrêta aussi en découvrant cette étendue bleue à ses pieds. Il n'eut même pas l'idée de poser la valise par terre. Pour une raison inexplicable, il eut aussitôt l'impression d'être rentré chez lui.

Lui qui n'avait pas cru à l'existence de la mer, qui avait soupçonné qu'elle n'était qu'une invention de son père, la regardait à présent en s'apercevant qu'elle lui était familière.

On pouvait donc se sentir chez soi dans un endroit où l'on n'avait jamais mis les pieds. Après tout, cela fait sans doute partie du caractère humain d'éprouver un sentiment de bien-être à proximité de la mer. Peut-être est-ce inscrit dans notre subconscient dès notre naissance. Ces réflexions vinrent spontanément à Nelio comme il contemplait cette eau immense qui s'étendait à perte de vue. Elles se formulaient toutes seules, malgré lui, et l'étonnèrent par leur contenu. Jamais auparavant il n'avait eu ce genre de pensées.

Il en était là lorsqu'il fut interrompu par Yabu Bata.

– La mer est dangereuse si on ne sait pas nager, dit-il.

– Nager ? demanda Nelio. Qu'est-ce que c'est ?

Yabu Bata soupira.

– Je suis bien content que notre séparation approche. Tu ne sais rien. Et tu poses sans cesse des questions. Je vieillirais très vite si je devais répondre à toutes. Nager, c'est flotter à la surface de l'eau tout en avançant.

Nelio qui avait grandi au bord d'un fleuve infesté de crocodiles n'avait jamais imaginé qu'un homme puisse se déplacer dans l'eau. Elle servait à boire, à se laver et à donner vie au maïs et à la *cassava*. Mais se déplacer dedans ?

Ils descendirent sur la plage et s'approchèrent des vagues qui avançaient et se retiraient.

– Attention où tu poses la valise, dit Yabu Bata. Je n'ai pas envie de trimbaler une valise mouillée.

Il retroussa son pantalon, découvrant ses petites jambes arquées, et il entra dans l'eau. Nelio resta à surveiller la valise pour pouvoir la déplacer rapidement au cas où la mer la menacerait. Le sable blanc était très chaud. Yabu Bata pataugeait dans l'eau et s'en aspergeait le visage. Il conseilla à Nelio d'en faire autant.

– Ça rafraîchit, expliqua t-il. Le cœur bat moins vite et le sang coule plus tranquillement.

Nelio suivit son conseil. Il se pencha en avant pour boire mais recracha aussitôt car l'eau avait mauvais goût. Yabu Bata, assis sur le sable, le regardait faire et riait de satisfaction.

– Quand Dieu a créé la mer, expliqua-t-il, il a fait preuve d'une grande sagesse. Pour éviter que les hommes ne boivent toute son eau bleue, il l'a salée.

Nelio rejoignit Yabu Bata sur le sable. Ils passèrent ensuite des heures en silence à regarder cette immense étendue chatoyante, en perpétuel mouvement. Yabu Bata acheta quelques poissons à des pêcheurs qui passaient par là, avec leurs filets et leurs paniers sur l'épaule. Après les avoir fait cuire sur le feu à l'abri d'une dune, Yabu Bata et Nelio s'étendirent sur le sable pour la nuit. Ils contemplaient les étoiles et entendaient au loin le clapotement des vagues contre le sable. Tout à coup, Yabu Bata rompit le silence.

– Demain, je te quitte. Je t'ai conduit à la mer comme je te l'avais promis.

– Tu m'as également promis une culotte.

– Tu es un enfant insolent, fit Yabu Bata, agacé. On fait beaucoup de promesses de bonne foi. Mais tout ce que l'on désire n'est pas toujours réalisable. On voudrait vivre éternellement. Mais ce n'est pas possible. On voudrait que nos ennemis soient anéantis par le malheur qu'ils provoquent. Mais ce n'est pas possible non plus. On veut une culotte et ça, c'est parfois possible. Tu comprendras quand tu seras adulte.

– Je comprendrai quoi ?

Nelio ne cherchait à dissimuler ni son mécontentement ni sa déception.

– Tu comprendras qu'il faut apprendre à oublier les promesses qu'on te fait.

– Je ne suis pas d'accord.

– Je suis bien content qu'on se sépare demain, fit Yabu Bata, énervé. Non seulement tu poses des questions, mais en plus tu t'opposes à des personnes plus âgées et plus sages qui essaient de t'expliquer la vie.

Ils se turent de nouveau. Les étoiles semblaient attendre.

– Quand je me réveillerai demain matin, demanda Nelio, est-ce que Yabu Bata sera parti ?

– Ça dépendra à quelle heure tu te réveilles. Mais j'espère bien être parti quand tu ouvriras les yeux. Je n'aime pas les adieux. Même pas quand il s'agit de se séparer d'enfants qui posent trop de questions.

Nelio mit beaucoup de temps à s'endormir. Il écouta la respiration de Yabu Bata qui, au bout d'un moment, devint plus profonde. Puis il l'entendit ronfler. Le lendemain il serait seul. Il mesura soudain l'importance de la situation. Il fallait d'abord qu'il apprenne à ne plus considérer comme une évidence le fait d'avoir toujours quelqu'un avec lui. Bien des fois, son père, Hermenegildo, lui avait dit que la pire des choses pour un être humain, c'est de se retrouver tout seul. Un homme sans famille n'est plus rien. Il n'a plus de véritable existence. On peut tout perdre, tout ce que l'on possède, même sa tête si jamais on boit trop de *tontonto*, sans que cela vous empêche de vivre. En revanche, vous avez besoin de vos proches, de votre famille, de votre mère, de vos frères et sœurs. Et c'était certainement la plus grande injustice que les bandits lui avaient infligée : l'avoir privé de sa famille. Une grande tristesse l'envahit. Il était là, sur le sable frais à côté de Yabu Bata qui ronflait, et il n'y avait qu'une chose dont il eût envie : se blottir contre son compagnon et écouter les battements de son cœur. Mais il n'osait pas le faire. Yabu Bata risquait de se réveiller et de se mettre en colère. Nelio passa en revue tout ce qui s'était passé cette nuit terrible où les armes des bandits avaient fait exploser une lumière blanche dans l'obscurité. Il pensa à sa sœur, à l'homme aux yeux plissés qu'il avait tué et à son frère qui était toujours en vie. Demain il serait de nouveau seul. Il n'avait pas de culotte et il ne savait pas où aller. Ce serait la dernière question qu'il poserait à Yabu Bata, peut-être la question la plus importante de sa vie.

Dans quelle direction fallait-il aller ? Où se trouvait son avenir ? Et après tout, en avait-il un ? S'était-il écroulé cette nuit fatale où les bandits étaient venus détruire et tuer, même les chiens du village ? Ou bien était-ce ici que sa route se terminait ? Ici au bord de cette mer sur laquelle il ne pouvait pas marcher. Était-ce bien là sa destination ?

Il sombra dans un sommeil agité. Il rêvait que Yabu Bata s'était réveillé et s'apprêtait à partir. Finalement il fut réveillé par la toute première lueur du soleil et il constata que la valise était encore là. Yabu Bata avait enlevé son sari et était en train de faire sa toilette tout nu dans la mer. L'eau se reflétait sur son corps déformé. Nelio se fit la réflexion que la mer révélait l'homme dans toute son évidence.

Yabu Bata ne semblait pas très content de voir que Nelio était réveillé. Il revêtit son sari et secoua ses cheveux sans couleur et frisés.

– Je sais que tu trouves que je pose trop de questions, dit Nelio. C'est pourquoi je ne te demanderai qu'une seule chose avant ton départ.

Yabu Bata s'assit sur le sable et appuya sa tête dans ses mains. Subitement il donna l'impression d'être triste de leur séparation imminente.

– Parfois je me demande si j'arriverai à trouver ce sentier, dit-il. Toutes les nuits, je rêve que je suis encore dans mon village à côté des Montagnes bossues et que je travaille dans ma forge. Mais au réveil, je me trouve toujours ailleurs. Pourquoi Dieu nous a-t-il donné la faculté de rêver ? C'est une question que je me pose souvent. Pourquoi ce sentier, qui est peut-être introuvable, figure-t-il dans mes rêves ? Pourquoi mes rêves me transportent-ils à la forge puisque au réveil je me retrouve sur le sable au bord de la mer ?

Yabu Bata resta un bon bout de temps, la tête entre

ses mains, à poursuivre sa méditation sur les rêves des humains. Puis il se ressaisit et se tourna vers Nelio.

– Tu avais une question à me poser ?

– Quelle direction dois-je prendre ?

Yabu Bata, pensif, hocha la tête.

– C'est la meilleure question que tu m'aies posée jusqu'à présent. J'aurais aimé pouvoir te donner une réponse, mais toi seul sais quel chemin tu dois emprunter.

– Je veux aller là où je peux me procurer une culotte, dit Nelio avec détermination.

– Il y a des culottes partout. La meilleure chose à faire, c'est de longer la mer vers le sud. Tu y trouveras des hommes et des villes. C'est là que tu dois aller.

– C'est loin ? demanda Nelio.

– Tu n'avais qu'une seule chose à me demander, il me semble, remarqua Yabu Bata, mais dès que tu as posé une question, il y en a une deuxième qui suit. Un chemin peut être à la fois court et long. Ça dépend d'où tu viens et où tu vas.

Yabu Bata éclata de rire et prit une poignée de sable qu'il lança au-dessus de sa tête. On aurait pu croire qu'il avait perdu la raison.

– En fin de compte, tu me manqueras, dit-il, une fois calmé.

Il ouvrit la valise et attrapa une petite bourse en cuir d'où il sortit quelques billets qu'il tendit à Nelio.

– Voilà de quoi t'acheter une culotte, ajouta-t-il. Chaque fois que tu la mettras ou que tu l'enlèveras, tu penseras à moi.

– Je n'ai rien à te donner en échange.

– Le jour où tu auras quelque chose à donner, tu l'offriras à quelqu'un d'autre, conclut Yabu Bata en rangeant la pochette dans sa valise.

Il se leva et la saisit par la poignée.

– Dans la vie, il n'y a que deux chemins à suivre, reprit-il. Celui de la folie qui te mène droit à ta perte. C'est le chemin que l'on prend quand on agit à l'encontre de ses convictions. C'est l'autre qu'il faut choisir. Celui qui mène vers le bon endroit.

Il se mit à marcher sur la plage, sans se retourner. Nelio le suivit du regard jusqu'à ce que le soleil étincelant et le sable blanc lui brûlent les yeux. Bientôt il ne vit plus qu'un petit point flou qui finit par se dissoudre et s'évaporer dans la chaleur.

Nelio longea la mer vers le sud, en essayant de tenir son sentiment de solitude à distance. La valise qu'il avait portée sur sa tête lui manquait presque autant que Yabu Bata. Il savait qu'il ne le reverrait plus et qu'il ne saurait jamais s'il avait réussi à trouver son chemin.

Au bout de deux jours, Nelio arriva dans une petite ville, juste quelques maisons basses rassemblées autour d'une rue unique. Devant l'une d'elles, un étal en bois bancal présentait des vêtements. Un Indien dont l'extrême maigreur était sans doute due à une longue période de famine surgit de l'obscurité. Nelio lui acheta une culotte en coton rouge foncé. Il paya et, à l'abri de la maison, retira la *capulana* déchirée et enfila la culotte. Avec la *capulana*, il se fit un turban pour se protéger du soleil. Quand il regagna la rue, il vit que l'Indien était en train de poser une autre culotte sur l'étal.

– Où vas-tu ? demanda l'Indien.

– Vers le sud.

– Ta culotte résistera à une longue marche, remarqua l'Indien, l'air rêveur.

Nelio longeait la mer. Chaque soir il repérait une dune derrière laquelle il pouvait s'installer pour la nuit. A l'aube, il enlevait sa culotte et entrait dans la mer pour se laver comme il avait vu Yabu Bata le faire. Quand il avait faim, il s'arrêtait pour aider les pêcheurs à tirer leurs bateaux hors de l'eau et nettoyer leurs filets. En remerciement, ils lui offraient à manger et, une fois rassasié, il reprenait sa route. Le paysage changeait, mais la mer restait toujours la même. Au loin s'étendaient des montagnes, des plaines, des forêts aux arbres gris et cassés, des marécages et des déserts. Il avançait sans se préoccuper du but à atteindre. Pour l'instant, son intention était de s'éloigner au plus vite de ce qu'il voulait fuir, mais il continuait à guetter un signe lui confirmant sa destination. Au fil des nuits, il vit le fin croissant de lune s'arrondir puis diminuer et finalement disparaître. Ça faisait maintenant de nombreux jours qu'il marchait et la mer lui paraissait infinie. Parfois il rencontrait des gens avec lesquels il faisait un bout de chemin, mais le plus souvent il était seul. Ils lui demandaient tous où il allait, mais en guise de réponse il leur parlait des bandits, du village incendié, sans toutefois mentionner qu'il avait refusé de tirer sur son frère et que pour cela il avait dû tuer un homme aux yeux plissés. Quand ils insistaient, il leur disait qu'il n'en avait aucune idée. Il prenait conscience que les hommes veulent toujours connaître la destination des autres hommes. Cette interrogation permettait de tisser un lien entre les étrangers et les voyageurs.

Un jour, tôt le matin, il arriva à l'embouchure d'un fleuve où il découvrit les restes d'un pont écroulé. Il lui fallait trouver un passeur pour l'aider à traverser en bateau. Quelqu'un était assis sur une pierre au bord de l'eau. Nelio s'approcha, mais son apparence le déconcerta. Sa peau était recouverte d'écailles et il ressemblait plus à un animal qu'à un être humain. Sentant sa présence, il tourna la tête vers lui et l'observa d'un regard fixe. C'était sans doute un *halakawuma*, déguisé en femme. Ou bien le contraire : une vieille femme déguisée en lézard, le lézard de la sagesse. Il s'approcha encore un peu tout en gardant une distance suffisante pour être hors de portée de sa langue. Il savait qu'il avait beaucoup de chance d'avoir rencontré un *halakawuma*. Il pourrait lui demander conseil. Même les rois sont attentifs quand le *halakawuma* leur chuchote à l'oreille la meilleure façon de régner sur un pays. Nelio avait entendu raconter que le premier chef des jeunes révolutionnaires avait eu de nombreux lézards dans son jardin et qu'il les avait régulièrement consultés.

Nelio s'assit par terre. Le lézard suivait ses mouvements de ses yeux inexpressifs.

– Je ne voudrais pas déranger, dit-il, mais j'ai besoin de ton avis. Ça fait plusieurs jours que je marche sans savoir où je dois aller et j'attends un signe qui ne vient pas.

– Pour quelqu'un d'aussi jeune que toi, il n'y a qu'un chemin à prendre, dit le lézard d'une voix qui résonnait comme le tintement d'une petite cloche. Ton chemin doit te conduire chez toi.

Nelio fit alors brièvement le récit de ce qui s'était passé, craignant à chaque instant que le lézard ne perde patience et ne s'éclipse dans les hautes herbes qui foisonnent à l'embouchure.

Une fois l'histoire terminée, le lézard sortit une bouteille d'un balluchon posé à côté de lui et en but quelques gorgées en grimaçant. Nelio fut surpris par la forte odeur de vin de palme. Décidément le monde était plein d'événements inattendus. Personne ne l'avait prévenu qu'un *halakawuma* pouvait raffoler des boissons dont les hommes s'enivraient.

– Je suis vieux, dit le lézard, et j'ignore si mes

conseils sont encore bons. Les gens ont de moins en moins de respect pour la sagesse. Nous qui avons encore quelques réminiscences du savoir d'autrefois, nous avons beau les mettre en garde, ils semblent tous emprunter les chemins des imbéciles.

Le lézard but encore une gorgée et il se mit à se balancer sur la pierre. Nelio eut peur qu'il ne s'endorme avant que lui-même n'ait obtenu la réponse.

– Traverse le fleuve, dit finalement le lézard d'un ton détaché, comme s'il était préoccupé par un tas d'autres pensées. Traverse le fleuve et continue à marcher pendant quelques jours encore. Tu atteindras la grande ville où les maisons s'accrochent comme des singes aux pentes qui descendent vers la mer. Les gens y sont déjà tellement nombreux qu'il importe peu qu'il y en ait un de plus ou de moins. Tu auras la possibilité d'apparaître et de disparaître à ta guise.

Puis le lézard s'éloigna maladroitement dans l'herbe, sans que Nelio ait eu le temps de l'interroger davantage. Il repensa à ce qu'il avait entendu et décida que c'était le signe qu'il attendait.

Au même instant, il aperçut un homme qui poussait son canoë dans l'eau. Il se précipita vers lui et réussit à le rejoindre au moment où il tenait déjà la pagaie dans ses mains. Une heure plus tard, Nelio débarquait sur l'autre rive et pouvait ainsi reprendre sa route.

Tard dans l'après-midi, il parvint enfin à la ville. Ses pieds étaient couverts de plaies, sa culotte était sale et usée après cette longue marche dont il était incapable d'évaluer la durée. Bien qu'épuisé, il grimpa en haut d'une colline d'où il put distinguer les silhouettes des maisons construites sur les hauteurs escarpées face à la mer.

Il avait donc fini par y arriver.

Il fut de nouveau envahi par ce sentiment de familiarité qu'il avait éprouvé en voyant la mer pour la première fois en compagnie de Yabu Bata. En observant cette grande ville qui lui était totalement inconnue, il eut l'impression d'être rentré chez lui. Et pourtant, jusqu'à présent, elle n'existait même pas dans son imagination. Maintenant, elle devenait son deuxième pays et il se sentait attaché à elle de façon inexplicable. L'idée lui vint que ceux qui sont chassés de chez eux par une guerre, une épidémie ou une catastrophe naturelle ont une deuxième maison qui les attend quelque part. Pour la découvrir, il suffit de marcher jusqu'à l'épuisement. Et c'est là, à l'endroit où l'extrême fatigue se transforme en un étau enserrant les derniers sursauts de volonté, que se trouve cette maison dont on ignorait jusque-là l'existence.

Il arriva donc dans la ville tard un après-midi au moment où le crépuscule éphémère enflammait le ciel. Assis sur le sable doux, il observa à distance la foule grouillante, le nombre incalculable de maisons, de voitures brinquebalantes et de bus rouillés.

Nulle part dans cette construction humaine, il ne put deviner un village avec ses cases.

Il était partagé entre plusieurs sentiments, mais la peur était présente malgré tout. Cette ville appartenait peut-être aux bandits ? Comment le savoir ? Il n'osait pas encore y pénétrer. Il préférait attendre le lendemain. Il valait mieux que la ville s'habitue lentement à sa présence. Pour l'instant, sa préoccupation essentielle était de se maintenir en vie. C'est le premier devoir d'un être humain.

C'est ainsi que Nelio trouva son lieu de vie au bord de la mer.

Le lendemain il se laissa engloutir par les gens, les rues et les maisons délabrées.

Il n'était là que depuis une journée.

A l'aube, quand son récit toucha à sa fin, il était très fatigué. Sa voix était si faible que je fus obligé de me pencher tout près de son visage pour le comprendre. Puis il se tut et s'endormit aussitôt.

Je suis resté longtemps à côté de lui, craignant qu'il ne se réveille plus et que je n'apprenne jamais ce qui s'était passé dans le théâtre la nuit où il avait été blessé par balle, cette nuit qui me semblait si lointaine.

J'ai posé une serviette mouillée sur son front brûlant et me suis dirigé vers l'escalier. De loin j'ai reconnu la voix de Dona Esmeralda. Il lui arrivait de venir à la boulangerie tôt le matin pour s'assurer que tout le monde était à l'heure.

Je me suis attardé un instant dans l'obscurité. Allait-elle soupçonner, en me voyant, que Nelio se trouvait sur son toit ? Allait-elle deviner que j'avais passé la nuit à écouter une histoire qui n'aurait pas de fin, du moins je l'espérais ?

Je n'en savais rien. Je me suis décidé à descendre l'escalier.

La quatrième nuit

Dona Esmeralda ne fit pas attention à moi quand je descendis l'escalier.

Ce matin-là, il régnait une ambiance fébrile devant le théâtre. Les boulangers, les apprentis, les vendeuses espiègles, les gardiens agglutinés autour de Dona Esmeralda sur le pas de la porte étaient tous en train de regarder le spectacle qui se déroulait dehors. Aussi curieux que les autres, je ne pensais plus à Nelio. Parfois je me dis qu'il n'y a rien qui exerce un pouvoir aussi grand sur l'homme que la curiosité. Cette vérité me donnait l'excuse de l'avoir un instant oublié. Je m'adressai au boulanger qui était à côté de moi, il me semble que c'était Alberto, pour lui demander ce qui se passait. Des bandes d'enfants de la rue, très agités, couraient dans tous les sens en criant. Ils bloquaient la circulation et renversaient les poubelles devant les immeubles.

– Nelio a disparu, répondit Alberto.

Je sentis mon cœur se serrer.

– Nelio, répétai-je, c'est qui ?

Dona Esmeralda, que la nature avait dotée de l'étonnante faculté d'entendre tout ce qui se disait autour d'elle, se retourna et me jeta un regard interrogateur.

– Tout le monde connaît Nelio, dit-elle d'un ton

sévère. Nelio le divin, celui que personne n'a jamais réussi à frapper.

– Je le connais bien sûr, moi aussi, me dépêchai-je d'ajouter. Ah bon, Nelio a disparu ? continuai-je en m'adressant à Alberto, dès que Dona Esmeralda fut de nouveau occupée par la scène dans la rue.

– Oui, on ne sait pas où il est, poursuivit Alberto. Les autres enfants pensent qu'il a été capturé.

– Par qui ?

– Ils croient que c'est un complot de la part de tous ceux qui n'ont pas réussi à le frapper.

– Ça paraît impossible, dis-je. Dans quel endroit pourrait-on le cacher ?

– Je n'en sais rien.

L'agitation se poursuivit toute la journée. Les enfants, sans doute plusieurs centaines, continuaient à semer la pagaille dans la ville. Des policiers convoqués sur les lieux restaient sur les trottoirs à les regarder faire. Les officiers, en nage sous leurs couvre-chefs épais, leur avaient interdit toute intervention. Quelqu'un prétendait avoir vu le ministre de l'Intérieur, le métis tant redouté Dimande, passer dans sa voiture blindée pour se faire une idée de la situation. Le calme ne revint que dans l'après-midi. La masse des enfants se formait d'abord en bandes, puis en petits groupes qui se dispersaient dans différentes directions. J'étais très fatigué mais bien trop énervé pour réussir à faire la sieste. Mon frère, inquiet de ne pas m'avoir vu à la maison depuis plusieurs jours, avait envoyé un de ses voisins s'informer sur mon état de santé. Je lui rédigeai un message sur un de nos sacs à pain lui expliquant que j'étais pour l'instant surchargé de travail, mais que tout allait bien et qu'il n'y avait pas lieu de s'en faire pour moi. Je me déshabillai derrière la boulangerie abritée par les grandes tôles rouillées qui formaient un petit espace protégé, et je fis ma toilette à la pompe. Puis je me rendis chez madame Muwulene pour acheter de nouvelles bandes qu'elle avait trempées dans sa décoction secrète. J'eus l'impression qu'elle se doutait de l'identité de mon malade. Dans l'obscurité de son garage où flottait une forte odeur d'ammoniaque et d'épices que je ne connaissais pas, j'envisageai sérieusement de lui dire la vérité. J'aurais peut-être même pu lui demander d'aller voir Nelio sur le toit. En voyant l'agitation des enfants, je réalisai l'ampleur de la responsabilité dont je m'étais chargé. Que se passerait-il si Nelio mourait et que l'on découvre que j'avais essayé de le soigner sans faire appel à un médecin ? Si Nelio ne pouvait plus s'exprimer, qui me croirait si j'affirmais que c'était lui qui avait souhaité que je le monte sur ce toit ? Personne. On me traînerait probablement dans la rue, on me lapiderait, on m'arroserait d'essence et on me brûlerait pendant que les policiers détourneraient les yeux.

Mais je ne dis rien à madame Muwulene. C'était déjà trop tard. J'avais accepté ce rôle et il fallait que je l'assume jusqu'à ce que Nelio me demande de l'emmener ailleurs.

Je me rendis ensuite sur le grand marché. J'achetai un poulet cuit et des légumes, c'était tout ce que je pouvais m'offrir. L'effervescence y était grande également. Je ne voyais pas d'enfants à la recherche de Nelio, mais les affamés et les mendiants y étaient plus nombreux que jamais. Je savais que de nouveaux réfugiés affluaient en ville tous les jours. On disait que les bandits attaquaient des villages partout dans le pays, obligeant de plus en plus de gens à quitter leurs maisons. Il paraît même que les jeunes révolutionnaires se sauvaient en les voyant arriver. Je repensai à l'histoire que Nelio m'avait racontée et qui m'avait fait comprendre le malheur qui s'était abattu sur mon pays. La guerre qui sévissait brisait les familles, opposait les frères les uns aux autres. Et derrière ces événements, dans des pays lointains, il y avait des mains manipulatrices qui tiraient les ficelles dans l'ombre. C'étaient les Blancs chassés du pays qui cherchaient à revenir. J'imaginai que les statues de Dom Joaquim retrouveraient leur place dans notre ville et je sentis une colère intense m'envahir. Non seulement ils avaient plongé Nelio dans un abîme sans fond, mais ils avaient également chassé tout un peuple, des gens innocents et honnêtes qui ne demandaient qu'à vivre en paix. Des gens qui n'avaient jamais accepté qu'un étranger quitte leur village sans s'être d'abord assurés qu'il avait mangé à sa faim. En revenant à la boulangerie, je jetai un nouveau regard sur la ville. Je la voyais comme le dernier bastion à défendre contre les bandits et contre l'héritage de Dom Joaquim qui nous menaçaient.

J'ignorais ce qui allait se passer. Sans que j'arrive à m'expliquer pourquoi, le fait que Nelio se trouve sur le toit de la boulangerie et qu'il reste en vie prit pour moi et pour tous les habitants de la ville une importance capitale. Son histoire nous appartenait. Elle était la nôtre.

Avec le peu d'argent qui me restait, j'achetai une chemise à un enfant de la rue. Elle n'était pas chère et visiblement de mauvaise qualité, mais je voulais que Nelio puisse se changer. La sienne était sale et trempée de sueur. Elle avait besoin d'être lavée. Dès mon retour, je montai sur le toit pour vérifier si Nelio dormait encore. A ma surprise, un chat gris s'était mis en boule à ses pieds. Ma première réaction fut de le chasser à cause des puces, mais finalement je le laissai. Nelio dormait profondément et son front était plus frais qu'à l'aube. Je m'installai à côté de la cheminée pour pouvoir le contempler. J'avais toujours du mal à savoir si c'était un enfant de dix ans ou un homme âgé.

A la tombée de la nuit, le chat se leva et disparut dans le noir en passant par les toits. Nelio dormait encore. Je mangeai la moitié de ce que j'avais acheté au marché et descendis à la boulangerie pour commencer mon travail. Un nouvel apprenti s'occupait du pétrin et il n'avait pas encore compris dans quel ordre il fallait mélanger la farine, les œufs, le sucre, l'eau et le beurre. Tout en le surveillant, je me demandais si je devais faire part des événements de la journée à Nelio. Je ne savais pas très bien comment il réagirait. Serait-il content de savoir qu'on le regrettait ? Ou serait-il découragé ? Je finis par décider de lui en parler. Cela l'inciterait peut-être à me raconter ce qui s'était passé et à me donner l'identité de celui qui avait cherché à le tuer.

Dès le début, j'étais certain qu'il ne s'agissait pas d'un accident. Celui qui avait braqué son arme sur Nelio était au service du Mal, quelqu'un que je ne connaissais pas. A un moment donné, j'avais pensé qu'il pouvait s'agir de l'homme aux yeux plissés. Il aurait suivi ses traces jusqu'en ville et aurait fini par le retrouver. Mais j'avais peine à le croire. Pourquoi aurait-il commis son forfait sur la scène du théâtre en pleine nuit ?

Je m'en pris à mon apprenti qui était paresseux et inattentif. Je le menaçai de me plaindre auprès de Dona Esmeralda. Mais il continuait à ajouter l'eau et la farine n'importe comment, tout en riant et en entonnant des chansons monotones de sa composition. Peu après minuit, je le renvoyai chez lui. Je préparai les premiers pains et je les posai sur les plaques. Après les avoir enfournés, je montai sur le toit. Une petite brise soufflait de la mer. Au loin, je voyais se dessiner les éclairs d'un orage.

Nelio était réveillé. Il sourit en me voyant. Je lui donnai à manger et je lui fis boire de l'eau dans laquelle j'avais ajouté les herbes de madame Muwulene.

– Ça fait longtemps que je dors, dit-il. J'ai rêvé que je refaisais le même chemin et que je revoyais Yabu Bata.

– Avait-il trouvé son sentier ?

Nelio m'interrogea du regard.

– Pourquoi lui aurais-je posé cette question ? Yabu Bata cherche réellement son sentier. Il n'y a aucune raison de lui poser cette question-là dans un rêve.

Aujourd'hui, un an après la mort de Nelio et après avoir eu l'étrange explication de ce qui s'était passé, je n'ai toujours pas compris le sens de son propos concernant le sentier de Yabu Bata. J'ai senti qu'il cherchait à me dire quelque chose d'important. Mais mon cerveau n'est pas encore capable de saisir ce qui se cachait derrière ses mots. D'ailleurs je ne pense pas avoir un jour le bonheur de vivre ce moment.

Je changeai son pansement. En m'apercevant que les plaies avaient encore noirci, je ne pus dissimuler mon angoisse. J'eus l'impression de sentir l'odeur de la mort comme si elle s'était déjà mêlée à celle de l'infection.

– Il faut que je te conduise à l'hôpital, lui dis-je.

– Pas maintenant. Je te le dirai quand ce sera nécessaire.

Face à sa détermination, l'idée de protester ne m'effleura pas. Même très malade, il rayonnait d'une sérénité souveraine et incontestable. On lui connaissait ce charisme depuis le jour où il était sorti de la statue équestre et où il nous était apparu à tous.

Au cours de cette nuit, la quatrième, il parla beaucoup de la statue qui était devenue à la fois sa maison et son espace secret où il pouvait se retirer pour réfléchir.

Nelio entra dans la ville au petit matin, le lendemain de son arrivée. Il avait passé la nuit sur la plage, sous un bateau de pêche renversé. Il suivit le flot des gens, des camions surchargés, des bus rouillés, des charrettes et des voitures qui avaient la même destination que lui. Il s'étonna de la taille des immeubles et eut peur que ceux qui se tenaient derrière les carreaux cassés ne tombent et lui atterrissent sur la tête. Il continuait à avancer avec la marée humaine, sans cependant en faire partie. Il marchait tout en se demandant ce qui l'attendait. Le souvenir qu'il gardait de ses premières journées dans la ville se résumait à une longue marche sans fin. Au départ, elle était déroutante et angoissante, puis elle devint agréable. Finalement il eut la sensation qu'elle l'avait conduit à un point d'intersection, celui où tous les événements et tous les gens se croisent. Petit à petit il fit connaissance avec la ville. Il ramassait des restes de nourriture dans les poubelles et apprenait à survivre en imitant les autres enfants qui vivaient dans la rue comme lui.

Il passa les premières nuits dans un cimetière à l'entrée de la ville. C'est là qu'il crut avoir trouvé un ami et c'est là aussi qu'il eut une grosse déception. Au début, ses pieds nus étaient en sang par manque d'habitude de marcher sur le bitume et sur le pavé rugueux. A plusieurs reprises, il avait trébuché et était tombé à cause des trous et des inégalités dans les rues et sur les trottoirs. Il apprit qu'il fallait faire un choix à chaque instant. Il ne pouvait pas regarder les produits exposés dans les vitrines et à la fois marcher. S'il avait envie d'assister à un spectacle improvisé, par exemple une dispute entre un homme et une femme, il devait s'arrêter.

Au crépuscule du premier soir, il était arrivé aux confins de la ville. Derrière une barrière à moitié décrochée du mur, il découvrit quelques arbres. Comme il craignait que d'éventuels rapaces, propres à la ville, ne cherchent à s'attaquer aux gens sans domicile, il décida d'y grimper et enjamba prudemment la barrière. Il s'aperçut qu'il se trouvait dans un cimetière qui n'avait rien à voir avec celui où on enterrait les morts dans son village : des tertres tout simples, parfois ornés d'une croix faite avec deux bâtons. Ici les tombeaux étaient faits de ciment dans lequel étaient incrustées des plaques en porcelaine avec des photos pâlies et fissurées. Beaucoup s'étaient effrités. Il lui sembla se trouver plutôt dans un cimetière de monuments aux morts que dans celui de personnes parties rejoindre leurs esprits. Certaines tombes avaient la taille d'une maison. Toutes étaient décorées de croix blanches en plâtre. L'ouverture de quelques-unes était protégée par des barres en fer. Entre les tombes, des gens s'étaient enroulés dans des couvertures ou dans des cartons pour y passer la nuit. Des femmes préparaient à manger pendant que leur famille attendait. Nelio se rendit compte que l'arbre qu'il avait repéré de la rue n'était pas suffisamment haut pour qu'il puisse s'y réfugier. En découvrant une tombe vétuste qui visiblement n'hébergeait pas de vivant, il s'y glissa et se recroquevilla dans le noir. Il s'endormit presque aussitôt, convaincu d'être entouré de personnes et d'esprits bienveillants.

Au réveil, il s'aperçut qu'il n'était pas seul dans le tombeau. Contre le mur d'en face, sur un matelas, était couché un homme. Il avait remonté sa couverture jusque sous son menton. Ses vêtements, un costume, une chemise blanche et une cravate, étaient accrochés à un cintre. Dans le creux laissé par une pierre détachée, il avait posé une petite glace pour se raser. Nelio se leva sans faire de bruit et il s'apprêtait à s'en aller discrètement, quand il remarqua que l'un des pieds dépassait de la couverture. Il pensa d'abord que l'homme avait gardé ses chaussures pour dormir. Puis, en l'observant de plus près, il vit à son grand étonnement que la chaussure, blanche aux rayures rouges et aux lacets bleus, était peinte à même la peau. L'homme se réveilla en sursaut et se redressa sur le matelas. Il était très maigre et avait le regard perçant. On aurait dit qu'il s'arrachait au sommeil comme un lutteur à la prise de son adversaire.

– Qui es-tu ? demanda l'homme. Je t'ai vu quand je suis rentré cette nuit, mais je n'ai pas voulu te réveiller, même si c'est ma maison. Je suis foncièrement gentil.

– Je ne savais pas que cette maison était occupée, expliqua Nelio.

– Toutes les maisons de cette ville appartiennent à quelqu'un. Il y a tant de gens ici et si peu de maisons.

– Je vais m'en aller, dit Nelio.

– Pourquoi regardes-tu mes chaussures ? demanda l'homme.

– D'abord j'ai cru que c'étaient tes pieds, mais je sais maintenant que je me suis trompé.

– Je dors toujours avec mes chaussures. Sinon je risque de me les faire voler. Comme ça, il faudrait me couper les pieds, ce qui serait un grand malheur.

Puis, il montra à Nelio une ficelle qui reliait le cintre de son costume à son doigt et qui le préviendrait si on essayait de s'en emparer.

– Tu peux m'appeler senhor Castigo, dit l'homme en se levant pour s'habiller. Et toi, as-tu un nom ? Sais-tu faire quelque chose ? Ou es-tu aussi maladroit et ignorant que les autres ?

– Je m'appelle Nelio, répondit-il tout en se demandant ce qu'il savait faire, au fond. Je sais porter des valises sur la tête.

Senhor Castigo le regarda, l'air amusé.

– Un excellent métier, dit-il. Le monde a besoin de gens qui savent porter des valises en équilibre sur leur tête d'imbécile. Saurais-tu tenir une glace sans la faire tomber ?

Nelio tint la glace pendant que senhor Castigo nouait sa cravate avec beaucoup de dextérité.

Une fois que le résultat fut à son goût, il se salua dans la glace, la remit à sa place et plia sa couverture. Puis il fit signe à Nelio de le suivre. Au moment de passer par la barrière à moitié décrochée, l'homme aux chaussures peintes s'immobilisa et l'observa.

– Tu es trop propre, constata-t-il en ramassant une poignée de terre avec laquelle il se mit à lui badigeonner le visage.

Nelio s'esquiva, mais senhor Castigo le saisit brutalement par le bras.

– Tu veux survivre ? C'est vraiment ce que tu veux ? Je vois que tu viens d'arriver en ville. Je t'en donnerai la possibilité à condition que tu fasses ce que je te dis. Compris ?

Nelio acquiesça.

– Reste à quelques pas derrière moi, poursuivit senhor Castigo. On ne se connaît pas. Quand je m'arrête, tu t'arrêtes. Quand j'avance, tu avances. Pour l'instant, tu te rappelleras ça. Le reste, ce sera pour plus tard.

Ils se dirigèrent vers la ville. Senhor Castigo s'arrêta à un coin de rue pour acheter un oignon. Nelio fit ce qu'il lui avait demandé. Puis ils reprirent leur marche à quelques mètres de distance. Ils descendirent des chemins escarpés et finirent par atteindre les grandes rues que Nelio avait vues la veille. Ils passèrent devant un café où de nombreux Blancs étaient en train de boire dans des verres ou dans des tasses. Senhor Castigo tira brusquement Nelio vers une cage d'escalier sombre qui empestait l'urine.

– Porter des valises sur la tête est un travail honorable, digne de l'homme, dit-il en souriant. Mais je vais t'apprendre la base de tout travail humain, l'occupation la plus honnête qu'un être humain puisse exercer.

– J'aimerais bien apprendre ça, répondit Nelio.

– Eh bien, c'est mendier, poursuivit senhor Castigo. Éveiller la compassion des gens grâce à la saleté, la misère et la faim. Aider son prochain à faire preuve de générosité. Sors dans la rue. Quand tu croiseras des Blancs, tu tendras la main en pleurant et en leur demandant de l'argent. Pour pouvoir nourrir tes frères et sœurs dont tu as la charge. Ton père est mort, ta mère est morte, tu es tout seul au monde. Tu comprends ?

– Ma mère est en vie, protesta Nelio. Mon père aussi, peut-être.

Senhor Castigo s'emporta. Ses yeux lançaient des flammes.

– Tu veux vivre ? C'est vraiment ce que tu veux ? hurla-t-il en secouant Nelio.

Sa main se referma sur son bras comme une serre.

– Si je te dis qu'ils sont morts, c'est qu'ils sont morts. Au moment où tu mendies.

– Je ne peux pas pleurer sans raison, dit Nelio.

Senhor Castigo sortit l'oignon de sa poche, l'ouvrit avec ses dents et empoigna ensuite la nuque de Nelio. Il lui frotta les yeux jusqu'à ce qu'ils brûlent et se remplissent de larmes. Puis il le poussa dans la rue. Nelio fit ce que l'homme lui avait appris, il tendit la main vers les Blancs qu'il croisait, murmura que ça faisait des jours, voire une semaine ou un mois, qu'il n'avait pas mangé. Une femme, très grosse et à la peau toute rose, lui dit :

– Tu mens. S'il y avait un mois que tu n'avais pas mangé, tu serais mort à l'heure qu'il est.

Et elle s'en alla sans rien lui donner.

Senhor Castigo restait en retrait. Chaque fois qu'un passant se mettait à chercher dans ses poches un billet pour le donner à Nelio, il s'approchait, comme s'il était pressé, puis reprenait rapidement sa place en arrière-plan.

C'est seulement plus tard que Nelio comprit ce qu'il faisait.

Vers le milieu de la journée, quand la chaleur devint si oppressante que le manque d'eau et l'excès de fatigue faisaient tituber Nelio, senhor Castigo lui proposa d'aller se reposer. Il l'emmena dans un immeuble du quartier du port que Nelio avait vu de loin la veille. Un rideau fait de bandes en plastique blanc était tendu devant une ouverture dans le mur. Senhor Castigo l'écarta et ils pénétrèrent dans une pièce sombre. Nelio n'y voyait pas grand-chose à cause de ses yeux qui le piquaient toujours. Ils s'attablèrent et une femme édentée, sale et qui dégageait une odeur de vin fermenté, tendit une bouteille de bière et une assiette de nourriture à senhor Castigo qui commanda un morceau de pain et de l'eau pour Nelio. Au moment de payer, il sortit un portefeuille de sa poche en souriant.

– Tu te souviens de l'homme au chapeau bleu qui ne t'a rien donné ? demanda-t-il.

Nelio fit oui de la tête. En voyant le portefeuille, il eut quelques soupçons sans vraiment comprendre. Senhor Castigo était ivre pour avoir beaucoup bu pendant le repas. Nelio se sentait de plus en plus mal à l'aise en sa compagnie. Il ne savait pas très bien comment il allait se débrouiller, mais il ne voulait pas mendier. Pour quelle raison la mendicité serait-elle l'occupation la plus honnête qu'un homme puisse exercer ? Dans le village incendié, tout le monde parlait des mendiants avec mépris ou compassion. Les deux sentiments étaient parfois difficiles à distinguer.

Senhor Castigo sortit un deuxième portefeuille de sa poche, puis une bourse rouge qui avait appartenu à une femme. Sans savoir très bien comment l'homme aux chaussures peintes s'y était pris, Nelio conclut que c'était un pickpocket. Cela expliquait pourquoi il s'approchait des gens qui voulaient donner de l'argent. Nelio décida de s'enfuir. Il y avait forcément une autre manière de survivre dans la ville. Mais l'homme en face de lui paraissait capable de lire dans ses pensées. Il se pencha au-dessus de la table, saisit le menton de Nelio et le regarda de ses yeux vitreux.

– N'y pense pas, dit-il. N'essaie pas de t'échapper. Je te retrouverai toujours. Tous les policiers de cette ville sont mes amis. Si je leur demande de te chercher, ils le feront. N'y pense pas !

Il lâcha le menton de Nelio pour se consacrer à la bière et aux portefeuilles. La femme édentée vint observer la scène. De temps en temps, elle essayait de piquer un billet ou deux, mais senhor Castigo était attentif et lui donnait une tape sur la main. On aurait dit qu'ils jouaient à un jeu brutal. Nelio avait déplacé sa chaise pour se reculer dans les ténèbres. Il avait du mal à croire qu'un pickpocket puisse être ami avec les policiers. Tout était peut-être inversé dans la ville ? Cependant il était certain que senhor Castigo avait voulu l'intimider. S'il ne s'enfuyait pas maintenant, ce serait bien pire après. L'oignon le rendrait peut-être aveugle.

L'occasion se présenta lorsque senhor Castigo fut endormi sur sa chaise. La tête appuyée contre le mur, il ronflait la bouche ouverte. La femme édentée s'était retirée dans une pièce à l'arrière d'où provenait une odeur de graillon. Nelio se leva prudemment et se dirigea à reculons vers la porte. Il écarta doucement le rideau en plastique. Un rayon de soleil effleura le visage de senhor Castigo sans toutefois le réveiller. Une fois sorti dans la rue, il se mit à courir. A chaque instant, il s'attendait à sentir la main de senhor Castigo lui saisir la nuque. Ou à être rattrapé par l'homme aux yeux plissés revenu du pays des morts pour se venger. Ou par l'homme sans dents. Nelio courait à toutes jambes. Il ne s'arrêta pour reprendre son souffle que lorsqu'il arriva sur le grand marché où il put se noyer dans la foule. Il étancha sa soif et se rafraîchit le visage à l'une des fontaines lézardées où l'eau jaillissait de la bouche d'un poisson. Tout en s'efforçant de rester invisible, il gardait une vigilance extrême, persuadé que senhor Castigo était parti à sa recherche. Les policiers étaient nombreux devant le marché. Nelio s'aperçut qu'ils portaient les mêmes armes que les bandits. Une de ces armes qu'il avait tenues entre ses mains quand on lui avait demandé de tirer sur Tiko. Pourquoi les policiers et les bandits étaient-ils munis des mêmes armes ? Était-il possible que les policiers soient les amis du pickpocket ? Dans le doute, il se sauva quand ils s'approchèrent de la fontaine. Il sortit de ses poches les billets qu'il avait mendiés et les compta. Leur montant correspondait au quart de ce que Yabu Bata lui avait donné pour s'acheter une culotte. Il pourrait se nourrir pendant deux jours à condition de manger très peu. Il vivrait donc comme un mendiant, puis il faudrait qu'il trouve un autre moyen pour survivre.

Il s'engagea dans une grande rue qui longeait la plage bordée de palmiers et de bancs délabrés. L'air de la mer était rafraîchissant et les palmiers donnaient de l'ombre. Il découvrit un escalier qui descendait directement dans l'eau où il s'assit pour prendre un bain de pieds et soulager ses blessures. Il n'osa cependant pas s'y attarder de peur que senhor Castigo ne le retrouve. Dans ce cas, il ne lui resterait qu'une seule issue : se jeter à la mer.

Il passa la nuit dans une voiture rouillée à l'extérieur de la ville. Après s'être assuré qu'il n'y avait personne à l'intérieur, il se glissa sur le siège arrière – ou ce qui en restait – et essaya de trouver une position à peu près confortable. De partout lui parvenait le bruissement léger des rats qui couraient dans le noir. Son sommeil fut agité. Les rêves l'effleuraient de leurs doigts indiscrets. Son père était là, son village n'avait pas été brûlé. Sa mère aussi était tout près, mais il ne pouvait pas la voir. C'était une journée claire et sans nuages, mais quelque chose n'allait pas. Il soufflait un petit vent froid qu'il n'arrivait pas à s'expliquer. Puis il réalisa que le soleil était absent. Il scruta le ciel. La lumière était intense, mais elle n'avait pas de source. D'où pouvait-elle venir ? A cet instant, il s'aperçut que c'était la nuit. Les bandits étaient là. Ils étaient partout et il essaya de s'échapper.

Il se réveilla parce qu'il s'était cogné le genou contre un bout de ferraille qui dépassait de la voiture. Un chien errant l'observait à travers la vitre. Quelqu'un riait et on entendait une radio dans le lointain. Il faisait encore nuit. Le rêve l'avait rendu triste et il se dit que rien n'était aussi difficile que la solitude. D'une manière ou d'une autre, il trouverait de quoi manger pour survivre. Mais comment supporter la solitude ? Il quitta la voiture à l'aube sans avoir obtenu de réponse.

Dans la journée, il trouva une statue qui lui servirait de domicile le temps qu'il resterait en ville. Il avait erré sans but pour se tenir à l'écart de l'ombre menaçante de senhor Castigo, mais aussi pour chercher un remède à son isolement. Il était arrivé dans une partie du centre de la ville qu'il ne connaissait pas. Entre les grands immeubles se dégageait une petite place circulaire au milieu de laquelle trônait une grande statue équestre. Nelio n'avait jamais vu de statue, ni de cheval. Il crut d'abord qu'il s'agissait d'un âne. Il se risqua à interroger l'un des hommes assis au pied de l'énorme animal : existait-il réellement des ânes aussi grands ?

– L'âne le plus grand est celui qui pose une question

pareille, répondit l'homme en riant, content d'avoir trouvé une méchanceté aussi drôle.

Nelio comprit qu'il aurait dû réfléchir avant de poser sa question. Il savait par expérience que les vieux aiment bien se moquer de l'ignorance des jeunes. Un des vieillards à la toux caverneuse lui expliqua cependant qu'il s'agissait d'un cheval, un *cavalo* arabe. Le cavalier était un général célèbre, l'un des ancêtres du fameux gouverneur Dom Joaquim. Il lui raconta aussi que si la statue était encore là, c'était par erreur, lorsque les jeunes révolutionnaires avaient décidé de déplacer tous ces souvenirs désagréables d'une époque révolue.

– Mais on ne peut pas exterminer des statues, poursuivit le vieil homme pensif. On ne peut pas exterminer une statue comme on écrase un insecte. On peut l'enlever, la faire fondre, mais on ne peut pas l'exterminer.

Nelio apprit donc que la statue avait été oubliée. Cela avait entraîné une controverse qui se poursuivait encore au sujet du responsable de cet oubli. En attendant, la statue restait là. Le cavalier portait un casque et tenait à la main une épée dirigée contre une boutique de tissus indiens de l'autre côté de la place. Nelio en fit plusieurs fois le tour avant de s'asseoir au pied du socle, à une distance respectable des vieillards. Il avait envie de rester là. Il se sentait bien à cet endroit calme où les gens se promenaient lentement et dignement, où les voitures étaient rares et les bruits de la ville assourdis par les grands immeubles. Il retrouvait la même tranquillité que derrière les dunes de sable où il avait dormi au cours de sa longue marche. Un calme qu'il avait ressenti aussi dans une clairière au milieu des petits bois aux arbres noirs à proximité de son village. Il passa l'après-midi au pied de la statue en se déplaçant comme les vieux au rythme du soleil, sans quitter des yeux ce qui se déroulait sur la place. Les commerçants indiens et leurs épouses, aux cheveux et aux épaules couverts d'un voile, attendaient les clients, immobiles dans l'entrée de leurs boutiques sombres. A l'ombre des grands acacias, sur des nattes en raphia, des femmes étaient assises derrière des pyramides de fruits, de légumes et de racines de *cassava* qu'elles tentaient de vendre. Leurs enfants s'ébattaient autour d'elles. Quand une des femmes s'assoupissait dans la chaleur, les autres se chargeaient immédiatement de la surveillance des petits. La plupart du temps, elles restaient silencieuses, mais parfois elles chantaient et il arrivait qu'éclatent de violentes disputes qui s'arrêtaient aussi brusquement. Nelio ne comprenait pas tout ce qu'elles disaient, leur langue étant trop différente de la sienne. Mais d'après les commentaires méprisants de certains hommes, il en déduisit que les femmes, fidèles à leur nature, se querellaient pour des futilités. Cela provoquait un désaccord entre les hommes, qui à leur tour se mettaient à débattre des vraies valeurs de la vie.

Une petite église se trouvait en face. De temps à autre, un curé habillé de noir jetait un regard par la porte comme s'il espérait la visite inopinée d'âmes en peine, en quête de consolation. Mais n'en voyant aucune venir, il refermait la porte pour la rouvrir peu après. Le curé était un homme blanc, barbu et entièrement chauve.

Dans les autres bâtiments qui se répartissaient autour de la place habitaient des gens, beaucoup de gens. Il y avait partout du linge qui séchait et des enfants qui jouaient sur les trottoirs en criant. Quand le bruit devenait insupportable, les vieillards les menaçaient du poing, mais les enfants n'y prêtaient aucune attention. A plusieurs reprises, Nelio éprouva un besoin irrésistible de les rejoindre pour participer à leurs jeux, mais il savait qu'il ne le pouvait plus. Avant d'arriver en ville, il avait quitté son enfance et son âge aussi, comme on se débarrasse d'une enveloppe impalpable. Il les avait déposés sur la plage où il avait dormi la dernière nuit avant de se faire engloutir par la ville. Le fait qu'il soit assis à l'ombre de la statue équestre avec les vieillards était révélateur de la grande transformation qu'il avait subie, provoquée par l'arrivée des bandits dans son village. Ici, sur cette place, il avait pour la première fois eu l'impression de maîtriser son angoisse. C'était comme s'il avait retrouvé un village au milieu de la ville.

C'est ce soir-là qu'il trouva une maison. Les anciens se levèrent les uns après les autres pour partir dans le noir regagner leurs taudis. Le soleil s'était couché, les commerçants indiens avaient d'abord hésité puis ils avaient admis, avec tristesse, qu'il n'y aurait plus de clients ce jour-là. Ils fermèrent leurs portes à clé et baissèrent les lourdes grilles métalliques. Les gardiens de nuit noirs, vêtus de longues blouses déchirées, les remplacèrent. Ils défirent leurs balluchons contenant des couvertures et des cuisses de poulet. Ils allumèrent des feux et préparèrent du thé. Ils attendirent que les commerçants soient partis dans leurs voitures pour dîner et déballer leurs couchages. Les mères appelèrent les enfants qui avaient arrêté leurs jeux, le linge fut ramassé, l'odeur de curry et de piri-piri se mêla au vent de l'océan Indien. Pour finir, Nelio se retrouva seul devant la statue équestre. Il mangea un morceau de poulet acheté à un homme qui avait installé sa cuisine dans un vieux baril de pétrole chauffé au charbon. Il ne voulait plus quitter cette place qu'il avait découverte après avoir échappé à senhor Castigo. Il n'y a qu'en s'enfuyant que l'on peut accéder aux secrets du monde. Autrement, ils vous restent inconnus.

A la tombée de la nuit, il repéra une trappe sous le

ventre du cheval, juste derrière la jambe de devant repliée. En actionnant la poignée rouillée, il réussit à l'ouvrir. Nelio constata que l'espace était vide à la place des intestins. Il s'y glissa. La faible lueur des étoiles s'infiltrait à travers les narines du cheval et les orbites des yeux du cavalier casqué et à l'épée tirée. La statue était suffisamment grande pour qu'il puisse se mettre debout et il sut tout de suite que ce serait son nouveau domicile. Il ressentit une grande joie. Il y aurait ainsi toujours au-dessus de sa tête un homme armé d'une épée pour veiller sur lui. Ses rêves allaient pouvoir voyager en sécurité à l'intérieur de ce cheval. Il allait pouvoir y grandir, se marier et voir grandir ses enfants. Cette nuit-là, beaucoup de pensées trottèrent dans sa tête. Son inquiétude s'estompa peu à peu et il finit par s'endormir, la tête appuyée contre le postérieur gauche du cheval. Son genou replié lui servait d'oreiller.

A l'aube, il fut réveillé par le rire fou d'un homme. En sortant par la trappe, il vit le prêtre vêtu de noir qui faisait les cent pas devant la petite église et qui discutait tout en gesticulant et en marmonnant comme si une personne invisible marchait à côté de lui. Il râlait, ouvrait les bras avec colère et de temps à autre éclatait d'un rire insensé. Nelio crut qu'il était en train de se disputer avec les mauvais esprits ou les âmes damnées qui s'étaient assemblés devant l'église au cours de la nuit. Plus tard, une fois que les anciens eurent repris leur place au pied de la statue, il apprit que le vieux curé qui s'appelait Manuel Oliveira, avait perdu la raison bien des années auparavant, lorsque les jeunes révolutionnaires avaient pris le pouvoir et étaient entrés dans la ville. Personne n'avait pu dire si c'était de peur ou de rage. Il avait jeté l'anathème sur les jeunes révolutionnaires avec une telle violence qu'aucun de ses anciens paroissiens n'avait osé assister à la messe par crainte d'être arrêté par la police de sécurité, tout nouvellement mise en place. Cette police avait tous les pouvoirs pour surveiller et emprisonner les dissidents, spécialement ceux qui estimaient que la période coloniale représentait la belle époque.

Cependant Manuel Oliveira avait poursuivi ses sermons, même devant des bancs inoccupés. Des membres de la police secrète avaient parfois assisté à ses messes qui n'en finissaient pas et Manuel, encouragé par leur présence, avait intensifié ses accusations virulentes. Pour commencer, on avait fait preuve de tolérance vis-à-vis du curé atteint de sénilité et de démence. On s'était contenté de rédiger un décret qui interdisait à quiconque de se rendre à l'église, réduisant ainsi le prêtre à prêcher dans le vide. Mais lorsqu'il avait commencé à faire ses sermons dehors, perché sur une caisse en bois devant la porte de l'église, on avait mis le holà. Manuel Oliveira fut alors envoyé dans un camp correctionnel pour dissidents, situé dans les provinces éloignées au nord du pays. Pendant une courte période, on avait même menacé de l'exécuter par balle sur les marches de l'église s'il ne cessait pas ses attaques insensées contre l'ordre nouveau. Mais rien n'y fit. On avait fini par l'autoriser à revenir dans l'espoir qu'il se lasserait, ce qui arriva. A partir de ce jour-là, il passa ses journées en silence à l'intérieur de l'église, dans l'attente permanente et vaine que Dieu lui explique ce qui se passait et pourquoi personne ne venait l'écouter. C'était seulement pendant les toutes premières heures de la journée qu'il faisait encore quelques rechutes dans la démence. Pour les veilleurs de nuit, c'était le signe qu'il était l'heure de se réveiller et que les commerçants indiens n'allaient pas tarder à revenir. Ils assureraient alors que la nuit avait été calme et qu'ils avaient exercé une surveillance vigilante et sans faille. Puis, au moment où Manuel Oliveira retournait dans son église désertée et replongeait dans le silence, les veilleurs repliaient leurs couvertures pour courir vers leurs emplois diurnes. Voilà ce que racontaient les anciens à Nelio sans soupçonner qu'il avait élu domicile à l'intérieur de la statue qui les protégeait du soleil. Une femme déposa une assiette de nourriture devant la porte de l'église et Nelio pensa de nouveau que ce quartier avait réellement des points communs avec son village incendié.

Au cours de la période qui suivit, Nelio apprit à survivre dans la ville en étant constamment aux aguets. Il revit senhor Castigo une fois. Il était ivre mort et son costume était taché et déchiré. Il n'inspirait plus la crainte.

Nelio passait beaucoup de temps à observer les enfants de son âge qui vivaient dans la rue. Il voyait tout le mal qu'ils se donnaient pour laver des voitures, mendier, vendre et voler ce qu'ils pouvaient. Il remarqua que les aînés dirigeaient les plus jeunes et il se dit que sa place était parmi eux. Ses promenades à travers la ville le conduisaient de temps à autre dans des quartiers très calmes, dont les rues en parfait état n'étaient pas jonchées d'ordures. De grandes maisons blanches sans fissures au milieu de vastes jardins étaient cachées derrière de hautes clôtures grillagées. Là aussi, il y avait des enfants de son âge, mais leurs regards le traversaient sans le voir. Lui, il appartenait aux autres, à ceux qui se battaient pour survivre.

Il comprit qu'il était extrêmement difficile pour les nouveaux venus de se faire accepter par ceux qui vivaient déjà dans la rue depuis un certain temps et qui défendaient leur territoire. De nombreux enfants s'éloignaient après avoir été repoussés et battus, mais ils revenaient, faute d'endroit où se réfugier. Certains disparaissaient, dans l'indifférence générale. Nelio restait parfois éveillé à l'intérieur du cheval, la tête appuyée contre la jambe arrière gauche, à se demander s'il existait un ciel particulier pour les enfants de la rue disparus. Un monde où les enfants de la rue pouvaient continuer à danser, à avoir faim et à rire.

Au milieu d'une phrase, Nelio se tut. L'aube n'était pas loin. A l'ouest, le ciel avait commencé à se colorer d'une lumière orangée qui annonçait le soleil. Le visage de Nelio trahissait une grande fatigue. Je croyais qu'il s'était replongé dans le sommeil, quand il reprit son récit.

– L'occasion s'est présentée de façon inattendue. Un jour, j'ai pu me joindre à un groupe d'enfants de la rue. Tu les connais déjà. Ils sont toujours devant le théâtre. Il est arrivé quelque chose qui a tout changé. J'étais là tout à fait par hasard. Mais la vie n'est qu'un long enchaînement de hasards, n'est-ce pas ?

J'ai attendu qu'il poursuive, en vain. Nelio avait fermé les yeux et s'était endormi. Sa respiration était haletante. J'appréhendais déjà ce que j'allais découvrir en lui changeant le pansement. Pourtant, je savais que la vie le retenait pour quelque temps encore. Il n'allait pas m'abandonner sans m'avoir expliqué comment il avait intégré le groupe d'enfants qui vaquaient à leurs occupations devant le théâtre.

Je savais qu'il me raconterait la suite.

Je me suis levé et je me suis avancé jusqu'au bord du toit pour regarder la ville. J'étais très fatigué.

Plus tard ce jour-là, en rentrant d'une nouvelle visite à madame Muwulene, je me suis rendu sur la place où se dressait la statue équestre. Les anciens étaient assis à l'ombre. Tout était exactement comme Nelio me l'avait raconté… Je me suis installé près de la jambe du cheval et j'ai repéré la trappe de l'espace secret. Un instant, j'ai été tenté de l'ouvrir et de m'y glisser, mais j'y ai renoncé. Cela aurait été trahir sa confiance. Je ne me suis pas attardé. Il fallait que j'aille m'approvisionner. Il restait encore dix jours avant que Dona Esmeralda ne me verse mon salaire, si toutefois elle avait de quoi me payer. Rien n'était moins sûr. Une des filles espiègles m'avait prêté de l'argent en attendant.

Il faisait très chaud. Un orage se préparait à l'horizon. Je me suis dépêché de regagner le toit pour installer l'abri que j'avais fabriqué avec de vieux sacs de farine. Je venais tout juste de terminer quand la pluie s'est mise à tomber.

Nelio ne s'était aperçu de rien. Il dormait.

La cinquième nuit

Le mauvais temps s'était éloigné. Une nuit fraîche et claire enveloppait la ville. Le toit était encore humide après les fortes pluies. J'avais dormi quelques heures sur de vieux journaux près de la cheminée. Il était presque minuit. Il fallait que j'aille jeter un coup d'œil sur le travail de mon apprenti négligent et je m'apprêtai à descendre vers la chaleur de la boulangerie quand j'entendis la voix de Nelio. Il voulait aller aux toilettes. Étant donné le peu de nourriture qu'il avait avalé depuis les jours et les nuits qu'il avait passés sur le toit, j'avais totalement oublié cette nécessité. Je savais que je trouverais ce qu'il fallait dans la petite cour intérieure. Une vendeuse s'y était attardée avec l'un des boulangers qui assuraient le travail du jour. Je pouvais difficilement faire semblant de ne pas les voir, même si la situation dans laquelle ils se trouvaient l'aurait exigé. Les joues en feu, je m'emparai rapidement d'un seau qui servait de poubelle et remontai aussitôt sur le toit. Derrière moi, j'entendis le rire gêné de la fille et la colère du boulanger, furieux d'avoir été dérangé. Je déchirai un morceau de papier journal et je le déposai à côté du seau avant d'aider Nelio à se lever. Puis, je me retirai discrètement. A mon retour, il avait regagné le matelas. L'effort lui avait été pénible et il était en sueur.

J'avais honte de n'avoir rien prévu de mieux pour lui.

– Ton travail t'attend, me dit-il.

– Je ne vais pas être long. Mais le garçon qui s'occupe du pétrin ne connaît pas les quantités de farine et de sel nécessaires pour que le pain soit comme le souhaite Dona Esmeralda.

Je descendis le seau à la main. Il me fallut deux heures pour préparer le travail de la nuit. Les yeux brillants de l'apprenti me firent comprendre qu'il avait fumé du *soruma* et qu'il était parti vers un pays lointain. Incapable de me contrôler, je le frappai en plein visage en lui criant que j'en avais assez et qu'il serait mis à la porte dès que Dona Esmeralda aurait appris à quel point il avait trahi sa confiance.

Par conséquent, le travail fut bien plus long que d'habitude. Le garçon tenait à peine sur ses jambes et je n'osai pas le laisser aller tout seul s'approvisionner dans les stocks. Je me chargeai donc moi-même des gros sacs de farine. Pour comble de malheur, le bois brûlait mal et les fours mirent beaucoup de temps pour être suffisamment chauds et accueillir la première cuisson. Je pétris la pâte et façonnai le pain aussi vite que je pus, mais la nuit était bien avancée quand je pus enfin renvoyer l'apprenti et remonter sur le toit. Nelio était réveillé. Je lui avais laissé des fruits, un morceau de pain avec une épaisse couche de beurre à côté de son matelas et, à ma grande joie, il avait tout mangé. Il avait également enfilé la chemise que j'avais lavée. Un miracle était-il en train de se produire ? Le fait qu'il soit allé à la selle prouvait que son estomac n'était pas trop gravement atteint. Le fait qu'il se nourrisse était la preuve que la vie reprenait ses droits. Après tout, les herbes de madame Muwulene agissaient peut-être efficacement.

Mais en changeant son pansement, je perdis de nouveau courage. La blessure était encore plus noire qu'avant, elle suppurait et sentait mauvais. Il était grand temps d'aller à l'hôpital pour extraire les balles qui empoisonnaient son corps, sinon Nelio n'en avait plus pour longtemps. Je lui expliquai la gravité de la situation, mais il sourit en secouant la tête.

– Je te dirai quand ce sera le moment, dit-il.

Je nettoyai ses plaies en faisant tout ce que je pouvais pour lui éviter de souffrir inutilement. Pourtant je voyais bien qu'il s'efforçait de dissimuler sa douleur. J'appliquai des bandes propres et lui donnai à boire, puis il s'allongea de nouveau sur le matelas. A la lueur de la lampe à pétrole, je m'aperçus que son visage s'était creusé durant les quatre jours que nous avions passés ensemble. Sa peau noire était tendue sur ses pommettes, ses yeux semblaient enfoncés dans leurs orbites, ses lèvres étaient gercées et ses cheveux frisés avaient commencé à tomber. Il aurait mieux valu qu'il se repose la nuit au lieu de me parler. Mais ma curiosité était très forte, je l'avoue. Sentant confusément que son histoire était aussi la mienne, j'attendais chacun de ses mots avec impatience. Cependant, il ne fallait pas que je sois trop pressé. Seul le silence, le suspens de son récit, lui permettrait de guérir.

Quand il me demanda de venir m'asseoir à côté de lui pour écouter la suite, je n'opposai aucune résistance et je ne lui rappelai pas non plus la nécessité pour lui de se reposer. Comme les nuits précédentes, il poursuivit sa marche à travers la ville, à travers sa vie. Tout était calme. L'obscurité qui nous entourait n'était déchirée que par des aboiements de chiens et par le bruit de quelques gouttes de pluie juste avant l'aube.

La puissance du hasard préoccupait Nelio. Les petits mots apparemment anodins *si* et *si non* lui semblaient infiniment plus importants que tous les autres. Impossible d'en faire abstraction. Impossible de nier leur présence constante comme symboles de l'imprévisible qui semble diriger nos vies.

C'étaient en général ses promenades sans but qui lui offraient les moments les plus précieux. Un matin, au cours d'une flânerie, il aperçut, à proximité du théâtre, quelques policiers qui frappaient violemment un enfant de la rue avec leurs matraques noires. Nelio connaissait le garçon de vue. Il s'agissait du chef de la bande et il savait qu'il s'appelait Cosmos. Comme la plupart des meneurs, il était un peu plus âgé que les autres. Il avait treize ou peut-être quatorze ans. Nelio l'avait remarqué parce que son comportement le distinguait des autres. Il était rare qu'il s'attaque aux petits, qu'il les dispute ou leur demande des services pour prouver son autorité.

Nelio était incapable d'assister à ce genre de scène sans intervenir. Peu lui importaient les circonstances. Rapidement, il mit sur pied un plan, dont la réussite fut assurée par le hasard qui vint à son secours une fois de plus. Il se trouvait à une intersection, à la hauteur d'un feu qui réglait la circulation, particulièrement dense à cet endroit. Quelques semaines auparavant, il avait vu deux hommes en bleu de travail le réparer. Ils avaient ouvert une armoire métallique rouillée et avaient actionné des interrupteurs pour le remettre en marche. Déjà, à ce moment-là, la serrure de l'armoire était cassée mais si on n'était pas au courant, on ne pouvait pas s'en douter. Sans réfléchir davantage, Nelio s'accroupit sur le trottoir, à côté de l'armoire, comme le faisaient les enfants de la rue quand ils avaient besoin de se reposer. Avec d'infinies précautions, il réussit à ouvrir la porte, à y glisser son bras et à repérer les interrupteurs qu'il se mit à faire fonctionner tout en ayant l'air de dormir. Une pagaille indescriptible s'ensuivit. Le feu vert entra dans un corps à corps acharné avec le feu rouge, les voitures s'enchevêtrèrent dans un embouteillage inextricable au milieu du large carrefour, les klaxons bêlèrent, des queues interminables se formèrent, ceux qui étaient trop loin pour comprendre ce qui se passait descendirent de leurs véhicules et s'en prirent avec brutalité aux malheureux qui se trouvaient là. Alertés par le chaos général, les agents de police, ceux qui avaient arrêté Cosmos, relâchèrent l'enfant et pénétrèrent dans le désordre. Nelio avait déjà quitté son poste stratégique, les feux s'étaient remis à fonctionner normalement et personne ne comprit ce qui s'était passé. Furieux, le visage enflé et les yeux remplis de larmes, Cosmos s'était assis sur le bord du trottoir. Nelio s'approcha, s'installa à côté de lui et lui raconta ce qu'il avait fait, sans craindre d'être pris pour un menteur. Et il avait raison. Cosmos éclata de rire. Les autres enfants de la bande misérable s'agglutinèrent autour d'eux et apprirent cette drôle d'histoire.

– Tu es avec qui ? demanda Cosmos à Nelio.

– Avec personne.

– Alors, tu es avec nous.

A partir de ce moment-là, Nelio laissa derrière lui sa grande solitude et ce fut le début de sa nouvelle vie avec Cosmos, Tristeza, Mandioca, Pecado, Nascimento et Alfredo Bomba. Il partageait tout avec eux. La statue mise à part. D'abord, Cosmos lui avait demandé pourquoi il ne dormait pas comme eux sur des cartons dans l'entrée du Palais de Justice. Nelio avait répondu qu'il souffrait d'une maladie qui l'obligeait à changer de lieu tous les soirs. Comme son explication paraissait plausible, Cosmos n'avait pas mis sa parole en doute. En revanche, il avait proposé que tous les enfants rassemblent l'argent nécessaire qui permettrait de payer un *curandeiro* pour guérir Nelio de cette étrange maladie. Nelio avait approuvé, certain qu'il leur serait impossible de réunir une telle somme.

Nelio trouva sa place dans le groupe, sans pour autant désavantager les autres. Chacun avait une position précise. Elle pouvait être décalée vers le bas ou vers le haut, selon le bon vouloir de Cosmos, qui était parfois capricieux, mais qui la plupart du temps évaluait la situation avec sagesse. Dès le départ Nelio évolua librement à l'intérieur de la bande. Il suivait ses propres circuits. Cosmos fut le premier à comprendre qu'il ne ressemblait à personne. Les autres aussi s'en rendirent compte rapidement, même Tristeza qui pourtant était particulièrement lent. Nelio appartenait à une race à part. Il avait beau essayer de se comporter comme eux, apprendre leur langue et adopter leurs habitudes, il restait différent. C'était une évidence. Les autres ne cherchaient même pas à en connaître la raison.

Une nuit, Cosmos fit un rêve qu'il raconta à Nelio bien plus tard, mais jamais aux autres. Il avait rêvé que Nelio était un être humain séché au soleil comme un fruit ou un poisson, au goût incomparable et inaltérable. Profitant d'un moment où ils n'étaient que tous les deux, Cosmos demanda à Nelio s'il y voyait un sens. Sa condition de chef n'admettait pas qu'il pose des questions, son rôle étant de fournir les réponses. Nelio suggéra que ce rêve était d'inspiration divine mais qu'il ne pouvait être interprété que par Cosmos. Lui-même était incapable de donner une explication puisqu'il était originaire de régions éloignées où le Divin n'apparaissait que très rarement dans les rêves des gens. Le dimanche suivant, Cosmos, profondément troublé par la réponse de Nelio, ordonna à toute la bande de se laver et de l'accompagner à la grande cathédrale pour assister aux vêpres. Mais Tristeza ne put s'empêcher de rire pendant la prière et Alfredo Bomba s'endormit par terre, si bien qu'on les chassa de la cathédrale. Depuis cet incident, ils n'y étaient jamais retournés. Sur un ton plein de mépris,

Cosmos avait lancé au bedeau qui avait jugé bon de les mettre à la porte :

– Dieu est présent même dans les poubelles.

Puis ils avaient détalé dans tous les sens pour ne pas être rattrapés, avant de se retrouver de nouveau devant le théâtre. Cosmos était tellement furieux qu'il avait renoncé à frapper Mandioca et qu'il lui avait même pardonné d'avoir perdu, dans la précipitation, le missel que Cosmos avait chapardé dans la grande poche d'un des prêtres vêtus de noir et qu'il avait ensuite fait passer à Mandioca, mieux équipé que lui pour le dissimuler. Par la suite, il envisagea longuement de créer lui-même un mouvement religieux qui concernerait exclusivement la vie des enfants de la rue. Le dieu des bandes miséreuses devait forcément exister quelque part et, grâce à Cosmos, il retrouverait ainsi un jour sa place. Mais à l'approche de la période la plus chaude de l'année, il n'eut plus le courage de s'impliquer et renonça au projet.

Cosmos avait immédiatement compris que Nelio n'était pas entré en contact avec le groupe dans l'intention de le défier et de s'emparer du pouvoir dès que l'occasion se présenterait. Néanmoins, il n'avait pu s'empêcher d'avoir quelques doutes, n'ayant jamais entendu parler d'une situation semblable et n'y ayant jamais été confronté. Il avait soupçonné Nelio de lui avoir menti et avait secrètement chargé Pecado et Mandioca de poser des questions sournoises pour percer ses intentions, au cas où Nelio n'aurait pas été ce garçon raisonnable et discret qu'il semblait être. Finalement, il convint que sa première impression avait été la bonne et que Nelio était bien quelqu'un de remarquable. Il n'avait pas de face cachée. Il était parfaitement intègre. Il n'était porteur d'aucun secret inattendu, sa maladie mise à part. Cosmos n'avait jamais rencontré une personne comme lui. Comment était-il possible que quelqu'un soit aussi totalement fidèle à lui-même ? Quand Cosmos envisagea de quitter le groupe pour entreprendre son long voyage vers un autre monde, il fit part de ses réflexions à Nelio qui s'en étonna beaucoup. Il n'avait jamais imaginé que sa présence ait pu déclencher autant de réactions chez Cosmos. Par contre, il avait remarqué que d'autres membres du groupe, en particulier Nascimento et Pecado, et même Deolinda qui, plus tard, s'était imposée de force dans la bande, avaient eu beaucoup de mal à l'accepter. La rumeur selon laquelle il possédait un don particulier lui permettant d'échapper aux coups était née à cette époque-là. C'était Nascimento surtout qui cherchait à le provoquer : un garçon agressif qui savait à peine parler et qui, faute de véritable langage, se servait de ses poings et de ses pieds pour exprimer et commenter le monde dans lequel il était obligé de vivre. Il portait le nom de sa propre conception.

Tous les enfants avaient leur histoire à eux, et malgré leurs enfances difficiles, ils avaient tous des personnalités bien affirmées. Leur groupe était considéré comme le plus sale, mais aussi le plus digne de la ville. Nelio réalisa plus tard que c'était justement cette dignité en guenilles qui avait agacé les policiers. Ils auraient bien voulu impressionner Cosmos et faire naître chez lui une telle peur qu'il l'aurait ensuite transmise aux autres enfants. Mais ils avaient échoué dans leur entreprise. Nelio avait le sentiment de vivre bien à l'abri, dans une sorte de forteresse dansante et joyeuse dont les murs les rendaient tous invulnérables. Progressivement, il avait appris à connaître les autres garçons et il s'était rendu compte que c'étaient des adultes, malgré leur jeune âge, des hommes âgés qui n'avaient pas encore atteint la puberté. Leurs histoires cachaient des gouffres de souffrances où chacun était à la fois le héros, le malfaiteur et la victime de son propre drame. Leurs noms chantaient, tout comme leurs corps noirs. Il y avait le grand Mandioca aux pieds démesurés et au petit doigt crochu. C'était lui qui avait les poches les plus volumineuses, toujours pleines de terre dans laquelle poussaient des oignons et des tomates. Il les arrosait tous les jours et son pantalon était en permanence humide. C'était sa manière à lui de conjurer le sort. Sa façon d'exprimer la nostalgie de son village dont il ne se souvenait plus mais qui subsistait au fond de sa conscience. Ses parents et sa famille avaient fui en apprenant l'arrivée des bandits. Ils étaient partis en bus avec d'autres villageois et au moment où ils s'étaient crus en sécurité, ils avaient subi une attaque soudaine et brutale. On avait mis le feu à leur bus, on avait jeté le petit Mandioca dans des buissons au bord de la route où quelques religieuses étrangères l'avaient retrouvé bien plus tard, déshydraté et à moitié mort. Tout en marmonnant des prières, elles l'avaient emmené dans un orphelinat de la ville. C'est là que Mandioca avait appris à marcher dans le seul but de s'en aller et de rejoindre son village. Il n'avait pas réussi à dépasser le centre de la ville où sa vie d'enfant de la rue avait commencé à l'âge de quatre ans. Des organisations de bienfaisance de différents pays et des hommes de bonne volonté l'avaient, à plusieurs reprises, conduit dans des orphelinats, mais il s'était toujours sauvé pour regagner la rue, puisque c'était elle qui le mènerait un jour jusque chez lui. Il refusait de prendre un bain, de dormir dans un lit et de mettre des vêtements propres. Il lui fallait des poches suffisamment grandes pour contenir cette terre qui était pour lui aussi essentielle que son sang. Il avait oublié l'apparence de ses proches, mais il espérait reconnaître sa mère ou son père dans chaque personne qu'il croisait. Il était à la recherche de ses frères et sœurs, de ses oncles et tantes, de ses cousins et de ses voisins. Et même de ces gens qu'il n'avait jamais vus et dont il n'était pas certain de l'existence. Il pouvait sombrer dans un profond chagrin mais il pouvait aussi grimper en haut des murs du Palais de Justice, surmontés de lions en pierre, pour exprimer sa joie. Il y dansait en faisant l'équilibriste au son d'une musique perceptible par lui seul.

Si Mandioca était grand et transportait de la terre dans ses poches, Nascimento était tout le contraire. Il était petit et trapu, des pointes métalliques pendaient de ses cheveux et des lambeaux de ses vêtements. Ses nuits étaient hantées par des monstres difformes qui le poursuivaient dans le noir. Les autres enfants qui dormaient à côté de lui avaient pris l'habitude d'être tirés de leur sommeil par ses cris. A tour de rôle, ils essayaient de lui expliquer qu'il n'y avait ni monstres ni bandits dans le voisinage. Autour d'eux, il n'y avait que la ville vide, leurs cartons et leurs vieilles couvertures. Mais Nascimento continuait à se battre contre ses fantômes, même en plein jour, angoissé par la nuit qui l'attendait et qui serait inévitablement suivie par d'autres nuits peuplées de monstres qu'il passerait le restant de sa vie à combattre.

Nascimento ne prononçait jamais un mot de trop. Coiffé de son éternel bonnet de bain rose enfoncé jusqu'aux yeux, il était toujours sur ses gardes, persuadé que tout le monde lui voulait du mal. Sa défense, c'était l'attaque. Il se battait contre tout et tout le monde, que ce soient de vieilles voitures rouillées, des poubelles, des rats, des chats et des chiens, ou bien les autres enfants du groupe. Parfois il perdait le contrôle de lui-même et il s'attaquait à Cosmos qui était alors obligé de lui plonger la tête dans les bouches d'égout, derrière le garage. C'était là que les voleurs des banlieues se procuraient des plaques d'immatriculation destinées aux voitures qu'ils avaient volées au cours de la nuit. Nascimento avait un secret dont personne ne connaissait la nature et qu'il avait enfoui au fond de sa mémoire. Un jour, il trouva une bouteille de vin à moitié pleine qu'il but d'une seule traite. Sous l'emprise de l'ivresse, il se mit à dévoiler, au moins partiellement, son terrible secret. Nelio, qui était alors présent, réussit à interpréter ses mots libérés au compte-gouttes et ses phrases maladroites. Il finit par comprendre que Nascimento avait été contraint de faire ce à quoi il avait lui-même échappé : il avait tué quelqu'un pour sauver sa peau. Nelio crut même que c'était son propre père qu'il avait été obligé d'assassiner avec un maillet ou une hache. Il était devenu ensuite l'un de ces petits soldats que tout le monde craignait et qui étaient placés en première ligne lorsque les bandits attaquaient les villages, les bus ou les gens qui travaillaient dans les champs. Personne ne savait comment il était arrivé à la ville. Mais tout le monde savait qu'il n'était pas venu seul : son bonnet de bain et ses terribles monstres invisibles l'avaient accompagné dès le premier jour.

Pecado, lui, n'avait pas de monstres dans sa tête. Les siens existaient bel et bien dans la réalité. Dans une des banlieues. Un jour, son père avait disparu sans laisser de trace. Il ne gardait qu'un seul souvenir de lui : il avait ri au moment où il quittait définitivement la masure dans laquelle ils habitaient. Depuis, il n'était plus qu'un rire sans visage. Ils étaient sept frères et sœurs. Leur mère vendait des légumes au marché. Tous les matins elle se levait à quatre heures pour aller s'approvisionner dans l'arène effondrée où avaient eu lieu les courses de taureaux et où les produits n'étaient pas chers. Puis elle se rendait au marché avec ses paniers et ne revenait à la maison qu'une fois la nuit tombée. Pecado ne l'avait jamais vue rire. D'ailleurs il ne se rappelait pas non plus l'avoir vue triste. Seulement épuisée, fatiguée, abandonnée. Si son père était devenu un rire sans visage, sa mère, elle, possédait un visage sans relief. Son nez s'était effacé, tout comme ses yeux, ses dents et le sourire qu'elle avait sûrement eu un jour.

Un nouvel homme était arrivé à la maison. Tout devait s'arranger. Un nouveau mari et père qui, de sa place à l'ombre, réclamait à manger. Pecado le détesta aussitôt. Il ne voulait pas d'un *padrasto*. L'homme semblait avoir deviné ses pensées, car il donna le ton dès son arrivée dans la famille en jetant Pecado par terre et en lui déboîtant l'épaule. Puis il entreprit de les battre tous, à tour de rôle. Il consacra ensuite ses journées à martyriser les enfants, pendant que leur mère était occupée à transporter et à vendre les légumes qui les faisaient vivre. Pecado finit par en avoir assez et décida de mériter pleinement son nom. Il frappa l'homme venu partager le lit de sa mère à la tête, avec une brique, et il se réfugia dans la rue. Il avait six ans à l'époque. Rien ne pouvait être pire que la vie qu'on lui faisait mener chez lui. Les premières années, il espérait que sa mère viendrait le chercher, mais en vain. De temps en temps, il lui arrivait de la voir de loin, installée devant son étal pour vendre de l'*alface* et parfois des tomates, mais il n'était plus jamais rentré chez lui. Petit à petit, sa mère se transforma en un souvenir aussi lointain que celui de son père.

Il y avait aussi Alfredo Bomba, le manchot, le plus petit de la bande. Comme il avait le bras coupé à la hauteur de l'épaule, on l'avait considéré comme un paria dès sa naissance. Il était arrivé d'une autre ville accompagné de son frère aîné. Ce n'était pas pour chercher le bonheur qu'ils avaient changé d'endroit, mais pour avoir un peu moins de malheur. Alfredo Bomba cachait ses difficultés derrière une bonne humeur constante. En revanche, quand il mendiait, il donnait libre cours à ses larmes. Il maîtrisait cet art à la perfection. C'était un bras qui lui manquait, mais les passants trouvaient qu'il manquait de tout et ils déposaient régulièrement de l'argent dans sa main tendue pour obtenir leur propre salut. Alfredo Bomba rapportait plus d'argent que les autres. Donner sa grosse contribution quotidienne à Cosmos était devenu sa raison d'être et il l'accomplissait avec joie et fierté.

Tristeza à la réflexion lente était toujours à ses côtés. Il était le désespoir même d'une pauvreté sans espoir. Son cerveau n'avait pas été suffisamment irrigué et il n'avait jamais su l'utiliser normalement. C'était à lui qu'était incombée la tâche de rappeler à sa mère la douloureuse vérité : elle était encore en vie. Elle avait appelé son onzième enfant Miseria. Pour le douzième, il ne lui restait plus qu'un seul nom : Tristeza. Elle mourut le jour de sa naissance après avoir murmuré à l'infirmière qu'elle tenait à ce que le petit porte justement ce dernier nom dont elle disposait, Tristeza.

Après avoir eu connaissance de ces différents destins, Nelio s'aperçut qu'il était réellement l'un des leurs. Ils avaient les mêmes origines, les mêmes expériences. Nelio se reconnaissait dans leurs histoires, et son village incendié vivait au fond d'eux. Souvent, en attendant le sommeil dans le ventre du cheval, il se disait qu'ils étaient tous issus de la même mère : une femme jeune et pleine de vitalité que les bandits, les monstres ou la pauvreté avaient transformée en une ombre édentée, recroquevillée sur elle-même. Ils avaient en commun de ne rien posséder, d'être nés sans être désirés et d'avoir été précipités dans la misère. Leur but était le même : survivre.

Dans la journée, Nelio voyait des gens affairés – des Blancs, des Noirs, des Indiens – dans les larges avenues, monter et descendre de leurs voitures rutilantes. Il en connaissait le prix par Cosmos, mais cet alignement vertigineux de chiffres évoquait plutôt pour lui la distance entre la terre et une étoile. La présence de ces gens lui avait fait mesurer l'ampleur de sa pauvreté. Un véritable abîme séparait le monde des riches de celui des enfants de la rue. Les enfants franchissaient pourtant la frontière pour proposer à ces hommes de surveiller leurs voitures ou de les laver pendant qu'ils remplissaient leurs fonctions hautement importantes, munis de leurs porte-documents. Nelio avait envie de connaître leur identité, la raison d'une telle importance, mais surtout le contenu de leurs serviettes. Cosmos n'en savait strictement rien, mais il admit que cela pouvait effectivement être intéressant. Peu de temps après, une occasion se présenta et il expliqua à Mandioca et à Tristeza comment s'introduire dans une voiture pour voler un porte-documents. Mandioca l'imaginait plein d'argent. Une fois le butin récupéré, les garçons se mirent à l'abri d'une pompe à essence pour l'ouvrir et en percer enfin le mystère, mais ils furent surpris d'y trouver les restes d'un lézard desséché. L'instant avait quelque chose de magique. Jamais ils n'auraient pensé que le secret des grandes richesses pouvait être un lézard mort.

– Ils transportent donc des cercueils d'animaux, conclut Cosmos, pensif. C'est peut-être un lézard d'une espèce particulière qui repousse les mauvais esprits.

– Non, c'est un lézard ordinaire, répliqua Mandioca après l'avoir reniflé et examiné soigneusement.

– Ça a forcément une signification, dit Cosmos.

– Nous allons leur faire savoir que nous connaissons le contenu de leurs porte-documents, proposa Nelio.

Cette idée lui vint sans qu'il sache pourquoi, comme cela lui arrivait souvent. Il supposait qu'il y avait dans sa tête un emplacement réservé aux pensées inattendues, prêtes à se libérer dès que l'occasion se présentait.

– Comment veux-tu qu'on fasse ça sans se faire prendre ? demanda Cosmos.

Nelio réfléchit un instant.

– On n'a qu'à attraper un lézard vivant, le fourrer dans le porte-documents et le replacer ensuite dans la voiture, dit-il. Mandioca et Tristeza sauront ouvrir la portière sans que ça se voie et l'homme aura de quoi réfléchir jusqu'à la fin de ses jours. Nous aurons ainsi pris le pouvoir sur lui, parce que nous connaissons l'explication. Et pas lui.

Cosmos acquiesça. Il fit venir Alfredo Bomba et lui demanda d'aller attraper un des lézards qui couraient le long des troncs d'arbres ou qui se cachaient dans les fissures des façades. Celui-ci se campa immobile près d'un arbre, posa sa main sur le tronc et attendit qu'un lézard s'approche. D'un geste rapide, il le saisit entre le pouce et l'index.

Nelio lui demanda où il avait appris cette technique.

– J'ai regardé les lézards attraper les insectes, répondit-il, étonné par la question.

Comme Tristeza était chargé de surveiller la voiture, il n'y eut aucun problème pour remettre en place le porte-documents. A son retour, le propriétaire lui donna un billet de cinq mille en le remerciant d'avoir été un si bon gardien.

A partir de cet événement, Cosmos et Nelio furent obsédés par la découverte qu'ils venaient de faire. Le lézard du porte-documents leur avait donné le pouvoir et ils décidèrent de lancer un défi à leur pauvreté. Ils se sentaient capables de dominer le monde en choisissant eux-mêmes secrètement des chemins, n'importe où dans la ville. Ils laissaient derrière eux des témoignages énigmatiques, parfois effrayants et surtout inexplicables pour ceux qui les trouvaient. C'était Cosmos qui prenait les décisions, mais Nelio lui suggérait les idées. Ils chargeaient les autres de l'exécution et ils admiraient tous ensemble le résultat.

Une nuit, ils s'introduisirent dans le plus grand supermarché de la ville en empruntant le réseau des égouts, sous les pieds des veilleurs de nuit armés. Cosmos fut obligé de battre Nascimento et Alfredo pour les empêcher de se remplir les poches de toutes ces choses précieuses qu'ils voyaient autour d'eux. Ils n'étaient pas venus pour voler, mais pour laisser des traces de leur passage et pour rapporter un trophée. Sous la direction de Cosmos et de Nelio, les garçons changèrent les produits de place, jetèrent des postes de radio dans les congélateurs, remplirent les paniers à pain de chaussures et accrochèrent des poulets sur des cintres dans le rayon de lingerie féminine. Pour finir, ils démontèrent la plaque de cuivre de l'entrée principale, commémorant le jour où le Président était venu inaugurer le magasin. Pecado cloua sur le mur un lézard mort qu'Alfredo Bomba lui avait donné. Puis, ils s'en allèrent aussi discrètement qu'ils étaient venus. Le lendemain matin, Cosmos et Nelio étaient là pour assister à l'ouverture du magasin. L'incrédulité des veilleurs de nuit et l'étonnement des chefs qui étaient accourus étaient manifestes, surtout après la constatation consternante que rien n'avait été volé. A part la plaque de cuivre. A l'arrivée de la police, le lézard d'Alfredo était disposé sur un plateau d'argent et personne n'osait le toucher.

Le grand hôtel blanc perché sur une colline au-dessus de la mer eut droit lui aussi à une visite nocturne. Les enfants y entrèrent grâce au système de ventilation dont l'ouverture se trouvait côté mer. En grimpant les uns sur les autres, comme des singes, ils réussirent à l'atteindre et à se glisser dans le magnifique intérieur aux sols de marbre et aux énormes décorations florales. Ils avancèrent prudemment dans les salles obscures, sachant que les réceptionnistes, les vigiles et les clients insomniaques pouvaient les surprendre à tout moment. Dans le bar aux fauteuils moelleux, ils se goinfrèrent des gâteaux exposés derrière les dorures du présentoir réfrigéré. De cette visite également, ils rapportèrent une plaque brillante. Elle trônait entre deux piliers dans le hall d'entrée en souvenir du jour lointain où Dom Joaquim avait inauguré l'hôtel. Alfredo Bomba accrocha son lézard mort à l'emplacement libéré et Nelio y colla un gâteau. Puis, ils repartirent par une bouche d'aération.

Malheureusement, ils n'eurent pas cette fois la satisfaction de voir la réaction de la direction, car les gardiens de l'hôtel ne leur permirent pas de s'approcher de la porte à tambour. Mais ils imaginèrent facilement le déroulement des événements.

Nelio et Cosmos prirent de plus en plus d'assurance. Ils se faufilèrent à l'intérieur du Parlement, dévissèrent le manche du marteau du Président et y enfoncèrent un lézard mort. Ils poussèrent leur hardiesse toujours plus loin pour montrer leur pouvoir aux autres, mais aussi pour se le prouver à eux-mêmes. Ils défièrent la présomption triomphante de la richesse en faisant tomber, juste devant le théâtre, deux motards qui escortaient le cortège d'un ministre. Ils avaient remarqué que les premiers motards de chaque cortège avaient l'habitude de couper carrément la large avenue avant d'arriver au grand croisement. Au moment où les sirènes retentirent dans le lointain et où les voitures des particuliers se rangèrent sur le côté, Tristeza et Nascimento déversèrent rapidement des petits morceaux de verre noir sur la chaussée avant de disparaître derrière une voiture immobilisée. La chute des motards arrêta le cortège et, parmi les éclats de verre, on découvrit un lézard.

Cosmos et Nelio discutèrent longuement pour se mettre d'accord sur la nature de leur plus grosse opération. Ils évaluèrent la possibilité de libérer les prisonniers de la grande prison en mettant à chacun un lézard dans la main. Ils envisagèrent de perturber les émissions de radio. Finalement, ils décidèrent d'entrer dans le Palais présidentiel et de se rendre jusqu'à la chambre du Président pour déposer pendant son sommeil un lézard sur sa table de chevet. Ce serait leur ultime défi. Après, il n'y aurait plus de lézards, mais personne ne pourrait être absolument certain de leur disparition définitive.

La visite de la chambre du Président demanda plus d'un an de préparatifs. Pendant ce temps-là, la vie des enfants de la rue poursuivait son cours, instable et agité. Ils se battaient avec d'autres bandes pour défendre leur territoire. Ils menaient une lutte constante contre les commerçants indiens, les policiers et aussi contre eux-mêmes. Ils lavaient et surveillaient des voitures, cherchaient de quoi manger dans les poubelles et s'efforçaient d'améliorer la technique de mendicité, inventée par Alfredo Bomba. Parfois, le monde extérieur faisait irruption dans leur existence. C'étaient en général des Blancs qui maîtrisaient très mal leur langue mais qui proposaient de les emmener dans une grande maison où il y avait de la nourriture, une baignoire et un dieu. Cosmos chargeait Mandioca de les accompagner pour voir de quoi il s'agissait. La plupart du temps, Mandioca revenait dès le lendemain pour expliquer que c'était encore une fois une institution qui voulait les transformer et leur enlever le droit de vivre dans la rue.

Il arrivait que des hommes en casquette, équipés de grandes caméras, et des femmes minces, des stylos à la main, leur demandent de poser pour eux. Comme Cosmos exigeait qu'ils soient payés sur-le-champ, l'équipe repartait généralement de mauvaise humeur. Quand ses conditions étaient acceptées, les enfants se faisaient un plaisir de se laisser filmer en mimant la faim, la douleur, la privation, la saleté, la dureté, la malhonnêteté et la candeur. Avec l'argent gagné, ils s'achetaient à manger, du poulet surtout, qu'ils faisaient griller sur les quais. Les journées passées avec les cameramen et les femmes aux stylos étaient des jours de sérénité qu'ils finissaient à l'ombre des palmiers en bavardant. Cosmos autorisait Nelio à rester à côté de lui tandis que les autres se tenaient à une distance respectueuse. Il rongeait la dernière cuisse de poulet en regardant la mer et en parlant de tout, sauf de lui-même. Nelio se demandait souvent ce que Cosmos avait vécu avant de venir à la ville, mais il ne lui posait pas la question, persuadé qu'il n'aurait pas de réponse. Pour lui, la personnalité de Cosmos était achevée dès sa naissance. Il avait toujours été tel qu'il était et ne serait jamais différent. C'était sans doute pour cela qu'il ne parlait pas de son passé. Comment parler de quelque chose qui n'a jamais existé ?

Ces journées sans privations entraînaient Cosmos dans une réflexion rêveuse et philosophique.

– Si tu demandais à Tristeza, à Alfredo ou à un des autres ce qu'ils désirent plus que tout dans la vie, quelle serait leur réponse, à ton avis ?

Au bout d'un moment, Nelio répondit.

– Il y en aurait plusieurs.

– Je n'en suis pas aussi sûr que toi, dit Cosmos. Y a-t-il quelque chose qui l'emporterait sur tout le reste ? Une maman, un ventre plein, des vêtements, des voitures, de l'argent ?

Nelio continua à réfléchir en silence.

– Une carte d'identité, finit-il par dire. Un papier avec une photographie qui prouve que tu es celui que tu es et personne d'autre.

– Je savais que tu trouverais, dit Cosmos. Voilà ce dont on rêve. Une carte d'identité. Mais pas pour savoir qui nous sommes. Nous le savons très bien. Mais pour avoir un papier qui prouve que nous avons le droit d'être ce que nous sommes.

– Je n'ai jamais eu de carte d'identité, dit Nelio, pensif.

– Il faudrait donc qu'on en ait une, conclut Cosmos. On va s'en occuper après avoir visité la chambre du Président.

– Et s'il nous découvre ? demanda Nelio. Qu'est-ce qu'on fait si le Président se réveille ?

– Il appellera probablement au secours, répondit Cosmos. Comme Nascimento, il croira qu'il a rêvé de monstres.

– Si j'étais Président, qu'est-ce que je ferais, d'après toi ? demanda Nelio.

– Tu mangerais à ta faim tous les jours.

– Je mangerais à ma faim tous les jours et puis…

– Tu reconstruirais le village que les bandits ont brûlé. Tu partirais à la recherche de tes parents et de tes frères et sœurs. Tu essaierais de retrouver Yabu Bata. Tu mettrais l'homme sans dents en prison. Tu aurais de quoi faire…

Cosmos bâilla.

– Et moi, si j'étais Président, je démissionnerais, dit-il en se mettant sur le côté pour dormir. Comment veux-tu que le chef d'une bande d'enfants de la rue ait le temps d'être Président ?

Ils avaient pris l'habitude de terminer ces journées d'abondance en se rendant à la Foire située dans un endroit clos entre le port et les ruelles étroites et où les bars ne fermaient qu'au lever du soleil. Payer pour y entrer leur paraissait inacceptable, même s'ils avaient l'argent. Ils avaient leur accès personnel : une ouverture dans le mur qu'ils avaient creusée et qu'ils remplissaient ensuite de mottes de terre. Elle se trouvait juste derrière l'une des cuisines dont les plaques de cuisson n'étaient jamais nettoyées et dégageaient une forte odeur de graisse brûlée. Ils connaissaient bien la grande Adélaïde qui était là, la spatule à la main et le visage ruisselant de sueur. Cette mulâtresse de près de cent cinquante kilos était là depuis dix ans. Le propriétaire du restaurant avait été obligé d'agrandir la cuisine pour qu'elle puisse y tenir. Elle chantait et dansait en travaillant. Ses plats n'avaient rien d'exceptionnel, mais la rumeur voulait qu'ils aient un effet magique sur la libido des hommes et des femmes, si bien que le restaurant était toujours plein. Adélaïde était consciente de sa valeur et elle avait obtenu un bon salaire. Elle se faisait un devoir de veiller sur le passage secret des enfants.

La Foire était un véritable labyrinthe de restaurants et de bars où l'on pouvait se faire prédire l'avenir ou se faire tatouer par des petits hommes bruns et énigmatiques venus des îles lointaines de l'océan Indien. Au milieu d'un espace dégagé, trônait la grande roue dans laquelle personne n'avait osé monter depuis une dizaine d'années à cause du mauvais état des chaînes, rongées par la rouille. Le propriétaire, senhor Rodrigues, qui l'avait importée soixante ans plus tôt, à l'époque de Dom Joaquim, était là tous les soirs. Les gens prenaient un ticket non pas pour monter dans les nacelles, mais pour demander une vie longue et heureuse. Ils se servaient de la roue comme d'une fontaine où ils auraient jeté une pièce pour faire un vœu. Senhor Rodrigues souffrait d'une toux chronique due au tabac. Il se nourrissait exclusivement de raisins secs et passait ses soirées dans une petite guérite à jouer aux échecs contre lui-même. A force de s'exercer, il avait atteint un niveau avancé dans l'art de perdre. Il savait qu'il était un piètre joueur d'échecs, mais se cachait sûrement au fond de lui un génie qui, lui, était imbattable.

A côté de la grande roue, il y avait une piste pour des petites voitures électriques et quelques stands où l'on pouvait acheter des billets de loterie.

Le manège en bois, dont le moteur avait cessé de fonctionner quelques années avant la prise du pouvoir par les jeunes révolutionnaires, était maintenant actionné manuellement. Les propriétaires s'étaient enfuis terrorisés, croyant que tous les Blancs seraient décapités par les nouveaux maîtres du pays. Avant de partir, ils s'étaient arrangés pour rester seuls une nuit sur le terrain de la Foire. Après avoir beaucoup bu, ils avaient soigneusement vidé l'huile du manège et l'avaient fait tourner jusqu'à ce que le moteur soit grillé. Comme il leur était impossible de continuer à mener leur vie de colonisateurs, ils s'étaient vengés de leur confort perdu en sciant la tête des chevaux de bois. Personne n'avait réussi à retrouver ces têtes ni à en dénicher d'autres pour les remplacer. Quand Cosmos en donnait l'ordre, les enfants rassemblaient toutes leurs forces pour faire marcher le manège. Bien entendu, Alfredo était dispensé de la corvée et il pouvait ainsi tourner seul autour de sa planète, perché sur son fier étalon qui menait le cortège équestre dans son royaume de chevaux sans tête. Pour cet instant de bonheur, il était prêt à mendier au nom de tous les autres jusqu'à la fin de ses jours.

Les enfants traînaient sur la place des fêtes et observaient tout ce qui s'y passait. Ils étaient les spectateurs assidus des bagarres qui éclataient brusquement pour s'arrêter aussi vite. Ils regardaient avec curiosité les femmes à moitié dévêtues qui cherchaient des clients, commentaient ouvertement leurs formes avantageuses et se faisaient en général chasser des lieux. Ces jours-là constituaient des moments privilégiés. Le temps semblait suspendu et la vie reprenait ses droits sur la survie.

Cela faisait un peu plus d'un an que Nelio appartenait à la bande de Cosmos quand ils entreprirent leur visite nocturne chez le Président. Ils réussirent à s'introduire dans le Palais protégé par de hauts murs et surveillé avec rigueur, en se cachant dans de grands paniers de linge livrés une fois par mois par les blanchisseries ministérielles. Ils attendirent la tombée de la nuit dans la cave avant de commencer à évoluer dans la résidence tranquille. Ils s'étaient longuement préparés à cette expédition en interrogeant sans en avoir l'air différents employés du Palais pour se faire une idée de la configuration des lieux, pour savoir où se trouvaient les escaliers, où étaient postés les gardiens et où était située la chambre présidentielle. Ils apprirent que le Président rendait parfois visite à sa femme qui dormait dans une chambre séparée, mais qu'il terminait toujours la nuit dans son propre lit. Au moment de monter à l'étage supérieur, ils entendirent une porte s'ouvrir et se refermer au-dessus d'eux. Abrités par l'obscurité de l'escalier, ils aperçurent le Président éclairé par la lune qui passait silencieusement devant eux pour regagner sa chambre. Il était tout nu. Aucun d'entre eux ne put oublier cette vision. Cosmos les menaça d'être battus quotidiennement pendant trois mois si jamais ils racontaient ce qu'ils venaient de voir. Personne ne devait savoir que le Président avait été vu dans le plus simple appareil par quelques-uns de ses administrés.

Ils poursuivirent leur objectif seulement quand Cosmos estima que le Président était endormi. Avec délicatesse, ils ouvrirent la porte de sa chambre. Grâce à la faible lueur qui traversait la fenêtre, ils devinèrent la silhouette de l'homme et perçurent le bruit de sa respiration. Debout autour de son lit, ils l'observèrent en retenant leur souffle. Alfredo Bomba posa le lézard mort sur sa table de chevet et ils s'en allèrent.

Mais ils ne surent jamais que le Président avait ouvert les yeux peu de temps après leur départ. Dans son rêve, il avait senti l'odeur désagréable de la pauvreté. Elle persistait encore quand il ouvrit les yeux, comme si elle le poursuivait une fois le rêve terminé. Le Président resta longuement éveillé à se poser des questions sur la signification de son rêve. Peut-être ne faisait-il pas assez pour remédier à la pauvreté qui se propageait dans le pays comme une maladie infectieuse ? Très inquiet, il continua à chercher des réponses, sans pour autant en trouver, jusqu'à ce qu'il sombre dans un sommeil agité juste avant l'aube. Il n'avait pas remarqué le lézard sur sa table de chevet. Quand plus tard dans la matinée, à demi endormi, il prit son bain et s'habilla, il ne le vit toujours pas.

En revanche, un domestique apeuré alerta le responsable du service de sécurité qui, à son tour, fit appel au chef de la police. Après un certain nombre de réunions confidentielles, ils décidèrent ensemble de ne pas informer le Président. Ils triplèrent le nombre de gardiens autour du Palais, toujours sans en parler au Président.

A la surprise de tous et surtout de lui-même, Cosmos sombra dans la mélancolie après ce triomphe suprême. Un soir où Nelio s'apprêtait à regagner sa statue, Cosmos le prit à part pour le prévenir que désormais ce serait à lui de s'occuper de la bande. Cosmos allait s'absenter et il avait choisi de lui confier la responsabilité du groupe jusqu'à son retour. Un cargo qui mouillait dans le port devait, tôt le lendemain matin, partir vers l'est, vers le lever du soleil. Il monterait à bord pour entreprendre un voyage qui, d'après lui, représentait sa seule chance de retrouver sa bonne humeur.

– Ils ne m'accepteront jamais comme chef, s'inquiéta Nelio. Ils penseront que je t'ai tué.

– Je vais leur manquer, c'est sûr, répliqua Cosmos. Et c'est justement pour ça que tu es le seul chef envisageable, puisque c'est toi qui m'es le plus proche.

Nelio essaya vainement d'argumenter.

– Ne dis plus rien, dit Cosmos. Je crois que c'est important de changer d'air de temps en temps. Ça me fera du bien.

Puis il sortit un lézard mort de sa poche et sourit.

Le lendemain, il n'était plus là. Personne n'eut jamais plus de ses nouvelles. Il était parti tout droit vers le lever du soleil.

Pendant que Nelio m'expliquait la disparition de Cosmos, le soleil s'était hissé au-dessus de l'horizon. Le soleil africain, rouge et soyeux, répandait ses rayons sur la ville qui sortait de son sommeil. Le visage de Nelio était marqué par la fatigue. Je m'apprêtais à descendre quand il se mit à tousser. Je me suis retourné et j'ai vu le sang s'écouler de sa bouche. J'ai eu peur que ce ne soit la fin. Nelio allait mourir. Mais il a levé la main et m'a fait un signe pour me rassurer.

– Ça paraît plus grave que ça ne l'est en réalité, a-t-il dit d'une voix faible. Je ne vais pas mourir sans te prévenir.

Très vite, l'hémorragie a cessé. Je lui ai demandé si je pouvais faire quelque chose pour lui.

– Donne-moi seulement un peu d'eau, a-t-il murmuré. Je vais dormir.

J'ai attendu qu'il soit endormi pour quitter le toit. Quand je suis arrivé enfin à la boulangerie, Dona Esmeralda était déjà là. Je lui ai fait part du mauvais comportement de mon apprenti la nuit précédente.

J'entendais le son de ma voix et les mots que je prononçais. Ils me paraissaient étranges et irréels, comme si Nelio et son histoire étaient en train de m'absorber complètement. Dona Esmeralda ne semblait rien remarquer. Elle s'est levée de son tabouret, a noué le ruban de son chapeau sous son menton et a annoncé qu'elle allait immédiatement faire remplacer le garçon par quelqu'un de plus compétent.

Je suis sorti en ville. Plus loin, je me suis arrêté pour regarder le toit du théâtre.

La nuit était encore loin.

La sixième nuit

Soudain, un vent froid se mit à souffler sur la ville. Cela n'avait rien d'exceptionnel pendant la canicule, mais on avait beau le savoir, on s'en étonnait toujours. Selon la rumeur, il y aurait eu des icebergs à l'endroit où l'on apercevait les nageoires des requins aujourd'hui. La ville ne comprenait alors que quelques maisons basses et quand l'embouchure du fleuve avait, pendant une courte période, été prise par la glace, il paraît que les gens pouvaient la traverser en marchant sur l'eau gelée. Même si ces histoires étaient sans fondement, il arrivait que des personnes d'un certain âge descendent sur les quais, les jours de vent froid du sud, pour scruter l'horizon à la recherche d'icebergs. S'ils étaient réapparus, cela aurait confirmé l'authenticité de ces rumeurs. La vérité aurait ainsi été rétablie.

Je m'étais endormi à l'ombre d'un arbre près du quai où accostait le vieux ferry qui faisait la navette entre les deux rives. Le froid m'a réveillé. Il était déjà tard dans l'après-midi et je me suis dépêché de regagner la boulangerie. J'allais monter sur le toit pour voir si Nelio dormait encore, quand j'ai entendu quelqu'un m'appeler. C'était une des vendeuses qui me prévenait que Dona Esmeralda me cherchait. Elle voulait que j'aille la voir, bien qu'elle fût en pleine répétition avec les acteurs.

Cela m'a beaucoup inquiété. Il était extrêmement rare que Dona Esmeralda accepte d'être dérangée quand elle travaillait au théâtre. J'ai demandé à la vendeuse – je crois bien que c'était Rosa – si elle savait ce que Dona Esmeralda me voulait. Rosa était une fille grande et costaude qui aimait passionnément un tailleur qui l'avait abandonnée quinze ans plus tôt.

– Qui peut savoir ce qu'elle veut ? répliqua-t-elle. Tu ferais mieux de te dépêcher. Ça fait pas mal de temps qu'elle t'attend.

J'étais persuadé que Dona Esmeralda avait découvert la présence de Nelio sur le toit et qu'elle savait que c'était moi qui l'y avais emmené. Elle allait certainement me congédier pour ne pas l'avoir informée.

Tourmenté par de mauvais pressentiments, je suis entré dans la salle obscure. Les acteurs étaient en train de jouer sur la scène éclairée par ce même projecteur qui avait répandu sa lumière sur Nelio baignant dans son sang. Ils étaient engoncés dans d'étranges costumes gris qui semblaient emplis d'air. De longs objets curieux pendaient de leurs visages. On aurait dit des morceaux de cordes qui les entravaient dans leurs mouvements. Je me suis arrêté sur le seuil, fasciné par ces personnages gonflés comme des baudruches qui se prenaient les pieds dans leurs tuyaux faciaux. Il m'a fallu un petit moment pour comprendre qu'ils étaient censés représenter des éléphants.

Je voyais Dona Esmeralda de dos. Comme toujours pendant les répétitions, elle était assise à sa place habituelle au milieu de la salle. Je n'ai pas voulu m'approcher d'elle tant que le jeu se poursuivait sur la scène. L'accoutrement des comédiens rendait leurs répliques inaudibles et le sujet de la pièce me paraissait particulièrement obscur. Leur irritation était évidente. Ils donnaient des coups de pied agacés dans leurs trompes et déplaçaient leurs corps volumineux avec beaucoup de maladresse. Ils avaient évidemment très chaud.

Comme il n'y avait pas d'interruption, je ne pouvais pas me permettre d'attendre davantage pour me manifester. J'ai pris l'allée centrale et je me suis avancé discrètement vers le dos de Dona Esmeralda. Elle avait posé son chapeau par terre et était assise bien droite sur son siège, la tête haute et parfaitement immobile. Soudain, j'ai réalisé qu'elle dormait. Il ne fallait pas que les acteurs s'en rendent compte et j'étais sur le point de me retirer quand elle s'est réveillée en sursaut. Elle m'a regardé et m'a fait signe de m'asseoir près d'elle, ce que j'ai fait après avoir légèrement déplacé sa bouteille de cognac. Pendant ce temps-là, les acteurs continuaient à baragouiner sur la scène.

Dona Esmeralda s'est penchée pour me chuchoter à l'oreille :

– Que penses-tu de notre nouvelle représentation ?

– Ça me paraît très bien.

– Il s'agit d'un troupeau d'éléphants confronté à des questions d'ordre religieux, m'a-t-elle expliqué. C'est pour rappeler la malheureuse époque où mon père régnait encore sur ce pays. A la fin de la pièce, il apparaîtra lui-même en brandissant son épée. Si toutefois je trouve quelqu'un susceptible d'interpréter le rôle. Les éléphants symbolisent les soldats révolutionnaires.

Je dois avouer que je n'ai rien compris à son explication. Et vu l'état d'énervement des acteurs, j'en ai conclu qu'ils ne comprenaient pas plus que moi. Cependant, je n'ai pas eu le courage de mes opinions et je lui ai répété :

– Ça me paraît très bien.

Dona Esmeralda, satisfaite, a acquiescé avant de se laisser absorber par le jeu. Elle suivait le déroulement de la pièce avec l'émerveillement d'un enfant. Je l'ai observée du coin de l'œil en me disant que c'était grâce à son caractère naïf et passionné que cette nonagénaire, ou peut-être centenaire, était encore en vie.

Je croyais qu'elle avait oublié ma présence, quand elle s'est de nouveau tournée vers moi.

– J'ai renvoyé l'apprenti. Il s'appelait comment déjà ?

– Julio.

– Je lui ai conseillé de se procurer un instrument et de se lancer dans la musique. Ça devrait lui convenir.

Dona Esmeralda ne se séparait jamais de ses employés à la légère. Les rares fois où elle ne pouvait pas faire autrement, elle mettait un point d'honneur à leur suggérer une autre occupation, plus adaptée. Jusque-là elle s'était rarement trompée. J'essayais d'imaginer l'instrument qui pourrait plaire à Julio, sans y parvenir, quand Dona Esmeralda m'interrompit dans mes pensées.

– Ce soir il y aura quelqu'un d'autre pour te préparer la pâte. C'est pour ça que je t'ai demandé de venir. J'ai embauché une femme.

– Une femme ? Mais les sacs de farine sont lourds !

– Maria est très solide. Aussi solide que belle.

La conversation était terminée. Dona Esmeralda m'a fait signe de partir. J'ai quitté la salle obscure, soulagé que Nelio ne soit pas la cause de sa convocation.

Elle m'avait prévenu que Maria était aussi forte que belle et Dieu sait qu'elle avait raison ! Quand je suis arrivé à la boulangerie, tard le soir, j'y ai trouvé la femme la plus belle que j'aie jamais vue. Je suis immédiatement tombé amoureux. On s'est serré la main.

– Je m'appelle Maria, m'a-t-elle dit.

Je t'aime, ai-je failli répondre, mais j'ai seulement dit mon nom.

– Je m'appelle Maria, moi aussi. José Maria Antonio. Les sacs de farine sont très lourds, ai-je ajouté.

Il y avait un sac blanc aux rayures bleues et rouges posé devant elle. Elle s'est accroupie pour l'attraper et puis s'est relevée en le portant à bout de bras au-dessus de sa tête.

Comment une femme pouvait-elle être aussi forte? Comment était-il possible qu'une femme soit à la fois aussi forte et aussi belle?

– As-tu déjà travaillé dans une boulangerie?

– Oui. Je sais préparer la pâte.

Et elle savait vraiment le faire. J'ai juste eu à lui expliquer la quantité de pâte à préparer et les exigences particulières de Dona Esmeralda. Jamais plus je n'ai eu besoin d'y revenir.

A plusieurs reprises, sa beauté m'a fait oublier Nelio. A vrai dire, je n'ai pensé à lui que vers minuit, quand le travail de Maria a été terminé et après avoir vérifié qu'un homme ne l'attendait pas dans la rue. En la voyant repartir seule dans la nuit, je l'ai épousée en secret.

C'est seulement en montant l'escalier en colimaçon que j'ai repris mes esprits. Les remords m'ont assailli. Un enfant était en train de mourir sur le toit et moi, je ne pensais qu'à la nouvelle apprentie. Je me le suis reproché, mais sans pour autant me sentir vraiment coupable.

J'ai trouvé Nelio éveillé. Plus tôt dans la soirée, avant l'arrivée de Maria, j'avais emprunté une vieille couverture trouée au veilleur de nuit qui surveillait le magasin du photographe indien. En échange, je lui avais proposé un pain et une petite boîte de thé. Nelio avait besoin d'être bien au chaud, à l'abri des vents froids qui soufflaient sur la ville. Je lui ai fait boire la décoction de madame Muwulene et je suis resté près de lui en attendant qu'une de ses nombreuses montées de fièvre se calme. L'air frais semblait lui faire du bien. Il m'a souri.

A cet instant, il était de nouveau un petit garçon de dix ans. Ce qui n'empêchait pas qu'il redevienne un vieillard aussitôt après. Son apparence changeait constamment et je ne savais jamais dans quel état j'allais le trouver. Cela faisait maintenant cinq jours et cinq nuits qu'il était sur le toit. La sixième nuit commençait et les plaies de sa poitrine noircissaient de plus en plus.

En changeant son pansement, j'ai décelé des marques irréfutables de gangrène. Pour la première fois, je n'ai pu m'empêcher de lui parler franchement. La rencontre avec Maria n'était peut-être pas étrangère à mon changement d'attitude.

– Tu vas mourir, si tu restes ici sur le toit.

– Je n'ai pas peur de mourir.

– Mais ça pourrait se passer autrement si tu m'autorisais à t'emmener à l'hôpital. Il faut extraire ces balles.

– Je te dirai quand ce sera le moment, m'a-t-il répondu, comme tant de fois auparavant.

– Cette fois-ci, c'est moi qui décide, ai-je insisté. Il faut que je t'emmène, sinon tu vas mourir.

– Non. Je ne vais pas mourir.

J'ignore toujours comment il a pu me convaincre. Pourquoi m'a-t-il fait accepter une situation que je savais intenable ? Je ne sais pas. Son autorité était sans appel.

Cette nuit-là, il m'a parlé de ce qui s'était passé quand Cosmos avait embarqué clandestinement sur le cargo pour partir vers le lever du soleil. A la fin de la nuit, Nelio montrait des signes de fatigue. Le vent froid avait cessé de souffler. Je me suis levé pour regarder la mer et il n'y avait pas d'icebergs à l'horizon.

Cosmos était parti.

Nelio annonça aux garçons qu'il serait désormais leur chef, ce qu'ils acceptèrent sans réticence. Il n'était pourtant pas rare qu'une passation de pouvoirs génère de l'inquiétude et fasse apparaître des oppositions jusque-là occultées. Nelio les informa de la situation: Cosmos reviendrait un jour et tout rentrerait dans l'ordre. En attendant, la vie du groupe continuerait comme avant et dans l'esprit qu'il avait insufflé.

Cela n'était cependant pas tout à fait vrai. La nuit suivante quand Nelio, dans le ventre du cheval, attendait l'aube et la prière convulsive du prêtre fou, il se dit qu'il allait se comporter exactement comme Cosmos. Mais il ferait plus. Il serait un peu plus patient avec Tristeza. Il rirait un peu plus des histoires interminables d'Alfredo Bomba. Cela serait une manière de respecter l'autorité que Cosmos avait établie vis-à-vis d'eux.

Le seul à le défier était Nascimento. Au début.

– Tu sais où se trouve Cosmos, dit-il un soir au moment où Nelio distribuait l'argent qu'ils avaient gagné dans la journée.

Son affirmation rendit l'atmosphère tendue. Nelio sentait qu'il devait relever le défi, mettre les choses au clair et expliquer à Nascimento pourquoi Cosmos avait voulu qu'il soit son successeur.

– Il m'a choisi parce qu'il savait que j'étais le seul capable de garder le secret sur sa destination, dit Nelio tout en continuant à distribuer l'argent.

Nascimento s'efforça de saisir le sens de la réplique et ne dit plus rien ce soir-là.

– On ne peut pas avoir un chef qui ne dort pas avec nous, fit-il le lendemain.

Nelio s'était déjà préparé à cette remarque parce qu'il avait prévu que Nascimento se servirait de ce qui le différenciait de Cosmos, notamment le lieu où il passait la nuit et le fait qu'il ne soit pas plus âgé que les autres.

– Il faut que tout se poursuive comme du temps de Cosmos, répondit Nelio. Par conséquent, je continuerai à dormir où je veux.

– Un chef doit être plus âgé que les autres, poursuivit Nascimento.

– Tu en parleras avec Cosmos, dit Nelio. Je suis sûr qu'il te donnera une réponse satisfaisante.

Nascimento finit par comprendre que ses provocations ne mèneraient à rien et il changea de comportement. Le groupe admit que le nouveau statut de Nelio ne constituait pas une menace et qu'il ne risquait pas de le faire éclater. Les autres bandes ne tardèrent pas à apprendre que ce jeune garçon avait succédé à Cosmos, parti pour une destination inconnue.

C'est à cette époque également que Nelio commença à réfléchir aux grandes questions de l'existence. Il se demandait s'il était destiné à vivre éternellement dans la rue. Continuerait-il à tout jamais à chercher sa nourriture dans les poubelles ? Même vieux ? Même son dernier repas ? La vie n'était-elle donc que ça ? N'y avait-il rien de plus ? Il se remémora ce que Yabu Bata, le nain blanc, lui avait dit avant qu'ils ne se séparent : « Il y a deux chemins. L'un conduit vers le bon endroit. L'autre, celui de la folie, te mènera tout droit à ta perte. » Lequel des deux était donc celui qu'il avait choisi pour entrer dans la ville ce matin-là, il y avait si longtemps ? Aurait-il dû suivre le chemin qui longeait la mer infinie ?

Ses préoccupations quotidiennes ne tendaient que vers un seul objectif : survivre. Cela l'angoissait.

« J'ai besoin de quelque chose de plus, se dit-il. Survivre n'est pas suffisant. »

Quelques petits événements contribuèrent à ce que les gens imaginent Nelio comme quelqu'un hors du commun, mais il n'en avait pas conscience.

Chaque matin, il se demandait s'il aurait le courage de vivre une journée de plus en s'appelant Nelio. Quand son nom lui semblait trop lourd à porter, il en choisissait un autre, en général celui d'un des garçons qui s'amusaient devant la statue équestre. Il le gardait pour le restant de la journée. Personne ne se doutait encore qu'il avait élu domicile à l'intérieur du cheval. Il s'arrangeait toujours pour ouvrir doucement la trappe quand Manuel Oliveira commençait à rire devant son église vide et il filait ensuite à toute vitesse. Il courait à travers la ville jusqu'à l'entrée du Palais de Justice au moment où les autres commençaient à se réveiller. Ils ne voulaient pas être surpris dans leur sommeil par les gardiens qui venaient ouvrir les locaux et risquer d'être chassés brutalement et d'avoir les cartons déchirés.

Les journées des enfants de la rue se ressemblaient sans se répéter. Un épisode imprévisible pouvait toujours se produire. Nelio éprouvait de plus en plus le besoin de s'isoler et cela l'agaçait si les autres ne respectaient pas son souhait. Nascimento le dérangeait souvent dans ses réflexions en se battant avec Pecado ou avec quelqu'un d'une autre bande. Nelio était alors obligé d'intervenir pour rétablir l'ordre et éviter que l'agressivité ne se généralise. Il lui suffisait de s'interposer entre les deux combattants pour que le calme revienne. Personne n'avait jamais osé lever la main sur lui. Et personne n'avait réussi à comprendre pourquoi il n'était jamais entraîné dans une bagarre. Le bruit que son père était un *feticheiro* inconnu aux pouvoirs exceptionnels avait commencé à courir. Et qu'il les aurait passés à son fils. On ne savait pas qui avait lancé cette rumeur.

Un jour, Nelio était assis sous un arbre juste derrière la boulangerie de Dona Esmeralda. Il étudiait une carte d'Afrique sale et déchirée qu'Alfredo Bomba avait récupérée la veille dans une poubelle. Il sentit une ombre tomber sur lui, leva les yeux et vit une jeune femme avec un enfant.

– Ma fille est malade, dit-elle d'une voix plaintive.

– Il faut lui donner des médicaments, répondit Nelio, mais je n'en ai pas à t'offrir.

Nelio se replongea dans ses pensées mais la femme ne bougeait pas. Le temps passait. Une heure plus tard, Nelio releva la tête et s'aperçut que la femme était encore là.

– Je n'ai pas de médicaments, répéta-t-il. Ton enfant était malade il y a une heure, son état a dû empirer.

La femme qui portait sa fille attachée à la poitrine la détacha, s'agenouilla et la tendit vers Nelio. De nombreuses personnes s'étaient réunies autour d'eux. Nelio n'était pas à l'aise. Il avait beaucoup de respect pour les *feticheiros* et les *curandeiros* qui possédaient des pouvoirs surnaturels, qui savaient parler avec les esprits errants, qui étaient capables de chasser le Mal que chaque homme porte en lui et de libérer le Bien. Cette femme le prenait pour un *feticheiro* et cela lui fit peur. Il serait puni s'il donnait l'impression de se faire passer pour l'un d'eux.

– Tu fais erreur, dit-il à la femme. Va voir un *curandeiro*. Je te donnerai l'argent pourvu que tu t'en ailles d'ici.

La femme ne bougeait toujours pas. Nelio s'aperçut que Nascimento et les autres suivaient la scène. Il transpirait.

– Va-t'en, répéta-t-il. Je ne peux pas t'aider. Je ne suis qu'un enfant.

La femme implora ceux qui les entouraient et qui devenaient à chaque instant plus nombreux.

– Mon enfant est malade, gémit-elle, et il refuse de l'aider.

Un brouhaha de mécontentement se leva de la foule. Tout le monde prit parti pour la jeune femme. Nelio n'avait pas le choix, il prit l'enfant dans ses bras. Il remarqua que la petite avait les lèvres sèches et gercées.

– Donne-lui de l'eau salée que tu auras fait bouillir, dit-il, en se rappelant les gestes de sa propre mère.

La femme reprit son enfant, sourit et posa quelques billets froissés aux pieds de Nelio.

La foule se dispersa.

– Même Cosmos n'était pas un *curandeiro*, dit Pecado, surpris. Saurais-tu empêcher que les puces sucent mon sang ?

Quelques jours plus tard, la femme revint pour annoncer que son enfant était guérie. Nelio en conclut que l'eau avait fait de l'effet, mais la rumeur selon laquelle il possédait des pouvoirs sacrés se fit insistante. Souhaitant à tout prix éviter qu'on le considère comme un *curandeiro*, il se dit que la seule solution serait de faire circuler un autre bruit. Il rassembla le groupe et lui fit part de sa décision.

– Si trop de gens veulent que je les guérisse, expliqua-t-il, je ne pourrai plus continuer à m'occuper de vous. Il faudrait leur faire savoir que je ne recevrai les malades qu'à l'endroit où la femme est venue me trouver. Uniquement là. Nulle part ailleurs.

A partir de ce jour-là, Nelio évita soigneusement de s'asseoir à l'ombre de l'arbre sous lequel il s'était réfugié tant de fois pour réfléchir aux nombreuses questions qui le préoccupaient. Il ne lui arrivait plus jamais de prendre un enfant malade dans ses bras, mais à présent il portait sur ses épaules une cape invisible dont il ne pouvait plus se libérer. Nelio, si jeune, qui avait succédé à Cosmos, était déjà devenu un homme aux pouvoirs magiques. Sa réputation se répandit dans la ville. Beaucoup venaient le voir pour obtenir des conseils. Nelio qui ne cherchait jamais à paraître sage se contentait de dire ce qui lui venait à l'esprit. Si on lui posait une question qu'il ne comprenait pas, il le disait. S'il n'avait rien à répondre, il gardait le silence. On commençait à pressentir que Nelio ferait un jour un miracle. Personne ne savait lequel, mais tout le monde s'attendait à ce qu'il soit important et qu'il fasse connaître leur ville dans le monde entier.

Nelio ne nourrissait pas ce genre de projets. Lui, ce qu'il voulait, c'était agir de manière à ce que sa vie ne se réduise pas à une survie. Il assumait avec beaucoup de sérieux la succession de Cosmos. Il veillait attentivement à ce que les garçons se lavent, pour éviter les maladies. Plus d'une fois, il cassa les bouteilles de vin que Nascimento avait trouvées, bien décidé à se soûler. Il écoutait leurs rêves lorsqu'ils somnolaient à l'ombre pendant les brefs moments de répit que leur accordait leur quête quotidienne de nourriture. L'existence de leurs rêves n'était jamais menacée, quelle que soit la difficulté de leurs vies. Chacun d'entre eux possédait au fin fond de son être un noyau aussi résistant et précieux qu'un diamant. Ils rêvaient de changement, de retrouvailles, d'un lit, d'un toit, d'une carte d'identité.

Nelio était persuadé que le savoir s'acquiert en additionnant différents éléments. Si quelqu'un lui avait demandé quels étaient les besoins fondamentaux de l'homme, il aurait répondu : un toit et une carte d'identité. Il fallait y ajouter de l'eau, une culotte et une couverture. Disposer d'un toit au-dessus de sa tête et d'une carte d'identité dans sa poche distingue l'homme de l'animal. C'était le premier pas vers une vie décente, une possibilité d'échapper à la pauvreté. Quand le moment serait propice, il inciterait les autres enfants de la bande à le suivre pour entamer, avec eux, la longue marche qui les éloignerait de la rue, comme le lui avait demandé Cosmos.

Nelio était souvent agacé en écoutant certains de leurs rêves, aussi insensés qu'irréalistes. Il s'efforçait de cacher sa colère, mais il n'hésitait pas à leur dire ce qu'il en pensait. Au moment de la sieste, Tristeza aimait bien expliquer longuement et avec un foisonnement de détails qu'il fonderait plus tard sa propre banque. Un jour, après l'avoir patiemment écouté, Nelio entreprit de faire un discours moralisateur destiné à tous, même à ceux qui avaient réussi à s'endormir.

– Tout le monde a le droit d'exprimer ses rêves, dit-il. C'est bien d'en avoir et c'est bien d'en parler. Mais ce que dit Tristeza n'est pas bien. Son rêve n'est pas bon. Rêver de fonder une banque alors qu'on ne sait même pas compter est stupide. Tu vas donc cesser de parler de ta banque, Tristeza, surtout au moment où les autres ont envie de faire la sieste.

Bien contents de pouvoir se reposer tranquillement, aucun d'entre eux ne fit de commentaire. Mais Tristeza, qui était lent et qui avait du mal à comprendre, demanda à Nelio de répéter ce qu'il venait de dire et de parler moins vite.

Nelio eut du chagrin en voyant la déception de Tristeza. Il fallait l'aider immédiatement à remplacer son rêve impossible par un autre, pour qu'il ne perde pas courage.

– Entraîne-toi à réfléchir plus vite, dit-il. Ce sera ça, ton rêve. Rêve de réussir un jour à penser aussi rapidement que les autres. Quand tu y seras arrivé, nous te trouverons suffisamment d'argent pour que tu puisses t'acheter une paire de tennis.

Tristeza lui jeta un regard sceptique.

– Je le pense réellement, insista Nelio. Est-ce que j'ai l'habitude de ne pas tenir mes promesses ?

Tristeza fit non de la tête.

– Ce jour-là, tu entreras dans le magasin et tu indiqueras les chaussures que tu auras choisies. Puis tu sortiras l'argent pour payer.

– Je n'y arriverai pas, s'opposa Tristeza.

– Tu auras tes chaussures si tu réussis à penser seulement un peu plus vite que maintenant.

– Je ne sais pas comment on fait.

– Tu as trop de choses en tête en même temps. Ton cerveau est trop désordonné. Tu dois apprendre à penser à une seule chose à la fois, c'est tout.

– Oui, mais à quoi ?

– Pense qu'il fait chaud, dit Nelio. Pense que nous allons bien dormir et que les autres ne seront pas énervés, si seulement tu arrêtes de parler de ta banque. Penses-y jusqu'à ce que tu t'endormes. Après, je te donnerai un autre sujet de réflexion.

– Des tennis ! dit Tristeza.

– Oui, des tennis. Maintenant, tais-toi ! Réfléchis et dors.

Pendant que Tristeza dormait, Nelio, allongé à l'ombre de son arbre, essaya de l'imaginer dans dix ou vingt ans, quand il serait adulte. De nouveau, un gros chagrin l'envahit à l'idée que Tristeza ne vivrait certainement pas aussi longtemps. Le monde n'était pas fait pour les enfants de la rue à la pensée lente.

Une nuit, Alfredo Bomba rêva que c'était son anniversaire le lendemain. Il alla tout de suite en faire part à Nelio qui était en train d'enlever la terre de ses pieds à l'aide d'une lame de couteau cassée et émoussée.

– Tu ne connais pas le jour de ta naissance, fit remarquer Nelio.

– Dans mon rêve, si, dit Alfredo Bomba. Pourquoi aurais-je rêvé une chose qui ne serait pas vraie ?

Songeur, Nelio le regarda, puis il joignit les mains en disant :

– Tu as raison. Bien sûr que c'est ton anniversaire demain. On va le fêter. Maintenant, laisse-moi. Il faut que j'y pense tranquillement.

Chaque fois que Nelio avait un problème à résoudre ou qu'il voulait faire le tour d'une question, il avait besoin d'être seul. Le bruit que faisaient les autres l'empêchait de penser. Il avait pris l'habitude de se réfugier derrière la pompe à essence, sur l'herbe brûlée par le soleil, avec quelques chèvres efflanquées pour unique compagnie. C'est là bien sûr qu'il se rendit pour réfléchir à l'anniversaire d'Alfredo Bomba. Au bout d'une heure, il sut ce qu'il allait faire et il réunit le groupe en conseil.

Nascimento avait trouvé une caisse de tomates abîmées, tombée du toit d'un bus surchargé. Il eut vite fait de les éplucher pour manger ce qui était encore bon. Nelio attendit que la caisse soit presque vide avant de parler.

– Demain est un grand jour : c'est l'anniversaire d'Alfredo Bomba ! Et c'est forcément vrai, puisqu'il l'a rêvé. Il aura neuf ans, ou peut-être dix ou onze, peu importe. Rien n'interdit à Alfredo Bomba d'avoir l'âge qu'il veut. Par conséquent, demain on va faire la fête.

Nelio montra une maison située un peu après la pompe à essence. A l'époque de Dom Joaquim, elle avait appartenu à un riche propriétaire terrien qui possédait de vastes plantations de thé dans les provinces lointaines à l'est du pays. Après l'arrivée des jeunes révolutionnaires, la maison avait été longtemps laissée à l'abandon, mais depuis quelques années elle était habitée par des Blancs venus apporter leur aide, les *cooperantes*. Actuellement, elle abritait un homme dont les cheveux étaient tout blonds et qui venait d'un pays que personne n'arrivait à placer sur la carte. Nelio avait entendu dire qu'il était *markes*, sans savoir ce que cela signifiait.

Nelio se posait beaucoup de questions sur ces *cooperantes*. Ils étaient vêtus de culottes courtes, de sandales, et ils portaient leur argent dans de petits sacs attachés autour de la taille. C'était sans doute leur uniforme, se disait-il. Ils roulaient dans de grosses voitures qu'ils faisaient garder par les enfants de la rue. Ils étaient généralement très gentils avec eux et leur donnaient beaucoup trop d'argent en récompense. Ils aimaient bien se faire rougir au soleil et s'efforçaient toujours de montrer qu'ils ne craignaient pas tous ces Noirs qui mendiaient. Mais Nelio n'était pas dupe. Il avait très bien compris qu'au fond d'eux ils avaient peur.

Nelio indiqua la maison du doigt.

– Demain, c'est samedi, ce qui signifie que le *Markes* va charger sa voiture de matelas, de chaises et de nourriture. Il ne reviendra que le lendemain, dimanche. Son *empregada* sera en congé et le gardien de nuit a le sommeil lourd. Nascimento se chargera de lui trouver une bouteille de vin pour que son sommeil soit encore plus profond. L'homme qui habite la maison est *markes* et *cooperante*, il est venu aider les pauvres de notre pays. Nous sommes pauvres, nous aussi. Il va donc avoir l'occasion de nous aider à célébrer l'anniversaire d'Alfredo Bomba. On le fêtera chez lui.

Ses paroles déclenchèrent un tollé, mais Nelio savait que derrière leurs protestations ils trouvaient en fait son idée excellente. Leur participation à l'entreprise consistait à souligner les différents obstacles qui pourraient se présenter.

– Il ne faudrait pas qu'on s'introduise par effraction,

dit Mandioca. La police viendrait nous prendre et on serait obligés de fêter l'anniversaire en prison. Et ils nous battraient, surtout Alfredo Bomba puisque ce serait de sa faute.

– On n'entrera pas par effraction, le rassura Nelio. Je vous expliquerai plus tard.

– Comme on n'est pas chez nous, on ne pourra pas faire de bruit, dit Nascimento, et ça, c'est impossible. On est incapables de rester silencieux. Comment veux-tu qu'on fête un anniversaire sans faire de bruit ?

– On gardera les fenêtres fermées, dit Nelio, et on ne cassera rien.

– Il faudra qu'on passe la soirée dans le noir dans une maison inconnue ? demanda Pecado. Et comme on ne pourra pas allumer la lumière, même si on ne fait pas exprès, il y aura plein de choses de cassées.

– Le *Markes* n'éteint jamais quand il s'absente, dit Nelio. C'est pour décourager les voleurs.

Il répondit ainsi au fur et à mesure à toutes leurs objections avant d'expliquer par quel moyen ils allaient pénétrer dans la maison.

– Mandioca a deux qualités que nous n'avons pas : d'une part, il est capable de paraître plus minable et plus affamé que nous. D'autre part, il peut rester silencieux et immobile très longtemps. Donc c'est toi, Mandioca, qui vas aller sonner à la porte. Quand le *cooperante* ouvrira, tu avanceras en titubant et tu t'évanouiras après avoir franchi le seuil. Le *cooperante*, soucieux, ira te chercher un verre d'eau et tu reviendras à toi au bout d'un petit moment. Alors, tu demanderas à aller aux toilettes et une fois à l'intérieur, tu enlèveras le crochet de la fenêtre, mais tu t'arrangeras pour que ça ne se voie pas. Après, tu remercieras le *cooperante* pour tout ce qu'il aura fait pour toi. Je pense qu'il te donnera aussi un peu d'argent, vu ton état. Puis, tu viendras nous rejoindre.

– Si tu veux que j'aie l'air affamé, il faut d'abord que je mange, sinon je serai de mauvaise humeur.

– Les tomates qui restent dans la caisse sont pour Mandioca, dit Nelio avant d'ajouter : encore une chose, si jamais tu as besoin de faire pipi quand tu es dans la salle de bains, utilise le siège qui est équipé d'un couvercle et non pas la cuvette avec les robinets. Tu as compris ?

– Je n'ai pas l'intention de faire pipi, dit Mandioca. Tu parles de quelle cuvette ?

– Tu verras bien. Maintenant, on va rester là jusqu'à ce que le *cooperante* rentre.

– Et s'il ne part pas demain, qu'est-ce qu'on fait ? demanda Nascimento.

– Tous les *cooperantes* passent le samedi et le dimanche sur la plage à se faire rougir. Nelio a raison, fit remarquer Mandioca.

– Je n'ai jamais fêté un anniversaire, s'inquiéta Alfredo Bomba, on fait comment ?

– On mange, on chante et on danse, expliqua Nelio, et c'est exactement ce que nous allons faire. Et on va se laver, dormir dans un lit et avoir un toit au-dessus de nos têtes. Et on pourra regarder des images à la télé.

– Peut-être qu'il n'en a pas, dit Nascimento.

– Tous les *cooperantes* ont la télé. Ils ont les cheveux blonds et ils ont la télé. C'est important. Retenez ça une fois pour toutes.

Mandioca s'évanouit sur le seuil de la maison du *Markes*, comme prévu. Il enleva également le crochet de la fenêtre et reçut effectivement sa récompense après avoir repris connaissance.

Le lendemain, tous les enfants étaient assemblés devant la maison de l'homme blond pour le regarder partir dans sa voiture. Tard dans l'après-midi, Nascimento réussit à trouver une bouteille de vin entamée et vers huit heures du soir, le gardien dormait profondément. Les garçons pénétrèrent dans le jardin. En grimpant sur les épaules de Mandioca, Tristeza atteignit la fenêtre et se glissa à l'intérieur de la maison. Peu de temps après, il ouvrit la porte d'entrée, selon les instructions de Nelio, ce qui permit aux autres de le rejoindre. Nelio leur ordonna sévèrement de ne pas bouger tant qu'il n'aurait pas contrôlé que tous les rideaux étaient bien fermés. Il les réunit ensuite dans le hall d'entrée.

– Allez vous laver. Les pieds surtout, c'est très important.

Comme il ne leur faisait pas vraiment confiance, il les enferma dans la salle de bains et les libéra un par un après avoir vérifié qu'ils étaient bien propres. Nascimento fut obligé de s'y reprendre à deux fois avant que Nelio ne soit satisfait du résultat.

Nelio fit le tour de la maison, ouvrit les deux réfrigérateurs, décida où ils allaient dormir, alluma la télé et mit quelques vases hors de portée pour éviter qu'ils ne soient cassés. Puis, il rassembla tout le monde dans la cuisine.

– Les *cooperantes* ont toujours des frigos bien remplis, dit-il. Je suis sûr que le *Markes* sera ravi d'apprendre que nous avons célébré l'anniversaire d'Alfredo Bomba en faisant un bon repas chez lui. Occupons-nous des plats maintenant !

Nelio se mit à l'œuvre comme s'il préparait une campagne militaire. Mandioca fut chargé des légumes, Pecado et Nascimento du riz. Alfredo Bomba et Tristeza leur donnèrent un coup de main. Pendant ce temps-là, Nelio débita une grosse pièce de viande en petits morceaux qu'il fit cuire. Ils trouvèrent du jus de fruits dans le garde-manger. Quand les différents plats furent prêts, ils s'attablèrent et attendirent que Nelio leur fasse signe de commencer.

– C'est probablement l'anniversaire d'Alfredo Bomba aujourd'hui, dit-il, c'est du moins ce qu'il a rêvé. Alors, bon appétit !

A plusieurs reprises au cours du repas, Nelio fut obligé d'intervenir pour empêcher qu'une bagarre n'éclate à cause des morceaux de viande. A un moment donné, Nascimento haussa le ton sans qu'il semble en être conscient lui-même. Nelio renifla son verre et s'aperçut qu'il avait ajouté de l'alcool à son jus de fruits. Il l'échangea discrètement avec le sien et le vida dans l'évier. Après avoir terminé deux gros paquets de glace, ils se mirent à danser au son d'une radio que Nelio avait dénichée dans la salle de séjour. Il leur avait demandé de ne pas quitter la cuisine pour ne pas salir les tapis, bien plus difficiles à nettoyer que le carrelage. Au début, il se tint à l'écart, se contentant de regarder les autres s'amuser. Dans sa tête résonnait la musique d'une *timbila* et des percussions du village incendié. Et petit à petit, la cuisine du *Markes* s'emplit de tous les esprits qui avaient cherché à le joindre, ceux des morts mais aussi ceux qui appartenaient aux personnes peut-être encore vivantes. Sentant le chagrin l'envahir, il se leva pour se mêler aux autres, de peur de mettre une sourdine à la fête d'Alfredo Bomba en leur imposant son visage triste. Il bougeait comme dans un brouillard, la sueur ruisselait de son front. La danse se poursuivit tard dans la nuit, jusqu'à ce que leurs jambes et leurs hanches soient vidées de toute énergie. Alfredo Bomba dormait déjà sous la grande table.

Nelio désigna à chacun la place qu'il leur avait choisie pour la nuit : le lit du *Markes* pour quelques-uns, les canapés pour les autres. Quand l'aube s'annonça, rien n'indiquait que la maison avait eu de la visite, exception faite du contenu des réfrigérateurs et du congélateur. Nelio passa d'une pièce à l'autre pour contempler silencieusement le groupe endormi.

Il eut le sentiment de traverser des époques et des mondes. Il repensa au petit bois en dehors de son village où il avait grandi et que les bandits avaient brûlé. « Mais les arbres ont été épargnés, se dit-il. Ça fait des centaines d'années que le bois pousse. »

On plantait un arbre chaque fois qu'un enfant naissait et il pouvait ensuite indiquer son âge. Ceux dont les grands troncs épais offraient la meilleure ombre appartenaient aux gens qui étaient partis rejoindre le monde des esprits. Mais ils poussaient dans le même bois que ceux qui appartenaient aux vivants. Ils se nourrissaient de la même terre et de la même pluie. Ils attendaient les enfants qui n'étaient pas encore nés et les arbres qui n'étaient pas encore plantés. Un arbre ne donnait aucun indice sur la mort de quelqu'un, seulement sur sa naissance.

En regardant les garçons endormis, Nelio se dit qu'il était en train d'évoluer dans un monde qui n'avait pas encore commencé à exister. Un jour, ils dormiraient peut-être dans des lits et sur des canapés. Et ils auraient des rêves réservés aux personnes qui ne connaissent pas la faim. L'avenir serait peut-être comme ici, dans la maison du *Markes*.

Nelio avait l'impression de vivre le plus grand miracle qu'un homme soit amené à connaître et dont il avait entendu parler par les anciens : se trouver simultanément dans ce qui est et dans ce qui sera.

Il savait qu'il n'oublierait jamais cette nuit passée dans la maison du *Markes*. Alfredo Bomba allait se souvenir de son anniversaire et lui, Nelio, de cette sensation de planer librement dans le temps.

« Il est possible de voler sans ailes apparentes, se dit-il, nous les portons en nous, si nous sommes capables de les voir. »

Tristeza se réveilla le premier.

– A quoi faut-il que je pense aujourd'hui ? demanda-t-il.

– Au plaisir d'avoir les pieds propres, répondit Nelio.

Les autres sortirent du sommeil les uns après les autres. Ils se frottèrent les yeux, étonnés de ce qu'ils voyaient autour d'eux. Puis, ils se souvinrent. Il était encore tôt. Nelio vit à travers une fente du rideau que le gardien de nuit dormait encore.

– Il faut s'en aller, dit-il, par le chemin que nous avons pris pour venir.

– Mais dis-moi d'abord comment tu as pu savoir qu'il y avait autant de nourriture dans les placards froids ? demanda soudain Nascimento.

– Un homme qui rapporte de grands paniers remplis de nourriture tous les jours, ne peut pas tout manger lui-même, répondit Nelio. Toi aussi, tu l'as vu et tu aurais très bien pu tirer cette conclusion sans mon aide.

Ils quittèrent la maison du *Markes* aussi discrètement qu'ils étaient venus.

– Qu'est-ce qu'il dira quand il s'apercevra que ses frigos sont vides ? s'inquiéta Alfredo Bomba.

– Je ne sais pas, dit Nelio, peut-être la même chose que les autres Blancs qui vivent chez nous : que l'Afrique et les Noirs sont incompréhensibles.

– Et le sommes-nous ? demanda Alfredo Bomba. Je veux dire incompréhensibles.

– Non, mais le monde dans lequel nous vivons est parfois difficile à comprendre.

Ils se retrouvèrent dans la rue, avec un grand secret à partager. Compte tenu de l'heure matinale, Nelio constata que les garçons déployaient une énergie inhabituelle pour fouiller les poubelles et chercher des voitures à surveiller. Il se dit aussi que ce qu'ils avaient fait était bien mais que ce n'était pas à refaire.

Nelio, extrêmement fatigué, décida d'aller se reposer à l'ombre de son arbre. Il en informa les autres en insistant pour qu'ils le laissent tranquille et renoncent à se battre près de lui.

Il fut surpris de découvrir une personne qu'il n'avait jamais vue auparavant. Il s'immobilisa, agacé que quelqu'un ait eu l'audace de s'introduire dans son domaine privé. Personne d'autre que lui n'avait le droit de s'asseoir là.

Il s'avança et s'aperçut que c'était une fille, aussi blanche que Yabu Bata.

J'ai attendu la suite, elle ne venait pas. Absorbé par ses pensées, Nelio avait interrompu son récit.

Puis, il m'a regardé.

– Je me souviens de m'être fait la réflexion que c'était important, a-t-il repris.

Sa voix était faible et je me suis de nouveau inquiété pour ses blessures qui continuaient à noircir et à sentir mauvais sous le pansement.

– Je me souviens de m'être dit que c'était important, a-t-il poursuivi. Yabu Bata m'avait indiqué le chemin de la ville. La présence de cette fille en haillons sous mon arbre avait forcément une signification. Et j'avais raison.

J'ai repensé à la femme que je venais de connaître, à la nouvelle apprentie que personne n'avait raccompagnée la nuit. J'allais la retrouver le soir même et cette certitude m'a ému.

– Je vois que tu es heureux, m'a dit Nelio. Si je n'étais pas si fatigué, j'aurais voulu que tu m'en fasses connaître la raison.

– Repose-toi maintenant. Après je t'emmènerai à l'hôpital.

Nelio n'a pas répondu. Il avait déjà fermé les yeux.

Je me suis levé pour quitter le toit.

La sixième nuit était finie.

La septième nuit

Peut-on deviner qu'une personne est amoureuse rien qu'à sa manière de marcher ? Si tel est le cas, et c'est ce que je pense, Maria comprit forcément que mon cœur battait pour elle quand j'entrai dans la boulangerie. Pour la deuxième fois, nous allions préparer ensemble le pain de Dona Esmeralda. Maria était déjà au travail et elle me sourit en me voyant arriver. Il faisait très chaud. Sa robe était si fine qu'elle laissait entrevoir les contours de son corps.

Aujourd'hui, plus d'un an après, j'imagine qu'on aurait pu former un couple tous les deux, si les événements avaient été différents. Si Nelio n'était pas mort et si je n'avais pas quitté mon travail chez Dona Esmeralda pour devenir le Chroniqueur des Vents. Mais ça ne s'est pas fait et à présent c'est trop tard. Maria s'est liée à quelqu'un d'autre. Je l'ai aperçue en ville, accompagnée d'un homme qui est, je crois, oiseleur sur l'un des marchés. Ils avançaient dans la rue, serrés l'un contre l'autre. Le ventre de Maria était très gros.

Nous avons passé très peu de temps ensemble, Maria et moi, et je n'ai jamais su si elle éprouvait les mêmes sentiments pour moi. Elle représente la plus grande joie qu'il m'ait été donné de ressentir. Mais cette joie était porteuse de mon plus gros chagrin.

Pendant l'agonie de Nelio, mon existence avait atteint une sorte d'accomplissement. Ses blessures l'ont empoisonné progressivement pour finalement lui ôter la vie. Il me semble que c'est comme cela qu'il faut le dire : elles lui ont ôté la vie. La mort vient toujours sans être invitée. Elle dérange et sème le désordre. Dans le cas de Nelio, elle a brutalisé son corps pour s'emparer de son âme.

Le jour où j'ai rendu mon bonnet et mon tablier blanc et où j'ai quitté la boulangerie de Dona Esmeralda, j'ai entamé une nouvelle vie. Même si je l'avais souhaité, il m'aurait été impossible d'inviter Maria à m'accompagner. Comment aurais-je pu lui demander de parcourir le monde avec un homme comme moi qui avait choisi délibérément d'être mendiant ? Comment aurais-je pu lui faire comprendre que je ne pouvais pas faire autrement ?

Je l'ai donc aperçue dans les rues de la ville, toujours aussi belle. Je ne l'oublierai jamais. A la fin de ma vie, quand les esprits m'appelleront, je fermerai les yeux sur son image qui m'aidera à quitter ce monde.

Je suis sûr qu'elle rendra ma mort plus douce. Du moins je l'espère. Je suis un homme ordinaire, pas plus courageux qu'un autre devant l'inconnu. Ce n'est pas la brièveté de la vie qui me tourmente, c'est l'incroyable durée de la mort. Elle me fait trembler et me remplit d'une épouvantable frayeur.

J'espère que mon âme aura des ailes, car je ne supporterai pas de rester immobile à l'ombre d'un arbre pendant tout ce temps que j'aurai à passer dans le paysage mystérieux de l'éternité.

Je crois vraiment que l'on peut deviner qu'une personne est amoureuse à sa manière de marcher. Les pieds frôlent à peine la surface de la terre, tout sentiment de peur disparaît et le temps s'effiloche comme la brume au moment du lever du soleil.

Maria était la meilleure de tous les apprentis que j'ai connus. J'ai essayé de savoir où elle avait travaillé avant et comment Dona Esmeralda l'avait trouvée, mais je n'ai obtenu qu'un rire en guise de réponse.

La regarder préparer la pâte, c'était comme écouter quelqu'un faire de la musique. Impossible de s'empêcher de chanter.

Mon pain n'a jamais été aussi bon que du temps de Maria. Tous les soirs, juste après minuit quand elle avait terminé son travail, je l'accompagnais dans la rue. Lorsqu'elle disparaissait dans les ténèbres, elle me manquait déjà et j'avais hâte de la retrouver le lendemain soir. J'avais chaque fois la crainte puérile et incontrôlable de ne pas la revoir. Mais elle revenait, ses robes étaient toujours aussi légères et elle me faisait son joli sourire en me voyant descendre l'escalier du toit.

J'aurais voulu lui parler de Nelio, persuadé qu'elle aurait su mieux que moi lui faire son pansement. Peut-être aurait-elle réussi à le convaincre de la nécessité d'aller à l'hôpital s'il tenait à sa vie. Cependant, je ne lui ai rien dit. Je n'ai même pas mentionné le nom de Nelio en sa présence.

Là-haut, tout près des étoiles, nous étions seuls, lui et moi.

Après avoir enfourné les dernières plaques, je suis remonté sur le toit. Nelio semblait m'attendre. Était-il possible qu'il soit en train de se rétablir ? Je lui changeai son pansement. Ses plaies étaient encore plus noires que d'habitude et l'odeur m'obligea à retenir ma respiration. Y avait-il malgré tout un espoir que la guérison poursuive son cours sans être perceptible à l'œil ? Son front brûlant apporta une réponse décourageante à ma question illusoire. Je diluai les herbes de madame Muwulene dans de l'eau que Nelio but avec peine. Tout à coup, je m'étonnai qu'il n'ait jamais cherché à connaître la composition de la décoction que je lui donnais. Il n'avait jamais mis en doute mes aptitudes à le soigner.

Peut-être savait-il dès le départ que ses blessures ne lui laissaient aucune chance.

J'aurais préféré partager cette responsabilité pesante avec quelqu'un, mais j'avais trop attendu. Le temps s'était écoulé. Il fallait que j'assume seul la situation.

La chaleur était de nouveau intense et Nelio avait besoin de changer de chemise. J'enlevai sa couverture et je la pliai pour en faire un oreiller que je plaçai sous sa tête. Ses yeux étonnamment clairs, compte tenu de sa grande fatigue, semblaient voir tout ce qui se passait en moi.

C'était un petit garçon de dix ans, blessé par balle, qui me regardait. Mais une nouvelle montée de fièvre le métamorphosa une fois de plus en vieillard. En assistant à cette transformation, je me fis la réflexion que ce n'était pas seulement sa pensée qui se déplaçait librement entre ce qui avait été et ce qui serait, entre le monde des esprits et celui des sens. Son corps possédait également la faculté de traverser le temps. Il était tantôt celui d'un enfant, tantôt celui d'un homme d'âge avancé. Un âge que Nelio lui-même n'atteindrait jamais. Il aurait cessé de vivre bien avant cela.

– Les esprits de nos ancêtres ont-ils des visages ? me suis-je entendu demander.

J'ignore d'où me vint cette idée que j'exprimai sans en avoir vraiment conscience.

– Les gens ont des visages. Pas les esprits et pourtant on les reconnaît. Nous les distinguons les uns des autres. Ils n'ont ni yeux, ni bouches, ni oreilles mais ils voient, ils parlent et ils entendent.

– Comment le sais-tu ?

– Ils sont autour de nous. Ils sont ici, même si nous ne les voyons pas. Eux nous voient, et c'est ça l'important.

Je ne suis pas sûr d'avoir bien compris, mais je ne l'ai pas questionné davantage pour ne pas le fatiguer.

Cette nuit-là, il me raconta l'arrivée de la *xidjana*.

Nelio l'avait vue le lendemain de la fête donnée pour l'anniversaire d'Alfredo Bomba dans la maison du *Markes*. Ses vêtements étaient déchirés et son visage couvert de brûlures provoquées par le soleil. Elle était albinos. En entendant Nelio s'approcher, elle s'était retournée brusquement.

– Que fais-tu sous cet arbre ? demanda Nelio. L'ombre est à moi.

– On ne peut pas posséder une ombre, ce n'est tout de même pas une maison, répondit la *xidjana*. Je ne bougerai pas d'ici.

Depuis que Nelio vivait dans la rue, personne ne l'avait affronté comme cette *xidjana*. Et pourtant elle lui parut fragile et peu sûre d'elle.

Il s'accroupit pour lui parler.

– Comment t'appelles-tu ?

– Deolinda.

– D'où viens-tu ?

– Comme toi, de nulle part.

– Que fais-tu ici ?

– Je suis venue pour rester.

Nascimento, perché sur la benne d'un camion rouillé qu'il était chargé de garder, aperçut la fille sous l'arbre. Il poussa un hurlement, sauta à terre et courut les rejoindre.

– Que fait la *xidjana* ici ? Tu ne sais donc pas qu'une *xidjana* porte malheur ?

– Je ne porte pas malheur, dit la fille en se levant.

– Va-t'en d'ici, lui cria Nascimento.

Il se précipita sur elle en brandissant les poings. Nelio n'eut pas le temps de s'interposer et ce ne fut pas nécessaire. La *xidjana* réagit au quart de tour. Elle fit tomber Nascimento qui, tout étonné, regarda Deolinda penchée sur lui.

– Je ne porte pas malheur, répéta-t-elle. Je suis capable de battre n'importe qui. Je reste ici.

– On ne veut pas d'une *xidjana* ici, dit Nascimento en se mettant debout.

– Elle s'appelle Deolinda, fit remarquer Nelio. Retourne à ton camion. Elle est plus forte que toi.

Nascimento se retira et réunit les autres membres de la bande dans la benne. Aucun d'entre eux ne voulait d'une *xidjana*. Même Nelio préférait qu'elle s'en aille. Il savait que le groupe risquait d'éclater et qu'il aurait du mal à le maîtriser s'ils étaient trop nombreux.

– Tu t'es assise à ma place, reprit-il, et c'est interdit. Va-t'en ! On ne veut pas de fille dans notre bande. Comme tu ne sais rien de plus que nous, tu ne pourras rien nous apporter.

– Je sais lire, rétorqua Deolinda. Et il y a beaucoup d'autres choses que je sais faire.

Nelio était certain qu'elle mentait. Il s'approcha du mur et lui indiqua un mot que quelqu'un avait tracé.

– Qu'est-ce qui est écrit ici ?

Gênée par la forte lumière, Deolinda plissa les yeux et lut :

– « *Terrorista*. »

Nelio n'ayant jamais appris à lire, il était incapable de vérifier si c'était exact.

– Oh, c'est parce que les lettres sont très grosses que tu vois ce qui est écrit, conclut-il sans conviction.

Il ramassa par terre une feuille de journal déchirée.

– Et là, lis ! dit-il en la tendant à Deolinda.

Elle l'approcha très près de ses yeux et lut :

– « Un certain nombre d'enfants seront invités à vivre dans une grande maison. Les enfants de Personne seront les enfants de Tout le monde. »

– Qu'est-ce que ça veut dire ? Les enfants de Personne, c'est qui ?

Elle réfléchit en fronçant les sourcils. Puis, son visage s'éclaircit.

– C'est peut-être nous.

Elle se remit à déchiffrer le texte.

– « Le projet sera financé par une organisation européenne… »

– Le projet ?

– Oui, on sera projetés. Moi, j'ai déjà été projetée une fois. On m'a donné des vêtements et on m'a dit que j'allais vivre dans une maison avec plein d'autres enfants et qu'il ne fallait pas que je vive dans la rue. Mais je me suis déprojetée aussi vite que j'ai pu.

Nelio admit à contrecœur que Deolinda savait effectivement lire. Elle avait une tête bien faite, c'était indéniable, même si elle était blanche et couverte de brûlures purulentes. Il hésita pourtant à l'autoriser à se joindre au groupe. Après tout, c'était peut-être vrai qu'un albinos portait malheur. Mais il se souvint aussi que son père affirmait le contraire. Un *xidjana* était immortel et il possédait de fabuleux pouvoirs.

Le véritable problème était ailleurs. Il y avait très peu de filles parmi les enfants de la rue et elles étaient souvent encore plus malmenées que les garçons.

Il avait besoin de s'isoler pour réfléchir.

– Va-t'en, dit-il, va nous chercher deux poulets grillés. Montre donc ce dont tu es capable. Après je prendrai ma décision.

Deolinda s'en alla, son petit sac en raphia tressé en bandoulière. Sa robe était en lambeaux, mais sa manière de bouger était si gracieuse qu'on s'attendait à chaque instant qu'elle se mette à danser.

Assis sous son arbre, Nelio se demanda ce qu'aurait fait Cosmos à sa place. Il l'imaginait à bord du navire, très loin, près du soleil.

– C'est de la folie de la faire entrer dans le groupe, crut-il entendre.

– Mais elle sait lire, argumenta Nelio. Je n'ai encore jamais entendu parler d'un enfant de la rue qui sache lire. Et surtout pas d'une fille.

– Tu as remarqué ses yeux ? demanda Cosmos, agacé. Tu as vu comme ils sont rouges et enflammés ? Voilà ce que ça donne de savoir lire. Après, on devient aveugle.

– Tous les *xidjana* ont les yeux rouges, objecta Nelio. Même ceux qui ne savent pas lire.

Cosmos soupira.

– Alors d'accord, qu'elle reste ! finit-il par dire. Mais chasse-la au moindre problème.

Nelio acquiesça. Il décida de lui permettre de rester, à condition qu'elle ramène les poulets grillés.

A la fin de la journée, elle n'avait toujours pas reparu, probablement parce qu'elle avait compris qu'elle ne serait pas autorisée à rester. Par conséquent, elle ne s'était même pas donné la peine de leur trouver des poulets grillés. Nascimento, soulagé, déclara qu'il avait la ferme intention de la tuer si jamais elle osait se montrer dans leur rue. Mandioca lui fit remarquer qu'il s'était déjà fait battre par la *xidjana* et une violente bagarre éclata. Nelio eut bien des difficultés à calmer les combattants. Nascimento s'était jeté sur Mandioca. Alfredo Bomba s'en était mêlé, ce qui avait détourné la colère des deux adversaires sur lui. Nelio savait qu'une bagarre entre les enfants de la rue suivait ses propres lois et que son déroulement était imprévisible.

– Elle est partie, dit il, une fois le calme revenu. Il se peut qu'elle revienne, mais le contraire est tout aussi possible. Oublions-la pour l'instant.

Ils se préparèrent pour la nuit.

– Et maintenant, je dois penser à quoi ? demanda Tristeza.

– Pense à la nuit que nous avons passée dans la maison du *Markes*, lui conseilla Nelio.

– Je ne rêve plus de ma banque, annonça Tristeza avec fierté.

– Tu peux y penser une fois par semaine, concéda Nelio, mais pas l'après-midi pendant la sieste.

Le lendemain matin, Nelio découvrit Deolinda sous son arbre. Elle avait osé revenir. Le voyant s'approcher, elle sortit deux poulets de son sac.

– Où les as-tu trouvés ? demanda-t-il.

– Un ambassadeur a organisé un grand dîner dans son jardin. J'ai escaladé la barrière et je me suis introduite dans la cuisine sans que personne me voie.

Nelio ne savait pas ce qu'était un ambassadeur. Il hésita un instant avant de dévoiler son ignorance, mais sa curiosité l'emporta.

– Un ambassadeur ?

– Oui, l'ambassadeur d'un pays lointain.

– De quel pays ?

– De l'Europe.

Nelio avait déjà entendu parler de l'Europe. C'était de là que venaient les *Markes* et tous les *cooperantes* qui portaient leur argent dans des petites pochettes sur leur ventre.

Il goûta à l'un des poulets.

– Ça manque de piri-piri, constata-t-il.

Deolinda ouvrit son sac et en sortit un petit bocal en verre.

– Voilà du piri-piri.

Les garçons s'approchèrent prudemment et Nelio partagea les deux poulets entre eux. Nascimento s'empara brutalement de son morceau après l'avoir d'abord refusé, et s'écarta des autres pour le manger. A partir de ce moment-là, Deolinda fut intégrée au groupe. Nelio se rappela que Cosmos l'avait accueilli parce qu'il n'était avec personne. A présent, la situation de Deolinda était comparable. Elle venait de clore la formation du groupe. Il faudrait maintenant qu'un membre disparaisse avant qu'un autre ne puisse être accepté.

Quand il ne resta plus rien des deux poulets, Nelio demanda à Nascimento de venir plus près.

– Deolinda est désormais l'une des nôtres, ce qui signifie que personne n'a le droit de la battre avant de m'en avoir demandé l'autorisation. Comme elle vient d'arriver, on ne lui donnera qu'une demi-part de ce que nous gagnons. Plus tard, quand elle le méritera, elle aura la même somme que nous. Personne n'a le droit de l'appeler *xidjana*, à moins d'avoir obtenu son accord. Et Deolinda, de son côté, ne pourra pas tirer avantage du fait d'être une fille. Elle aura exactement le même traitement que nous.

Après avoir vérifié qu'il avait bien pensé à tout, il ajouta, un peu gêné :

– Si Deolinda préfère, elle a le droit d'être seule pour faire pipi. Elle pourra aussi avoir sa propre couverture quand les nuits seront froides, à condition qu'elle se la procure elle-même.

Du regard, Nelio invita les autres à lui faire part de leurs commentaires.

– Elle nous servira à quoi ? demanda Nascimento. Elle n'est ni noire ni blanche et elle porte malheur.

A la surprise de tous, la réponse vint de Tristeza.

– Avec nous, elle sera une *xidjana* et avec les Blancs,

elle sera une Blanche. Elle est à la fois l'une des leurs et l'une des nôtres.

– C'est bien dit, répliqua Nelio. Tu auras bientôt mérité des tennis.

Nelio allait rapidement avoir la confirmation qu'il avait eu raison de faire entrer Deolinda dans le groupe. C'était une bonne mendiante. Elle savait tout de suite ce que chaque situation de la rue pouvait lui apporter. Et en plus, elle était capable de se défendre. Personne n'osait l'attaquer de peur de se faire battre. Seul Nascimento continuait à montrer ouvertement son mécontentement. Nelio le soupçonnait de vouloir un jour quitter leur groupe pour en rejoindre un autre et il finit par l'emmener derrière la pompe à essence pour lui poser la question franchement. Nascimento nia mais Nelio sentit qu'il mentait. Il savait cependant qu'il ne pourrait rien contre sa décision.

Nelio mit longtemps à comprendre ce qui avait poussé Deolinda à se réfugier dans la rue. Chaque fois qu'il l'interrogeait, elle s'esquivait en lui répondant avec agressivité que cela ne le regardait pas. Une nuit, pendant que Deolinda dormait, Nelio ouvrit son sac en raphia. Il y trouva la photo d'un homme et d'une femme. Cela le mit sur la piste. Le visage de l'homme était effacé. Ses traits avaient été grattés à l'aide d'un ongle ou d'un caillou. Nelio remit la photo à sa place, honteux d'avoir ouvert le sac. On n'avait pas le droit d'obliger quelqu'un à dévoiler un secret, de même qu'on n'avait pas le droit de voler l'information pour satisfaire sa curiosité.

Nelio se souvint d'une phrase qu'avait prononcée sa mère : on n'a pas le droit de forcer le cœur de quelqu'un, pas plus qu'un voleur n'a le droit de forcer la serrure d'une maison.

Nelio s'aperçut que Deolinda et Mandioca devenaient amis. Ils se tenaient souvent accroupis l'un à côté de l'autre à se faire des confidences et à rire ensemble. Si jamais Nascimento se trouvait à proximité, il tournait autour d'eux l'air furieux, mais sans oser s'introduire dans leur intimité. Quant à eux deux, ils ne le voyaient même pas.

Un soir que Nelio s'apprêtait à regagner sa statue, il remarqua que Deolinda le suivait. D'abord il fut tenté de lui dire d'aller retrouver les autres. Puis, il réalisa que c'était une occasion unique pour essayer de comprendre les raisons de sa présence dans la rue. A cette heure-là, la petite place était pratiquement vide. Il n'y avait plus que les gardiens de nuit endormis et le vendeur de cuisses de poulets qui continuait à faire griller des morceaux sur le feu de charbon de son tonneau. Nelio s'assit au pied de la statue alors que Deolinda s'arrêtait au coin de la rue en s'efforçant de se dissimuler dans les ténèbres. Il lui fit signe qu'il l'avait vue, pensant qu'elle serait gênée d'avoir été découverte.

– Qui t'a permis de me suivre ? demanda-t-il.

– Je voulais voir où tu habitais, répondit-elle en le regardant droit dans les yeux.

– Tu pourras me suivre le restant de ta vie si ça te chante, mais tu ne sauras jamais où j'habite.

– Et pourquoi ?

– Parce que j'ai la faculté de disparaître.

– J'aimerais bien voir ça.

Nelio approuva.

– Que feras-tu pour moi si j'arrive à disparaître sans que tu saches comment ?

Elle recula d'un pas.

– Je ne veux pas faire *xogo-xogo*.

Nelio fut mal à l'aise. Il savait ce que cela voulait

dire, mais il ne l'avait jamais fait. Il savait qu'il n'était pas suffisamment grand pour en avoir envie.

– Je voudrais juste que tu me dises d'où tu viens. Rien d'autre.

– Pourquoi veux-tu le savoir ?

– Tu ne peux pas continuer à vivre dans le groupe si je ne connais pas tes origines. Qu'as-tu fait la veille du jour où je t'ai vue à l'ombre de mon arbre ? Pourquoi t'es-tu assise là ? J'ai plein de questions à te poser.

Elle réfléchit, puis accepta sa proposition d'un mouvement de tête.

– Tu ne peux pas disparaître sans que je m'en aperçoive, je te promets donc de répondre à tes questions.

– Tourne-toi et ferme les yeux. Bouche-toi les oreilles. Compte jusqu'à dix. Tu sais compter ?

– Je sais tout faire. Je sais compter, lire, écrire.

– Comment as-tu appris ?

Elle ne répondit pas.

– Maintenant, tourne-toi. Ferme les yeux et compte à voix haute jusqu'à dix. En même temps, il faut que tu te bouches les oreilles avec les mains. Si jamais tu triches, tu deviendras aveugle.

Elle eut un instant d'hésitation et Nelio sut qu'elle avait entendu parler de ses pouvoirs surnaturels.

Elle suivit cependant ses consignes et commença à compter. Pendant ce temps-là, Nelio ouvrit la trappe et se glissa rapidement à l'intérieur du cheval. Par un trou à hauteur de la crinière, il put l'observer à sa guise. Elle compta consciencieusement jusqu'à dix, puis se retourna. Nelio essaya de deviner sa réaction en regardant son visage. Elle était visiblement déconcertée. La place était déserte, il n'y avait aucun endroit où se cacher et il n'aurait pas eu le temps de disparaître au coin de la rue.

Au bout d'un moment, elle s'en alla. Nelio attendit

d'être certain qu'elle soit vraiment partie pour sortir par la trappe. Il se mit ensuite à courir aussi vite qu'il pût à travers la ville nocturne, en empruntant des raccourcis, pour se rendre au Palais de Justice où dormaient les autres enfants. Il eut même le temps de s'installer sous son arbre pour attendre Deolinda. En la voyant arriver, il se leva et alla à sa rencontre. Elle eut un mouvement de recul.

– Voilà, j'ai disparu et je suis revenu, dit-il.

Il lui tendit la main.

– Touche ma main. Elle est chaude. Je ne suis pas une ombre, ni un spectre.

Elle effleura sa main du bout de ses doigts.

– Les gens dorment beaucoup trop, affirma Nelio, profitons de la nuit pour nous parler.

Il emmena Deolinda au jardin botanique qui se trouvait à flanc de colline, non loin de l'hôpital. Les grilles étaient fermées par de grosses chaînes et des cadenas, mais Nelio savait qu'il y avait un trou dans la barrière par lequel ils pourraient se glisser. Ils s'assirent sur un banc qu'éclairait l'enseigne d'un hôtel.

Deolinda était très pâle.

Sa robe tombait en loques. Nelio dit qu'il fallait d'urgence trouver assez d'argent pour lui en acheter une autre.

Elle se mit à lui raconter sa vie sans qu'il ait besoin de lui poser des questions. Elle parut même soulagée de pouvoir le faire. Il l'écouta avec beaucoup d'attention.

Deolinda venait d'une des banlieues les plus pauvres. Elle était née dans un des nombreux taudis qui avaient poussé autour des immondices de la décharge publique. Quand son père sut que son enfant était albinos, il refusa de la voir et accusa sa femme de l'avoir secrètement conçue dans un cimetière avec un mort. Il les chassa toutes les deux de la maison. Malgré son désespoir, sa mère ne décida pas de la tuer, ni de la cacher dans les ordures, ce qui lui aurait peut-être permis de reprendre sa place auprès de son mari. Elle partit avec son bébé rejoindre l'une de ses sœurs dans un village situé à plusieurs jours de marche. Mais ses trois autres enfants étaient restés avec leur père et cette séparation fut pour elle une telle souffrance qu'elle faillit en mourir de chagrin. Au bout de plusieurs mois, elle reçut un message de son mari lui annonçant qu'il s'était trouvé une nouvelle femme qui, elle, n'était pas du genre à accoucher d'un albinos. Il ne fallait donc pas qu'elle cherche à revenir. Les trois enfants resteraient avec lui et il la maudissait à tout jamais pour lui avoir infligé le déshonneur de l'avoir trompé avec un mort dans un cimetière.

– Je suis donc née d'un père fantôme, conclut Deolinda avec dédain (on aurait dit qu'elle crachait ses paroles). Aujourd'hui, comme je suis adulte et sage, je sais que c'est vrai. Quoique vivant, mon père est bien un fantôme.

– Tu as quel âge ?

Elle haussa les épaules.

– Onze ans. Ou quinze. Quatre-vingt-dix, peut-être.

– Moi, je pense que tu en as douze, dit Nelio.

– Si c'est vrai, je les garderai jusqu'à la fin de ma vie. Je ne comprends pas pourquoi il faut constamment changer d'âge.

– Je suis d'accord avec toi, consentit Nelio. Moi, j'aurai dix ans jusqu'à ce que j'en aie assez. Alors, je changerai pour en avoir quatre-vingt-quatorze.

Ils partagèrent quelques bananes trop mûres que Deolinda avait dans son sac, en écoutant les grenouilles coasser dans le petit étang du jardin botanique.

Deolinda avait connu quatre saisons de pluie et savait bien marcher, quand elle comprit définitivement qu'elle était différente des autres. Plus que jamais elle aurait eu besoin de sa mère, mais celle-ci avait sombré dans une démence qui laissa impuissant même le fameux *curandeiro* du village voisin. Elle cessa de se nourrir, refusa de tresser ses cheveux et se mit à se promener toute nue dans le village. En désespoir de cause, sa sœur finit par l'enfermer dans une case dont elle cloua la porte. On lui passait de l'eau entre les interstices. Elle mourut là après s'être crevé les yeux avec la pointe d'un morceau de bambou qu'elle avait arraché à l'un des piliers qui soutenaient le toit. Le dernier souvenir que Deolinda conserva de sa mère, ce furent ses pauvres mains tendues à travers une fente. Deux mains vides qui s'agitaient et se rejoignaient convulsivement. C'est tout ce qui lui restait d'elle.

La tante changea d'attitude à son égard. Elle la battait souvent, la privait parfois de nourriture, la considérant comme responsable de la mort de sa sœur. Deolinda tenta de comprendre pourquoi elle était différente des autres. Personne ne fut capable de lui fournir une explication cohérente, si bien que petit à petit elle fut amenée à accepter la pesante culpabilité qu'on lui imposait. Ses ancêtres avaient concentré leurs méfaits en elle et l'avaient chargée de les porter. Il lui devint impossible de rester dans le village. La seule personne susceptible de l'aider encore était son père et elle décida de le rejoindre. Une nuit, alors que tout le monde dormait, elle quitta le village pour ne plus jamais y revenir. Elle se rendit en ville et parvint à retrouver sa maison dans la puanteur environnante du tas d'ordures. Mais à peine arrivée, elle en fut brutalement chassée à coups de bâton par son père, qui lui interdit de s'y montrer à nouveau. Il ne lui restait plus que les rues de la ville. A plusieurs reprises, des religieuses l'avaient emmenée dans un orphelinat, mais elle en était chaque fois repartie au bout de quelques jours. Dans les rues, elle découvrit d'autres personnes aussi blanches qu'elle. Certaines d'entre elles possédaient des voitures, avaient des emplois et vivaient dans de vraies maisons. Deolinda s'aperçut aussi qu'elles avaient des enfants noirs. Dans les rues de la ville, elle n'était pas la seule à être différente.

– Je vivrai jusqu'à ce que j'aie des enfants, dit-elle. Je mettrai mille enfants au monde et ils seront tous noirs. Quand je ne pourrai plus en avoir, je tuerai mon père.

– Je ne pense pas que ce soit une très bonne idée, dit Nelio, pensif. Si tu veux vraiment qu'il soit tué, tu as intérêt à charger quelqu'un d'autre de la besogne. Ce n'est pas très agréable d'être en prison.

– Je veux que tu m'apprennes à disparaître, dit Deolinda.

– Je ne peux pas. Je ne sais pas moi-même comment je fais. Explique-moi plutôt pourquoi tu veux rester avec nous.

Elle ne dit plus rien pendant un long moment. En attendant qu'elle se décide à parler, Nelio ferma les yeux pour se reposer.

Soudain, il sentit sa main sur son épaule.

– Tu dormais ?

– Oui, je dormais. Je n'aime pas attendre, alors je m'occupe.

– Cosmos est mon frère.

Stupéfait, Nelio réfléchit longuement à ce qu'elle venait de déclarer. Était-il possible que ce soit vrai ?

– Le jour où mon père m'a chassée à coups de bâton, Cosmos habitait encore avec lui. Il l'a vu faire. Plus tard, il a été battu lui aussi et il est parti à son tour. Il est devenu le chef de ceux qui dorment dans l'escalier du Palais de Justice. De temps en temps, on s'est rencontrés en cachette tous les deux et il m'a dit de me joindre à la bande après son départ. C'est lui qui m'a appris à lire, à écrire et à calculer.

– Mais il ne pouvait pas savoir que j'allais t'accepter.

– Il s'en doutait.

Nelio continua à s'étonner de cette nouvelle.

– C'est donc pour ça que Cosmos est parti ? Pour que tu puisses venir avec nous ?

– Peut-être.

– Cosmos mériterait qu'on l'accroche au mur d'une église ! Enfin, pas lui, mais son image. Son visage sculpté dans le bois. Comme celui d'un saint.

Nelio et Deolinda quittèrent le jardin botanique par le trou de la barrière et repartirent ensemble à travers la ville déserte.

– Quand je serai grande, je chanterai pour la terre entière, annonça soudain Deolinda.

– Tu sais chanter ?

– Oui, je sais chanter et ma voix, elle, est très noire.

– Et tout le monde a la langue rouge, fit remarquer Nelio. Comme le sang. Il y a vraiment de quoi réfléchir et de quoi s'étonner.

Deolinda s'enroula dans une couverture à côté de Mandioca. Lui et Tristeza étaient allongés de part et d'autre du carton où Nascimento s'était enfermé. Il avait même mis le couvercle. Ils étaient là comme deux gardiens, prêts à intervenir au cas où Nascimento se ferait attaquer par les monstres qui le guettaient en permanence dans ses rêves. Nelio contempla un instant le groupe d'enfants ébouriffés avant de regagner sa statue. Le récit de Deolinda le poursuivait. Des gens élégamment vêtus sortirent d'un grand hôtel pour se diriger vers leurs voitures. Nelio s'attarda pour regarder toute cette richesse, puis il continua son chemin.

Quand il fut enfin à l'intérieur de sa statue, il appuya

sa tête contre le postérieur gauche du cheval, mais il ne parvint pas à s'endormir malgré l'heure tardive. Ses pensées le ramenèrent à sa vie antérieure, à celle qu'il avait connue avant que les bandits ne surgissent des ténèbres pour incendier son village. Le ventre du cheval foisonnait d'esprits l'inondant de souvenirs douloureux qui déclenchèrent en lui un si gros chagrin que son corps frêle eut du mal à le supporter. Un vent invisible l'emporta en arrière.

Le soleil se lève. La terre sèche tourbillonne autour de la case. Sa mère chante en écrasant des grains de maïs. Il se réveille dans l'obscurité de la case où il a passé la nuit sur sa natte en raphia. Une odeur de bois brûlé pénètre par l'ouverture et lui rappelle qu'un jour nouveau l'attend. Il sort dans la clarté aveuglante et constate que tout cela est vrai. Sa mère est là qui écrase le maïs avec le lourd pilon, sa petite sœur est accrochée dans son dos…

Il se redressa de toute sa hauteur, sa tête dans le thorax du cavalier. Le cheval lui parut vivant. Il fallait absolument qu'il rentre très rapidement chez lui, il fallait qu'il apprenne ce qui s'était passé, il fallait qu'il sache qui était encore en vie et qui était mort.

Les esprits qui continuaient à voltiger autour de lui n'avaient pas de visages. Il craignait de sentir la présence de ses parents ou de ses frères et sœurs parmi eux. Cela aurait voulu dire qu'ils étaient morts et il aurait eu encore plus de mal à vivre. Même sa vie présente, qui n'était qu'une survie, lui serait plus difficile.

Suivit une période sombre. Nelio ne dansait plus et ne souriait plus. C'est du moins le souvenir qu'il en garda. Il n'arrivait plus à dissimuler sa tristesse et ne voyait d'ailleurs pas de raison de le faire. Il était dérangé sans cesse par Nascimento, toujours entre deux bagarres, par Tristeza, toujours en quête d'un sujet de réflexion ou d'une précision quant à l'acquisition de ses tennis, et cela l'agaçait prodigieusement. Il lui arrivait de se mettre en colère – ce que Cosmos ne se serait jamais permis – et il s'enfonçait encore plus dans sa mélancolie. Deolinda s'était aperçue de son besoin de tranquillité et elle s'efforçait de le protéger du mieux qu'elle pouvait en tenant le groupe à distance. Elle veillait aussi à ce que Nelio ait de la nourriture sans pour cela avoir à la chercher lui-même dans les détritus.

Assis à l'ombre de son arbre, Nelio pensait à Cosmos. Était-il encore en vie ? S'était-il noyé dans la mer ? Ou peut-être s'était-il trop approché du soleil ? Il se demandait aussi si Yabu Bata avait enfin réussi à trouver le chemin qu'il cherchait depuis plus de dix-neuf ans.

Quand ses pensées devenaient trop pesantes, il se lançait dans de grandes promenades solitaires et généralement ne regagnait pas le groupe avant la tombée de la nuit. Craignant qu'il n'aille tout droit dans la mer, les autres enfants s'arrangeaient pour le surveiller. Nelio avait bien remarqué qu'il y avait toujours quelqu'un derrière lui et, en temps normal, il se serait arrêté pour exiger qu'on lui fiche la paix. Cela même était au-dessus de ses forces. Ses escapades l'entraînèrent de plus en plus loin et un jour il se retrouva à l'endroit où il avait passé la dernière nuit avant de pénétrer dans la ville.

Les garçons s'inquiétaient de l'absence et de la tristesse de Nelio et ils en parlaient souvent entre eux. Mandioca suggéra que la compagnie d'un chien lui remonterait le moral.

– Il pense de trop, dit Nascimento, beaucoup plus que Cosmos. Ça l'a rendu malade. Son cerveau a gonflé à cause de tout ce qui lui trotte dans la tête.

– Il lui faut un chien, insista Mandioca, parce qu'un chien, ça ne vous laisse pas le temps de penser.

– Tu t'y connais en chiens ? s'étonna Deolinda.

– Oui, j'en ai eu un, répondit-il tristement.

– Que lui est-il arrivé ?

– Il s'est sauvé et depuis je n'arrête pas de le chercher. Je suis sûr que lui aussi, il me cherche.

– Il doit être mort depuis longtemps, le rabroua Nascimento. Les chiens ne vivent pas aussi vieux que les hommes.

Mandioca et Nascimento s'apprêtaient déjà à s'empoigner, mais Pecado les rappela à l'ordre en leur signalant qu'ils feraient mieux de s'occuper de Nelio.

Après avoir examiné les avantages et les inconvénients de la proposition de Mandioca, ils décidèrent de se lancer à la recherche d'un chien. Dès le lendemain, ils en trouvèrent un dans le quartier du port. Pour commencer, il planta ses crocs dans la main de Nascimento, mais les garçons parvinrent tout de même à lui mettre un collier autour du cou. Ils le traînèrent triomphalement jusqu'à Nelio sous son arbre.

– On s'est dit qu'un chien pourrait te remonter le moral, dit Pecado. Il faut que tu l'apprivoises parce qu'il a déjà mordu Nascimento. Il faut aussi que tu lui donnes un nom. Il te tiendra compagnie.

En entendant les aboiements et les couinements de l'animal, Nelio ne put s'empêcher de penser aux chiens que les bandits avaient tués avant de mettre le feu au village.

– Je vous remercie d'avoir capturé ce chien pour moi, dit-il en saisissant la laisse qu'Alfredo Bomba lui tendait. J'accepte votre cadeau. Je vais l'appeler Rico. Un chien de la rue est encore plus pauvre que nous, c'est pourquoi je lui choisis un si beau nom. Je vais le garder jusqu'à demain, après je lui rendrai sa liberté, mais il restera *mon* chien. Demain je serai en meilleure forme. Maintenant, laissez-moi tranquille.

Attaché à la statue équestre, Rico passa la nuit à aboyer. Il fut relâché dès les premiers rayons du soleil et disparut pour toujours. Comme Nelio n'avait pas pu dormir, il en avait profité pour réfléchir à la situation. Il pouvait difficilement rester à la tête du groupe en étant aussi impatient et irascible. Il ne pouvait pas non plus l'abandonner. Il devait respecter ses engagements vis-à-vis de Cosmos, et il n'y avait personne pour le remplacer. Deolinda aurait pu éventuellement, mais un albinos – fille par-dessus le marché – ne pouvait pas diriger une bande d'enfants de la rue.

Le lendemain, il réunit tout le monde derrière la pompe à essence.

– Ces derniers temps, j'ai été très préoccupé, commença-t-il, votre boucan m'a d'ailleurs beaucoup gêné dans mes réflexions. Mais à partir d'aujourd'hui, tout va changer et je vous promets de passer moins de temps, seul sous l'arbre.

La réaction fut celle qu'il attendait : un soulagement général. Pour leur prouver qu'il était redevenu comme avant, il leur ordonna de travailler désormais davantage et de renoncer à toute sieste inutile. Avec l'argent ainsi obtenu, Tristeza aurait ses tennis et Deolinda aurait la même part que les autres. On lui payerait aussi une nouvelle robe.

– Nos vêtements sont usés, c'est d'accord, affirma-t-il, mais en tant que fille, Deolinda doit être convenablement habillée. Et avant de porter ta nouvelle robe, Deolinda, il faudra te laver. Tu remettras l'ancienne pour aller fouiller les poubelles.

Quelques jours plus tard, Tristeza entra fièrement dans un magasin de chaussures. Il en ressortit, des tennis blancs aux pieds. Le même après-midi, Deolinda s'acheta une robe rouge aux manches bordées de blanc.

– Je croyais qu'il était possible d'éloigner à jamais toutes les pensées sombres, conclut Nelio quand l'aube du huitième jour commença à poindre. Je m'étais trompé, car peu de temps après, il s'est produit quelque chose qui a fait fuir Deolinda. Elle n'est plus jamais revenue. Au même moment, Alfredo Bomba s'est mis à se comporter bizarrement.

Nelio se tut, comme s'il en avait trop dit.

– Alfredo Bomba ? ai-je repris, l'incitant à poursuivre.

Nelio me regarda longuement avant de continuer. Il transpirait abondamment. Les gouttes qui perlaient sur son front reflétaient la lueur rose de l'aurore et annonçaient une nouvelle poussée de fièvre.

Je craignais qu'il ne dorme déjà quand je vis ses lèvres bouger.

– Alfredo Bomba s'est mis à se comporter bizarrement, répéta-t-il. Ensuite tous les événements qui se sont succédé ont abouti à ce que tu sais déjà : tu m'as trouvé et tu m'as porté ici sur ce toit.

Je compris que la fin de l'histoire était proche. J'allais enfin apprendre ce qui s'était passé cette nuit fatale dans le silence du théâtre vide. J'allais obtenir la réponse à mes questions.

Nelio gardait les yeux fermés. J'avais posé une tasse d'eau à côté de son matelas. Je me levai tout doucement pour descendre faire un brin de toilette. Il fallait aussi que je lave mes vêtements qui commençaient à sentir mauvais.

Nelio se remit à parler, les yeux clos.

– Ce n'est pas facile de mourir, dit-il. C'est la seule chose que personne ne peut nous apprendre.

C'est tout ce qu'il dit. J'avais peur en descendant l'escalier. Je ne pouvais plus me cacher la vérité derrière un espoir vain.

Nelio allait mourir sur le toit et cela, il l'avait toujours su.

Accroupi dans l'obscurité de l'escalier, je fondis en larmes. Je ne pleure pas souvent. Je ne sais plus quand cela m'est arrivé la dernière fois. Je suis quelqu'un de joyeux. Mais ce matin-là, j'ai pleuré toutes les larmes de mon corps. Tout était trop tard. Un petit garçon de dix ans n'est qu'un enfant, même s'il a un comportement de vieil homme.

Un enfant ne doit pas mourir.

J'ai emprunté de l'argent à une des vendeuses pour aller boire du *tontonto* dans une des *barraccas* de la ville. Très rapidement, j'ai été complètement ivre et je me suis endormi par terre.

Quelques heures plus tard, en reprenant mes esprits, je me suis aperçu qu'on avait volé mes chaussures. C'est donc pieds nus que j'ai regagné la boulangerie.

Il faisait très chaud. Pas la moindre ride n'altérait la surface de la mer. Je me suis abondamment aspergé d'eau sous la pompe dans l'arrière-cour.

J'étais déjà dans la rue à l'attendre quand Maria est arrivée pour reprendre son service. Je ne me lassais pas de la voir sourire. Pourtant, dans mes pensées, j'étais resté auprès de Nelio. Personne ne lui avait appris à mourir.

Existe-t-il une solitude plus grande que celle d'un être humain qui doit affronter la mort tout seul, sans personne pour l'accompagner ?

L'idée de cette immense solitude ne m'a plus quitté.

A minuit, je suis descendu dans la rue avec Maria. Elle a fait quelques pas, puis s'est retournée pour me faire un signe de la main.

Je suis remonté sur le toit.

Pour la huitième nuit.

La huitième nuit

Lorsque j'ai regagné le toit, Nelio était déjà mort.

Je suis resté un moment sans bouger, le cœur serré comme dans un étau.

Je ne sais plus ce que j'ai pensé. Il me semble qu'à la mort d'un proche la vie mobilise votre énergie tout entière pour tenir l'anéantissement à distance, comme si elle prenait son véritable sens à proximité de la mort.

Or je m'étais trompé. Nelio respirait encore. A moins que mon appel ne l'ait ramené à la vie. J'ai murmuré son nom et je l'ai vu bouger, très faiblement mais de façon parfaitement perceptible. Je me suis agenouillé à côté de lui et j'ai approché mon visage de sa bouche. J'ai senti son souffle.

Appartenait-il encore à notre monde ou était-il en train de s'en éloigner ? Pris de panique, je me suis mis à le secouer en criant son nom. Si le sommeil et la perte de connaissance nous mettent sur le chemin de la découverte du sens de la mort, Nelio avait commencé son voyage. Le corps que j'ai secoué était si frêle que j'avais l'impression de tenir un paquet de plumes entre mes mains, ou bien une écorce vide. Son âme l'avait déjà déserté.

Nelio a fini par revenir à la vie, comme à regret, et il a ouvert les yeux. Il était extrêmement fatigué et semblait si confus que je ne suis même pas sûr qu'il m'ait reconnu. Il lui a fallu du temps pour retrouver un certain apaisement. Je lui ai donné à boire de l'eau, celle qui contenait les herbes de madame Muwulene.

– J'ai rêvé que je mourais, a-t-il dit. J'ai essayé de remonter à la surface, mais on me retenait par les jambes. Si j'ai réussi à me libérer, c'est parce que je n'avais pas encore terminé mon récit.

J'ai refait son pansement. L'infection avait gagné tout le thorax : des traits noirs rayonnaient de l'aine à l'épaule. L'odeur était difficilement supportable. Il n'y avait plus aucun espoir. Les balles répandaient leur poison de plus en plus vite dans son corps. Sa résistance avait cédé.

– Il faut que je te conduise à l'hôpital.

– Je n'ai pas encore fini mon histoire.

Je n'ai pas insisté. Je savais qu'il n'accepterait pas d'aller se faire soigner. Je savais aussi qu'il mourrait sur le toit.

Ce mois-là, Dona Esmeralda avait beaucoup de retard dans le paiement de nos salaires et personne ne pouvait me prêter de l'argent. Pour nourrir Nelio, j'ai dû prendre quelques œufs à la boulangerie. Je les ai fait cuire, puis je les ai écrasés dans une tasse. Trop fatigué pour les manger seul, Nelio a eu besoin de mon aide mais malgré cela, il a mis très longtemps à les terminer. Je l'ai installé confortablement, avec la couverture sous sa tête. La nuit était suffocante, sans le moindre souffle de vent. Nelio contemplait le ciel étoilé.

– *Opixa murima orèra. Mweri wahòkhwa ori mutokwène, etheneri yàraka*, a-t-il dit soudain.

J'ai été surpris qu'il me dise ça. Une vieille femme de mon village m'avait dit la même chose :

La lune disparaît après avoir été très grosse. Les étoiles, elles, continuent de briller bien qu'elles paraissent si petites.

J'ai levé les yeux vers le ciel.

– La lune revient, ai-je dit.

– Les étoiles ne peuvent pas se souvenir d'elle. Pour elles, elle n'est qu'une étrangère qui vient leur rendre visite avant de disparaître de nouveau. Elle reste l'éternelle étrangère.

Des chiens s'agitaient et aboyaient dans la nuit étouffante. Un bruit de tam-tam nous parvenait de l'autre côté de l'embouchure du fleuve. Grâce aux feux qui flamboyaient, j'ai deviné de petites ombres tassées sur elles-mêmes qui bougeaient au rythme entraînant des percussions.

Nelio pensait que Deolinda s'était jointe au groupe pour de bon, mais il se trompait. Comme la nuit il ne dormait pas avec les autres, il ne s'était pas rendu compte de ce qui était en train de se passer. Il fallut que Mandioca vienne le voir à l'ombre de son arbre pour qu'il apprenne que ça n'allait pas très bien. Mandioca, visiblement mal à l'aise, n'arrêtait pas de retourner un oignon entre ses doigts. Il était rare qu'il recherche sa compagnie, et Nelio en conclut qu'il avait quelque chose sur le cœur qui le tracassait.

– Qu'est-ce que tu me veux ? demanda-t-il après un long silence.

– Rien.

Il était trop tôt pour que Mandioca ose s'exprimer.

– L'ombre est encore longue, fit remarquer Nelio. Je resterai ici jusqu'à ce qu'elle disparaisse. Il faut donc que tu parles avant.

Mandioca fouilla dans ses poches où il faisait pousser des plantes et les écarta pour permettre au soleil d'atteindre les feuilles. A son grand étonnement, Nelio avait vu que des graines pouvaient effectivement y germer. Mandioca ressemblait d'ailleurs lui-même à une plante, à un jeune arbre. Ses bras étaient comme de fines branches sans feuilles.

– Il se passe quelque chose de mauvais, finit-il par dire quand l'ombre commença à rétrécir.

– Ce que tu viens de dire n'a pas de sens, répliqua Nelio. Exprime-toi clairement. Arrête de parler dans ta barbe.

– C'est Nascimento, reprit Mandioca.

Il semblait engagé dans une lutte avec les mots.

– Qu'est-ce qu'il a, Nascimento ?

Mandioca se tut de nouveau. Nelio soupira en observant l'ombre qui continuait à rétrécir. Un lézard fila entre ses pieds et disparut dans une fissure entre les pavés.

– Qu'est-ce qu'il a, Nascimento ? répéta-t-il.

La réponse de Mandioca ne se fit pas attendre, ce qui était surprenant par rapport au tour lent et laborieux qu'avait pris leur conversation.

– Nascimento veut faire *xogo-xogo* avec la *xidjana*, mais la *xidjana* ne veut pas.

Nelio réfléchit un instant à cette information avant de continuer à poser des questions.

– Il l'a dit ?

– Il a déjà essayé.

– Que s'est-il passé ?

– La *xidjana* n'a pas voulu.

– Ne l'appelle pas la *xidjana*. On avait décidé de l'appeler par son vrai nom.

– Deolinda n'a pas voulu.

– C'est arrivé quand ?

– Cette nuit.

– Et que s'est-il passé ?

– Nascimento croyait que tout le monde dormait, mais moi, j'étais réveillé. Il a enlevé la couverture de la *xidjana*.

– Elle s'appelle Deolinda.
– Il a retiré sa couverture.
– Et après ?
– Il a soulevé sa jupe pour voir comment elle était faite.
– Et il a vu ? Elle ne porte rien sous la jupe ?
– Je ne sais pas. Deolinda s'est réveillée.
– Et alors ?
– Nascimento lui a demandé de remonter sa jupe.
– Elle l'a fait ?
– Non, elle s'est mise en colère et s'est rendormie.
– Qu'a dit Nascimento ?
– Il a dit qu'ils feraient *xogo-xogo* la nuit suivante, qu'elle le veuille ou non. Sinon il la battrait.
– Et « la nuit suivante », c'est bien celle qui vient ?
Mandioca acquiesça, épuisé par tant de mots. Tout en réfléchissant à ce qu'il venait d'entendre, Nelio se déplaçait au gré de l'ombre, à présent très étroite.
– Si Deolinda ne veut pas que Nascimento fasse *xogo-xogo* avec elle, elle est tout à fait capable de l'en empêcher. Elle l'a déjà battu une fois.
Pour Nelio, la conversation était close, mais Mandioca ne bougeait pas.
– Il y a autre chose ?
– Nascimento ne sait peut-être pas que c'est dangereux de faire *xogo-xogo* avec une albinos.
– Et pourquoi ce serait dangereux ?
– Tout le monde sait qu'on s'accroche.
– On s'accroche ?
– Nascimento ne pourra plus se retirer. Il restera accroché pour toujours. Ça fera bizarre.
– C'est faux ! Tout ça, ce sont des racontars !
– Deolinda l'ignore peut-être, elle aussi.
Nelio s'aperçut que c'étaient les éventuels problèmes de Nascimento qui souciaient Mandioca.

– Il ne se passera rien, assura Nelio. A présent, il n'y a plus d'ombre et il n'y a donc plus rien à ajouter.

Mais cette nuit-là, dans le ventre du cheval, Nelio se réveilla, troublé par des rêves angoissants. Il avait vu le visage de Deolinda, défiguré par la peur ou par la colère. Elle lui avait parlé mais il n'avait pas compris ses paroles. Rempli de mauvais pressentiments, il enfila sa culotte, sortit par la trappe et traversa la ville à toute allure. Arrivé devant l'escalier où les enfants dormaient pêle-mêle parmi les cartons et les couvertures, il constata que Deolinda n'était plus là.

Mandioca était réveillé.

– Où est Deolinda ? chuchota Nelio pour ne pas réveiller les autres.

– Partie.

– Je viens de rêver d'elle. Que s'est-il passé ?

– Nascimento lui a fait *xogo-xogo* alors qu'elle ne voulait pas. Mais il n'est pas resté accroché.

Nelio sentit la colère monter en lui.

– Où est-il ?

– Il dort dans son carton.

Nelio donna un coup de pied dans le carton où Nascimento passait ses nuits à se battre avec les monstres. Il souleva le couvercle et ordonna à Nascimento de sortir. Les autres garçons se réveillèrent les uns après les autres. Sur le visage de Nascimento, Nelio remarqua immédiatement les traces de griffures qui témoignaient des tentatives que Deolinda avait faites pour se défendre. Cela le mit hors de lui. Il empoigna la chemise de Nascimento et le tira de sa boîte. Les autres, qui n'avaient jamais vu Nelio dans un état pareil, suivirent la scène sans rien dire et sans bouger.

– Où est Deolinda ? demanda Nelio.

Sa voix tremblait d'une colère contenue.

– Je ne sais pas, répondit Nascimento, je dormais.

– Mais avant de t'endormir, tu as fait *xogo-xogo* avec elle ! hurla Nelio. Et elle ne voulait pas. Je n'étais pas avec vous cette nuit, mais elle est venue me voir dans mon rêve et elle m'a tout raconté.

– Elle était d'accord, prétendit Nascimento.

– Alors, explique-moi pourquoi elle t'a griffé le visage. Tu mens, Nascimento.

Nelio lâcha prise et entreprit de retirer les couvertures sous lesquelles les autres garçons s'étaient tapis pour échapper à sa colère.

– Personne ne dormira plus cette nuit ! cria-t-il. Cherchez-la ! Et ne vous avisez pas de revenir sans elle. Elle est l'une des nôtres. Nascimento s'est mal comporté avec elle. Est-ce que quelqu'un a vu dans quelle direction elle partait ?

Pecado indiqua le port.

– Dépêchez-vous ! Cherchez-la ! Pas toi, Nascimento. Toi, tu restes ici pour garder les couvertures. Installe-toi dans ta boîte et n'en sors pas sans mon accord. Allez, partez maintenant et ne revenez pas sans elle.

Ils passèrent la nuit à chercher Deolinda. Ils continuèrent le lendemain, toujours sans résultat. Ils demandèrent même aux autres bandes de la rue si elles l'avaient vue, mais ils n'obtinrent pas la moindre indication.

Au bout de quatre jours, la nervosité du groupe fut à son comble. Nelio se rendit à l'évidence et interrompit les recherches. Pendant tout ce temps, Nascimento était resté enfermé dans son carton derrière la pompe à essence, comme dans une prison. Nelio réfléchit à la manière de le punir, mais il finit par y renoncer, ne trouvant pas de solution acceptable. Il réunit tout le monde et leur fit part de ses réflexions.

– Deolinda est partie et elle n'a sûrement pas l'intention de revenir. Nous ignorons où elle se trouve et ce n'est plus la peine de la chercher. Elle est partie parce que Nascimento lui a fait subir quelque chose d'inadmissible. Il mériterait d'être battu tous les jours pendant des semaines et d'être enfermé dans sa boîte durant un an. Mais au fond, je ne pense pas que ce soit Nascimento le vrai coupable. Je pense que ce sont les monstres qui le torturent qui sont les véritables responsables du départ de Deolinda. Et c'est pourquoi nous n'allons pas le battre. Il ne sera pas non plus obligé de rester enfermé dans sa boîte, mais ce qui s'est passé est très mal.

Nelio se tut et promena son regard de l'un à l'autre en se demandant s'il avait réussi à faire passer le message. Le seul à paraître satisfait fut Nascimento. Déçu par sa réaction, Nelio décida de renoncer à lui porter secours quand il se ferait attaquer la prochaine fois. Il ne fallait tout de même pas que ses monstres lui enlèvent tout sentiment de culpabilité.

Cependant Nelio n'abandonna pas ses recherches. Deolinda lui manquait et il s'inquiétait de ce qu'elle avait pu faire. Parfois il lui semblait qu'elle marchait à ses côtés, son sac tressé en bandoulière. Il savait qu'un albinos possède la faculté d'être vivant et mort à la fois. Peut-être avait-elle choisi de quitter ce monde pour entrer dans un autre où, invisible aux yeux des vivants, elle pouvait tout observer à sa guise.

Un jour, Nascimento trébucha et s'ouvrit le front. Nelio détailla attentivement l'endroit où il était tombé mais il ne vit rien qui aurait pu causer sa chute. La seule explication possible, c'était que Deolinda lui avait fait un croche-pied.

Elle demeurait près d'eux.

Mais elle ne reviendrait pas avec eux.

Nelio passa de longs moments sous son arbre à étudier l'atlas déchiré et crasseux que Tristeza lui avait offert après l'avoir récupéré dans une poubelle. Abu Cassamo, le photographe indien, lui nomma les mers et les pays, lui décrivit les énormes chaînes de montagnes, lui expliqua l'étendue des déserts et le règne de la glace, épaisse de plusieurs kilomètres. Abu Cassamo au visage mélancolique n'avait pas beaucoup de clients dans sa boutique sombre, près du théâtre. C'était un homme qui ne s'exprimait que lorsqu'on lui adressait la parole. Extrêmement courtois, il s'inclina en voyant Nelio entrer dans l'obscurité de son atelier. Les projecteurs étaient recouverts de tissus noirs et l'air était chargé d'une forte odeur de curry. Nelio découvrit le monde à travers la voix basse et mélodieuse d'Abu Cassamo.

En feuilletant les pages sales, Nelio se dit qu'il vivait dans un monde qui était sous l'emprise du Mal. Où les hommes allaient-ils pouvoir puiser suffisamment de force et de joie pour résister au désespoir ? Il vivait dans un monde où les bandits incendiaient les villages, mettant les gens en fuite, où les bords des routes étaient jonchés de cadavres, de voitures et de bus éventrés et brûlés. Il vivait dans un monde où même les morts n'avaient pas droit au repos. Ils fuyaient comme lorsqu'ils étaient encore en vie, chassés de leurs tombes et de leurs arbres. Quant aux vivants, leur pauvreté les avait obligés à pousser leurs enfants dehors pour vivre dans la rue comme des rats, à cette différence près qu'ils n'avaient pas de fourrure pour se protéger du froid de la nuit.

Nelio abandonna ses cartes pour observer les gens affairés qui passaient devant lui sans le voir. Étaient-ils encore vivants ou étaient-ils déjà morts ? De temps en temps, il faisait un tour au bout de la jetée dans l'espoir de voir les requins qui apparaissaient parfois à l'entrée de l'embouchure. En regardant les rouleaux mourir sur la plage, il se demandait s'il y avait seulement un endroit où la vie était censée exister, à cette époque féroce. Où trouver suffisamment de force et de joie pour résister au désespoir ?

Qu'il soit penché sur ses cartes, qu'il attende le sommeil dans le ventre du cheval ou qu'il soit absorbé par ses réflexions au bord de la mer, il avait toujours l'impression d'être au centre du monde, au centre du Mal. Ce qui était normal, puisque les lieux avaient beau être différents, les pensées qu'ils suscitaient étaient les mêmes. Avec Deolinda, il aurait pu évoquer ces idées qui le préoccupaient. Les autres ne comprendraient pas. Ils seraient juste déstabilisés et essaieraient de lui trouver un chien pour lui remonter le moral.

Deolinda revenait dans ses rêves, parfois en compagnie de Cosmos. Nelio cherchait à savoir où elle s'était réfugiée après l'agression des monstres de Nascimento, mais il comprit, au caractère vague de ses réponses, qu'elle ne voulait pas qu'on la retrouve.

– Je n'ai pas besoin d'une maison, dit-elle dans un de ses rêves, je me suis construit une cachette où je dispose de toute la liberté nécessaire.

Voilà qui est à l'image du monde, pensa Nelio le matin, arraché de son sommeil par le rire fou de Manuel Oliveira : *les gens ne bâtissent plus de maisons, ils se construisent des cachettes.*

Deolinda n'était plus là. De violentes tempêtes s'abattirent sur la ville. La pluie tomba sans interruption onze jours durant, balayant les maisons construites à la hâte le long des pentes escarpées, au-dessus de l'embouchure du fleuve. Les requins n'hésitèrent pas à s'approcher de la plage pour happer littéralement les cadavres. Personne n'avait jamais rien vu de pareil, même pas ceux qui étaient trop vieux pour savoir s'ils appartenaient encore réellement au monde des vivants. Tout cela était prémonitoire. Les bandits se trouvaient aux portes de la ville et avaient déjà commencé à sévir dans les banlieues. Nelio se dit que sa vie resterait incompréhensible, s'il venait à mourir dans le ventre du cheval. Comment arriver à expliquer à ses ancêtres que lui, fils d'honnêtes villageois, né dans un vrai foyer et non pas dans une cachette, avait cessé de respirer dans une statue équestre oubliée sur l'une des places de la grande ville ? Ils le prendraient pour un menteur, pour un traître. Ils le chasseraient. Ils l'obligeraient à retourner dans le monde des vivants où l'attendraient les bandits armés de couteaux, de fusils et de cette envie irrépressible de tuer et de dévaster la terre.

Souvent il contemplait ses mains ou observait son visage dans l'éclat d'un miroir qu'utilisait Pecado pour faire du feu. Il cherchait un signe du processus de vieillissement. Il lui était parfaitement inconcevable qu'un enfant de dix ans, tourmenté par tant de réflexions, ne vieillisse pas prématurément. Il épiait ses premières rides, ses premiers cheveux gris, une faiblesse furtive ou un tremblement léger dans les jambes, constamment angoissé à l'idée de se réveiller un matin dans la peau d'un vieillard déboussolé et édenté, incapable de se rappeler son propre nom. Comme s'il était porteur d'une maladie grave, susceptible de se déclencher à tout moment.

C'étaient les occupations de la bande qui le maintenaient en vie. Au milieu de ses pensées persécutrices et de ses efforts quotidiens pour survivre, il lui arrivait de trouver un moment de répit.

Pourtant le pressentiment d'un changement radical ne le quittait pas. Tous les matins au réveil, il était assailli par l'idée d'un événement qui se préparait et dont il devait se méfier.

Les tempêtes s'éloignèrent, la pluie cessa et les rues séchèrent. La forte chaleur revint. Les enfants du groupe retrouvaient tous les jours les endroits ombragés habituels pour faire la sieste.

C'est justement au moment d'une de ces siestes que Nelio s'aperçut qu'Alfredo Bomba n'était pas en forme. Il n'avait pas envie de se réveiller. Il se plaignit d'une grande fatigue, comme si le sommeil avait épuisé toutes ses réserves.

– As-tu mal quelque part ? demanda Nelio.

– Pas vraiment.

– Mais où as-tu mal ?

Alfredo indiqua un côté du ventre.

– C'est la colique. Ce n'est pas grave, le rassura Nelio.

Alfredo Bomba acquiesça.

– C'est vrai, ça ne fait pas très mal.

Au bout de quelques jours, Nelio sut que ce n'était pas la colique. Alfredo Bomba avait de la fièvre, il refusait de manger et était très pâle.

– Il faut trouver une charrette ou une brouette, dit Nelio, pour conduire Alfredo Bomba à l'hôpital. Il est malade.

– On pourrait emprunter une *xuva shita duma* au marché, proposa Pecado, mais il faudra sans doute payer.

– On payera, dit Nelio. Donnez-moi l'argent que vous avez.

Un tas de billets froissés se forma à ses pieds.

– Ça suffira, décréta Nelio. Mandioca et Pecado, allez chercher la charrette, mais évitez de vous arrêter pour bavarder avec tous ceux que vous connaissez.

Ce fut une procession en lambeaux qui conduisit Alfredo Bomba à l'hôpital. Nombreux étaient ceux qui croyaient que le petit garçon pâle, étendu sur la charrette, était déjà mort. Ils s'agenouillaient, faisaient le signe de croix ou se détournaient sur son passage. A l'hôpital, les garçons portèrent Alfredo jusqu'au Service des urgences qui était saturé de malades et de blessés.

– Je préfère que tu surveilles la charrette, dit Nelio à Nascimento, j'ai peur qu'on nous la vole.

– Ça sent mauvais ici, remarqua Nascimento.

– Les malades ne sentent pas bon, répondit Nelio. Allez, va maintenant. Et ne t'endors pas !

Alfredo Bomba attendait dans un coin. Il était pâle et visiblement avait très mal.

Une infirmière excédée lui demanda de quoi il souffrait.

– Il est malade, dit Nelio. C'est à vous de dire de quoi il souffre.

De nombreuses heures passèrent avant que quelqu'un ne s'intéresse de nouveau à Alfredo Bomba. Nelio avait demandé à Pecado de rester avec lui et il avait envoyé les autres chercher de quoi manger.

Il faisait déjà nuit lorsque deux infirmiers vinrent installer Alfredo Bomba sur un brancard.

– Il n'a pas de famille ? demanda l'un des infirmiers.

– Si, moi, répondit Nelio. Il n'a besoin de personne d'autre.

– Tu es son frère ?

– Je suis son frère, son père, son oncle et son cousin.

– Comment s'appelle-t-il ?

– Alfredo Bomba.

– Bomba, ce n'est pas un nom.

– Dans ce cas, il porte un nom qui n'existe pas. Mais il a mal au ventre. Et la douleur, elle, elle existe.

Ils emmenèrent le brancard dans une salle d'examen, déjà bondée de gens qui soupiraient et gémissaient. L'odeur de transpiration et de crasse était extrêmement forte. Nelio repoussa un cafard qui promenait ses antennes sur le visage en sueur d'Alfredo Bomba.

Un médecin corpulent entra dans la salle. Il s'arrêta devant le brancard d'Alfredo.

– Tu as mal au ventre ? demanda-t-il d'une voix rude.

– Il est très malade, dit Nelio.

Le médecin murmura quelque chose d'inaudible avant de soulever la chemise sale d'Alfredo Bomba pour ausculter son ventre. Un deuxième médecin qui passait par là s'arrêta également et se mit à discuter avec le premier, sans que Nelio comprenne ce qu'ils se disaient. Puis, ils examinèrent encore le ventre d'Alfredo.

– Pourquoi appuient-ils si fort ? se plaignit-il.

– Si les médecins appuient fort sur ton ventre, c'est pour que leurs doigts puissent communiquer avec la maladie qui est dedans, expliqua Nelio.

– On aurait mieux fait d'aller voir un *curandeiro*, dit Alfredo. Ça fait trop mal.

Les deux médecins cessèrent leur auscultation et le premier dit, sur un ton nettement plus doux cette fois, qu'Alfredo Bomba devait rester à l'hôpital.

– Qu'est-ce qu'il a ? s'inquiéta Nelio.

– C'est ce que nous allons essayer de savoir.

– Des vers peut-être, suggéra Nelio.

– Sans doute, répondit le médecin, mais il y a aussi autre chose.

Alfredo Bomba passa la nuit dans un lit qu'il partagea avec un autre malade. Nelio avait demandé aux autres garçons de s'en aller pour rapporter la charrette mais lui-même décida de dormir par terre sous le lit d'Alfredo. Le lendemain matin, on lui fit une prise de sang. Le bras d'Alfredo était si maigre que l'infirmière eut du mal à y introduire l'aiguille. Il y eut d'autres examens le jour suivant.

Puis, plus rien. Le quatrième matin, quand Nelio commençait à se demander si les médecins n'avaient pas oublié Alfredo, une infirmière vint lui demander de l'accompagner. Elle le conduisit à travers des couloirs où il était difficile d'avancer à cause de tous les malades qui étaient couchés là. Elle le fit entrer dans une pièce dont une fenêtre cassée était recouverte d'un bout de carton. Le médecin qui avait examiné le ventre d'Alfredo le premier était assis derrière un bureau.

– Ce garçon n'a pas de parents ? demanda-t-il à Nelio d'une voix très fatiguée.

– Non, il n'a que moi, répondit Nelio. Il vit dans la rue.

Le médecin hocha lentement la tête.

– C'est donc à toi que je dois m'adresser, dit-il en lui tendant la main et en disant qu'il s'appelait Anselmo.

– Alfredo Bomba est très malade, poursuivit-il, il va bientôt mourir.

– Je ne veux pas qu'il meure, dit Nelio, je trouverai l'argent nécessaire pour tous les médicaments.

– Ce n'est pas une question d'argent, ni de médicaments, dit Anselmo. Alfredo Bomba a une maladie incurable. Il a une tumeur au foie. Comme tu ne sais pas ce que c'est, pas plus que lui d'ailleurs, je ne vais même pas essayer de t'expliquer. La tumeur s'est déjà répandue dans son corps et nous ne pouvons rien faire pour lui sauver la vie. La seule chose que nous puissions faire, c'est calmer ses douleurs. Rien d'autre.

Nelio resta silencieux.

Il lui semblait que les paroles du docteur Anselmo lui avaient transmis une partie de la douleur d'Alfredo Bomba. Il n'arrivait pas à accepter l'idée que son ami allait mourir. Pourtant il savait que c'était vrai.

– Tu es bien sûr qu'il n'a pas de parents ? insista Anselmo. Pas de *tia*, pas d'*avô* ?

– Il n'a que moi et les autres de la bande. Combien de temps faut-il qu'il reste à l'hôpital ?

– Il peut rester jusqu'à la fin. Ou bien repartir avec toi maintenant. Grâce aux médicaments, il n'aura pratiquement plus mal.

Nelio se leva. Il voyait bien que l'homme de l'autre côté du bureau se comportait avec lui comme avec un enfant de dix ans. Il avait pourtant l'impression d'en avoir cent…

– Il repartira avec nous, dit Nelio. Le temps qui lui reste à vivre sera le meilleur qu'il ait jamais eu.

Ils quittèrent l'hôpital. On avait confié à Nelio un cornet en papier contenant les cachets destinés à calmer la souffrance d'Alfredo Bomba. Nelio lui avait proposé de repartir en charrette, mais Alfredo avait refusé. Ils descendirent la rue en pente raide, du côté de l'ombre.

– Je sais que je vais mourir, dit soudain Alfredo Bomba.

– Non, tu ne vas pas mourir, répliqua Nelio, j'ai des médicaments dans ma poche.

– Je vais quand même mourir, reprit Alfredo après un moment de silence.

– Tu n'as pas entendu ce que je t'ai dit ? demanda Nelio sur un ton agressif.

Ils marchèrent sans parler.

Plus tard dans la journée, quand Alfredo Bomba faisait la sieste, Nelio réunit les autres enfants pour leur faire part de la conclusion du médecin.

– Je vais dire à Alfredo de nous demander tout ce qu'il souhaite, dit Nelio, et on lui donnera tout ce qu'il veut.

– Je peux déjà lui donner mes tennis, suggéra Tristeza.

– Alfredo Bomba n'a jamais aimé porter de chaussures et en plus ses pieds sont plus petits que les tiens, fit remarquer Nelio. Lui seul pourra nous dire ce qu'il veut.

Ce soir-là, Nelio ne regagna pas sa statue pour dormir dans le ventre du cheval. Les enfants s'étaient efforcés de gagner le maximum d'argent au cours de la journée pour pouvoir faire un repas de fête. Alfredo Bomba, enveloppé dans une couverture, s'était assis devant le feu qu'ils avaient allumé derrière la pompe à essence. Il n'avait plus mal, grâce au cachet que Nelio lui avait donné, mais il frissonnait de fièvre et avait à peine la force de goûter au repas qu'on lui avait préparé.

– Bientôt tu iras mieux, dit Nelio, mais en attendant, j'aimerais que tu nous dises ce que tu souhaites le plus au monde.

Alfredo Bomba ne sembla pas comprendre.

– Ce que je souhaite ? répéta-t-il lentement.

– Oui, ce que tu souhaites.

– Je n'ai jamais entendu parler de quelqu'un qui obtient ce qu'il souhaite.

– Alors, tu seras le premier.

Alfredo Bomba réfléchit longuement à ce que Nelio venait de lui dire. Les bruits de la ville s'estompèrent et le calme s'étendit sur le petit groupe rassemblé autour du feu, maintenu par Nascimento et Mandioca qui partaient régulièrement chercher du bois pour l'alimenter.

Alfredo Bomba prit la parole.

– Je me souviens que ma mère me racontait une chose très étrange quand j'étais petit. Elle m'assurait que c'était vrai, mais j'ai toujours pensé que c'était une de ces histoires que l'on invente pour faire plaisir aux enfants. Je ne l'ai pourtant jamais oubliée et le moment est peut-être venu pour que je vérifie si elle est vraie.

– Une mère ne ment jamais à ses enfants, dit Mandioca.

– Chut, fit Nelio, ne l'interromps pas. Laisse-le donc parler.

– Il paraît qu'il existerait un endroit où les vivants et

les morts se rencontrent, commença Alfredo Bomba. Ce serait un grand jardin dans lequel coulerait un fleuve. Au milieu il y aurait une île de sable. Celui qui visiterait cette île n'aurait plus jamais peur. Si je peux réellement vous demander ce que je veux, alors j'aimerais aller sur cette île.

– Oui, dit Nelio, quand Alfredo Bomba eut fini. J'ai également entendu parler de ce fleuve et de l'île de sable. J'ai entendu dire qu'il y a même des lézards qui chantent. Mais je me trompe peut-être. Je pense que tu as raison de vouloir visiter cet endroit-là.

– J'ignore où il se trouve, dit Alfredo Bomba. Comment veux-tu que j'y aille, si je ne sais pas où c'est ?

– On va se renseigner, assura Nelio. J'ai un atlas, celui que Tristeza a trouvé dans une poubelle. Demain matin de bonne heure, je vais en parler avec le photographe Abu Cassamo. Il saura peut-être.

– Tu crois vraiment que c'est possible ? insista Alfredo Bomba.

– Oui, dit Nelio, je crois que c'est possible.

Alfredo Bomba se mit en boule sous la couverture près du feu et s'endormit.

– Nous allons donc faire un voyage, reprit Nelio un peu plus tard. On aura besoin de beaucoup d'argent et on va s'informer sur la position de cette île. Il faudra faire vite avant qu'Alfredo Bomba ne soit trop malade pour voyager.

– Ce fleuve n'existe pas, pas plus que l'île, s'opposa Nascimento. Je n'ai pas envie de me moquer de lui. Ce serait plus intéressant pour lui de pouvoir aller au cinéma tous les soirs. Je crois qu'il n'y est jamais allé.

– Il n'a pas eu le droit d'entrer dans la salle, fit remarquer Mandioca, parce qu'il n'avait pas de chaussures. On ne vous laisse pas entrer si vous n'avez pas de chaussures ni de ticket. Mais le ticket seul ne suffit pas.

– Vous parlez beaucoup trop, dit Nelio sans chercher à dissimuler son irritation. On va vérifier où se trouve cet endroit et on va se procurer l'argent pour y aller. A présent, on ferait mieux d'aller dormir. Demain on a du travail. Pour vous prouver que je suis sérieux, je passerai la nuit ici, avec vous.

– Il ne faudrait pas que tu tombes malade, toi aussi, s'inquiéta Tristeza.

– Alfredo Bomba est plus malade que moi, dit Nelio. C'est la seule chose qui importe.

Ils se préparèrent pour la nuit. Nascimento se glissa dans son carton et ferma le couvercle. Nelio se blottit contre Alfredo Bomba. Il était pleinement conscient de l'énorme responsabilité dont il s'était chargé et il savait qu'Alfredo Bomba comptait sur lui pour réaliser son rêve. Personne n'avait le droit de décevoir un mourant.

Nelio dormit mal, poursuivi par de mauvais rêves. Ses cauchemars avaient des visages qui lui rappelaient les jeunes bandits qu'il avait vus agrippés à leurs fusils ensanglantés. Ils le privèrent de sa culotte et de sa faculté de penser et de ressentir. Dans l'eau d'un fleuve, son propre visage lui renvoya le reflet d'un spectre, d'un vieillard sale et mal rasé aux yeux enfoncés dans leurs orbites. Yabu Bata lui cria quelque chose de l'autre côté du fleuve, mais il ne réussit pas à en saisir le sens. Bien avant que le jour se lève, il se réveilla. Alfredo Bomba dormait sur le dos à côté de lui, la bouche ouverte comme un tout jeune enfant.

Nelio se dit qu'il devrait commencer cette journée importante en essayant de comprendre ses rêves de la nuit. Son père lui avait appris qu'ils étaient souvent prémonitoires. Ils pouvaient être énigmatiques, mais c'était le devoir de l'homme d'interpréter leurs présages et de s'y fier.

– Un être humain dort pour rêver, avait dit son père,

et il n'est éveillé que pour tenter de découvrir le sens de ses rêves.

Nelio pensa qu'il aurait été préférable qu'il soit dans le ventre du cheval où il avait l'habitude d'interpréter ses rêves. En fait, la solitude lui était nécessaire pour écouter les voix qui lui parlaient la nuit. Ici, au milieu du groupe endormi, il ne bénéficiait pas de l'isolement dont il avait besoin.

Quand la première trace de lumière se dessina dans le ciel, il se leva tout doucement pour ne pas réveiller les autres et traversa la rue vide en direction de la boutique d'Abu Cassamo. Il plaqua son oreille contre la porte et entendit quelqu'un qui marchait de l'autre côté en traînant les pieds. Il frappa avec prudence et attendit. Abu Cassamo entrouvrit la porte, après avoir défait toutes les serrures et les chaînes de sécurité qui constituaient sa protection contre le monde extérieur dont il se méfiait. Il regarda Nelio de ses yeux mélancoliques.

– Je reviens te voir avec mes cartes, dit Nelio. J'ai une question à te poser.

Abu Cassamo le fit entrer dans son atelier sombre. Il s'accroupit devant le réchaud à alcool où il était justement en train de se préparer du café selon un rituel compliqué. Nelio s'assit sur un tabouret et attendit, l'atlas disloqué entre ses mains. Aux murs étaient accrochées des affiches touristiques déchirées aux couleurs criardes et irréelles qui représentaient, d'après les suppositions de Nelio, le continent indien qu'Abu Cassamo n'aurait sans doute jamais l'occasion de visiter.

Après avoir vidé la petite tasse de café et s'être essuyé la bouche, Abu Cassamo s'assit sur un tabouret en face de Nelio qui lui expliqua la raison de sa visite, en présentant le souhait d'Alfredo Bomba comme le sien.

– J'ai promis à mon père de me rendre sur cette île, dit-il, et cette nuit, j'ai rêvé que le moment était venu.

Mon père risque de se fâcher si je ne fais pas ce que nous avions prévu.

– Je suppose que ton père est mort, fit Abu Cassamo, pensif.

– Il était capable de se fâcher de son vivant aussi. Je ne crois pas qu'il ait changé de caractère depuis le jour où il s'est noyé dans un fossé plein d'eau, l'esprit embrouillé par la malaria.

Abu Cassamo saisit les feuilles détachées de l'atlas et alluma un des puissants projecteurs, le seul à fonctionner encore. Nelio se sentit progressivement ramené en arrière, à une époque bien antérieure à l'arrivée des bandits dans son village. Il revint à la réalité quelques heures plus tard, au moment où Abu Cassamo tournait la dernière feuille.

– Je ne peux pas t'aider, l'informa Abu Cassamo. L'île où ton père t'attend ne figure pas sur ces cartes. Elles sont très mauvaises.

– J'ai trouvé l'atlas dans une poubelle, dit Nelio. Je comprends maintenant pourquoi on l'a jeté.

– Le monde ne peut être reproduit que sur de mauvaises cartes, ajouta Abu Cassamo. Il n'est pas imaginable de faire une carte parfaite d'un monde aussi négligé que le nôtre.

Ils se turent.

– Comment peut-on retrouver une île qui n'est pas représentée dans un atlas ? finit par demander Nelio.

– On ne peut pas la retrouver, dit Abu Cassamo. A mon avis, la meilleure solution pour toi serait de boire de l'*uputso*, de danser et de parler avec ton père. Il arrive que les morts nous indiquent des chemins que nous ignorons.

Le léger accent de mépris dans la voix d'Abu Cassamo n'échappa pas à Nelio. Il savait que les Indiens avaient adopté la même attitude que les Blancs envers l'habitude qu'avaient les Noirs de danser et de communiquer avec leurs ancêtres. Tout comme eux, ils éprouvaient une peur qu'ils déguisaient en dédain. Ils le faisaient cependant avec plus de discrétion que les Blancs, pour la simple raison qu'ils étaient commerçants et n'avaient pas envie de se mettre d'éventuels clients à dos.

– Je vais suivre ton conseil, dit Nelio. Mais j'ai encore une question. Qui pourrait me donner l'argent nécessaire pour faire ce long voyage et pour acheter un nouveau costume à mon père ?

– J'ignorais que les esprits avaient besoin de costume, dit Abu Cassamo.

– D'après mon père, c'est comme ça. Quand je rêve de lui, il porte toujours le même costume qui maintenant est usé jusqu'à la corde.

– Je ne connais qu'une seule personne susceptible de te donner l'argent. Il s'appelle Suleman et il est aussi riche que le grand Khan, bien que personne n'en parle parce que Suleman ne donne rien pour la construction de nouvelles mosquées.

– Pour quelle raison me donnerait-il de l'argent ?

– Il est indien comme moi, répondit Abu Cassamo, mais son âme a beaucoup souffert à force de vivre parmi les gens noirs comme toi. Il a une telle peur des mauvais esprits et des présages qu'il n'ose même plus faire d'affaires. Il vit cloîtré chez lui et ne sort jamais, mais si tu vas le voir de ma part, ce n'est pas impossible qu'il te fasse entrer.

– Comment le connais-tu ?

– Ce fut mon dernier client, répondit Abu Cassamo tristement. La dernière photo que j'ai prise est de lui et je lis la peur dans ses yeux.

– Il devrait venir avec moi sur l'île, suggéra Nelio. Où habite-t-il ?

– A côté de l'ancienne prison, dans une maison qui a l'air d'avoir été décapitée. Suleman en a démoli l'étage supérieur de ses propres mains un jour où il avait été escroqué dans une affaire importante. Il a voulu se punir d'avoir été naïf. Ça s'est passé il y a de nombreuses années, à l'époque où il n'avait pas encore commencé à craindre les mauvais esprits et les mauvais présages.

Nelio se leva pour partir. L'après-midi était déjà bien avancé. Il avait très faim.

– Tu ne manges pas ? demanda-t-il.

– Seulement quand j'ai faim, répondit Abu Cassamo. Et aujourd'hui je n'ai pas faim.

– Quand je reviendrai de mon voyage, je te demanderai de me photographier, déclara Nelio. Il faudra aussi faire des photos de ceux avec qui je vis dans la rue. Tu les développeras et nous choisirons les meilleures pour les encadrer. Puis on te payera pour ton travail.

– A quel mur avez-vous l'intention de les accrocher ? demanda Abu Cassamo en raccompagnant Nelio.

– Derrière la pompe à essence. Il y a un très beau mur. On les protégera de la pluie avec des sacs, bien entendu.

Le lendemain, Nelio se rendit à la maison décapitée de Suleman. Il ouvrit la grille et pénétra dans le jardin qui ressemblait à un cimetière abandonné. Parmi les brins d'herbe secs traînaient des laisses rouillées. Aucune trace des chiens et de leurs violences. Nelio frappa à la porte. Une petite lucarne s'ouvrit, juste au-dessus du seuil. Un gros doigt marron indiqua à Nelio qu'il devait se coucher et placer son visage au niveau de l'ouverture. Le doigt se retira, Nelio se coucha à plat ventre et découvrit un œil.

– Je suis venu parler avec Suleman d'une île où la peur n'existe pas, dit Nelio. C'est Abu Cassamo qui m'envoie.

L'œil disparut et la porte s'entrouvrit. Décidément, les Indiens avaient l'habitude de n'ouvrir leurs portes qu'à moitié, peut-être par prudence, mais sans doute aussi pour faire des économies. Nelio entra dans la maison décapitée où les rideaux étaient fermés. L'obscurité y était dense et il y flottait une odeur indéfinissable. Une fois que ses yeux se furent habitués, Nelio s'aperçut qu'il n'y avait pas un seul meuble. Il n'y avait que de l'argent. Partout étaient empilées des liasses de billets entourées d'une ficelle. L'odeur que Nelio n'avait pas reconnue venait de là. Au centre, comme abrité par une forteresse, se tenait Suleman. Il était petit et très gros. Il n'avait plus de cheveux et sa barbe était clairsemée. Il portait des lunettes dont l'une des branches était rafistolée avec un bout de scotch sale. Nelio expliqua la raison de sa visite et Suleman l'écouta jusqu'au bout, les yeux fermés. Finalement il écarta les bras d'un geste résigné.

– Je n'ai pas d'argent dont je pourrais me passer, dit-il. Le peu qui me reste et que tu vois ici est déjà engagé. Je ne pourrai pas non plus t'accompagner en voyage. Tous ceux qui me veulent du mal me guettent à l'extérieur de ces portes. La nuit, je les entends gratter aux murs de la maison. Ils se sont emparés de mes chiens en les attirant avec des morceaux de viande empoisonnés.

– On pourrait s'en aller quand il fait nuit, proposa Nelio.

– Impossible, s'exclama Suleman. Le jour à la rigueur, quand la lumière est aveuglante, mais je n'ose pas. En plus, je suis trop gros et je vois mal. Je suis obligé de rester pour surveiller l'argent qui me reste. Il fut un temps où j'étais très riche, aussi riche que le grand Khan. Mais la fortune m'a rendu pauvre parce qu'elle a diminué de façon inexplicable. Tout ce que j'ai est déjà engagé.

– Je crois bien qu'une toute petite liasse suffirait, fit Nelio en baissant le ton pour minimiser sa demande.

– Je n'ai pas d'argent à t'offrir, répéta Suleman.

Nelio eut le sentiment qu'il était en train de s'énerver.

– Tout le monde veut de l'argent, continua Suleman. Je ne peux pas quitter cette maison sans être assailli par des gens qui en réclament. Il est plus facile de compter ceux qui n'en demandent pas. Les mendiants n'hésitent pas à mendier entre eux. Les morts sous la terre réclament de l'argent. J'ai donné tout ce que je possédais. Ce qui me reste ici couvrira tout juste mes dettes après mon décès. L'argent là-bas dans le coin à côté de la fenêtre est prévu pour mon enterrement, l'argent de l'autre côté de la porte est destiné au mariage de mes cousins et aux enfants illégitimes de mes fils infidèles que je suis le seul à vouloir reconnaître. J'ai tout prévu : les dons, les amendes, les pots-de-vin, et je ne dispose plus de rien. Je n'ai pas un sou pour le costume de ton père, ni pour le voyage dans ton île. Même si elle n'existait pas, même si tu étais un traître capable de me faire marcher avec un beau discours, ça ne changerait rien. Je n'en ai pas.

– Un petit garçon est en train de mourir, expliqua Nelio. Son âme pourrait te protéger.

– Ma maison déborde d'âmes offertes en garantie par des mourants. Mais quelle joie m'ont-elles apportée ?

Nelio quitta la maison de Suleman. Il constata que les chemins qu'il avait empruntés ces derniers jours ne l'avaient pas rapproché du but.

Le soir même, Nelio réunit le groupe. Il attendit qu'Alfredo Bomba soit endormi pour faire le compte rendu de ses démarches.

– Abu Cassamo n'a pas réussi à retrouver l'île dont a parlé la mère d'Alfredo Bomba. Comme il n'y a jamais de clients dans sa boutique, il a pu se consacrer complètement à l'étude de ses cartes. Ce n'est donc pas la peine de s'adresser à quelqu'un d'autre et nous n'avons pas le temps de nous renseigner auprès de la mère d'Alfredo Bomba. D'autant plus que nous ne sommes même pas sûrs qu'elle soit encore en vie. Et moi, je n'ai pas réussi à trouver l'argent.

Il les observa tous. N'ayant rien à ajouter, ils baissèrent les yeux.

Tristeza finit par rompre le silence.

– Après tout, le mieux serait que je lui donne mes tennis. Sa maladie lui a peut-être fait grandir les pieds.

– Je ne vois pas le rapport, s'étonna Nelio.

– C'est parce que les malades enflent, murmura Tristeza. Pour échapper à la mort, le sang se cache tout en bas, dans leurs pieds.

Nelio réfléchit un instant à cette affirmation étrange. Par expérience, il savait que malgré la lenteur de la pensée de Tristeza, il lui arrivait de dire des choses intéressantes dont il fallait tenir compte.

– Alfredo Bomba ne veut pas de tennis, finit-il cependant par répondre. Il veut se rendre sur l'île qui nous libère de la peur, mais il y a deux difficultés. La première, c'est que nous ne savons pas nous y rendre, la deuxième, que nous n'avons pas l'argent pour faire le voyage, même si nous connaissions le chemin.

– L'île n'existe pas, dit Nascimento.

– Tu as peut-être raison, répondit Nelio, pensif. Mais le problème n'est pas là.

Il sentit leurs regards étonnés se poser sur lui. Que voulait-il dire par là ? Nelio leva la main. Pour l'instant, il ne voulait pas qu'on lui pose d'autres questions. Une idée venait de germer dans sa tête. Il suivait déjà un chemin imaginaire qui déboucherait sûrement sur la réponse qu'ils allaient pouvoir fournir à la demande d'Alfredo Bomba. Il se leva, passa devant la pompe à essence et sortit dans la rue pour voir ce qui se passait de l'autre côté, là où se trouvaient le magasin de photos, la boulangerie et le théâtre. Une représentation de Dona Esmeralda venait de se terminer. Les spectateurs quittaient le bâtiment et se dispersaient dans le noir. Les gardiens fermaient les portes. Les lampes devant l'entrée s'éteignaient les unes après les autres. Tout en observant la scène, Nelio suivait mentalement le sentier qui serpentait parmi des ronces impénétrables. En son for intérieur, il découvrit comment ils allaient pouvoir atteindre l'île située dans une partie inconnue du monde, peut-être même dans un monde qui n'existait pas.

Il rejoignit le groupe qui l'attendait. Alfredo Bomba dormait encore.

– Ça y est, j'ai trouvé l'île, dit-il. Elle n'est pas indiquée sur les cartes qu'Abu Cassamo a examinées en vain, mais elle se trouve si près de nous qu'il n'y a même pas besoin d'argent pour y aller.

– C'est où ? demanda Nascimento.

– De l'autre côté de la rue, répondit Nelio. Dans le théâtre de Dona Esmeralda. La nuit, il est vide. La scène est déserte quand les acteurs dorment. Il va falloir concevoir nous-mêmes ce qui manque. On peut créer une île que personne n'arrive à situer. On peut extraire un rêve de sa tête et le rendre concret. Cette nuit, quand les gardiens se seront endormis devant le théâtre, nous entrerons par une des fenêtres cassées à l'arrière du bâtiment, là où se trouve l'atelier de costumes de Dona Esmeralda. On va éclairer la scène, et on va répéter une pièce sur la visite d'Alfredo Bomba dans l'île dont lui a parlé sa mère.

– Personne ne sait comment on monte une pièce, fit remarquer Mandioca.

– Il va falloir apprendre, répondit Nelio.

– Il ne faudra pas oublier que certains des gardiens sont armés, signala Nascimento.

– On ne fera pas de bruit, le rassura Nelio.

Dans la nuit, juste après minuit, quand les gardiens furent endormis devant l'entrée du théâtre, les enfants se rendirent derrière le bâtiment sur la pointe des pieds et pénétrèrent dans l'atelier de costumes par la fenêtre cassée. Tristeza, incapable d'apprendre les répliques et de se déplacer sur scène en respectant les consignes, fut chargé de rester auprès d'Alfredo Bomba. En s'éclairant d'une allumette, les autres enfants repérèrent les projecteurs accrochés au-dessus de la scène et les allumèrent.

Le plateau était totalement vide.

Nelio observa la scène du fond de la salle : elle ressemblait à une bouche ouverte qui attendait qu'on lui propose de la nourriture.

Ensemble, ils se mirent à matérialiser l'île.

Lorsque les premiers signes de l'aurore apparurent, Nelio esquissa un sourire fatigué. Je compris que la fin de son histoire était proche, tout comme la fin de sa vie.

Un orage se préparait non loin de là, de l'autre côté du fleuve.

Je le regardai en répondant à son sourire. Sans rien dire. Qu'aurais-je pu lui dire ?

Je me levai et commençai à descendre l'escalier vers la boulangerie.

La dernière nuit

Le soleil était tout près de mon âme le dernier jour où Nelio était encore en vie. Quand je vidais mes poumons, l'air s'embrasait pour retomber ensuite sur le pavé comme des cendres noires. Jamais, ni avant ni après, je n'ai connu une chaleur aussi intense. Impossible de trouver de la fraîcheur. Même le vent, qui venait de la mer, haletait d'épuisement. J'errais nerveusement dans les rues, me glissant, quand je le pouvais, dans des endroits ombragés et secs où les gens cherchaient vainement un peu de répit. Un étourdissement croissant menaçait de me jeter à terre. Je ne savais plus très bien où j'en étais. J'avais l'impression que tout ce qui m'arrivait était une erreur qui ne concernait personne et dont personne n'était vraiment responsable. Pour la première fois, je voyais le monde tel qu'il était. Ce monde dont Nelio avait perçu le secret avant même d'être adulte.

Et qu'est-ce que je voyais ? Le moteur d'un tracteur hors d'usage gisait là comme un poème narquois pour me parler de ce monde qui était en train d'éclater sous mes yeux. Un enfant de la rue fouettait violemment la terre comme pour la punir de sa propre misère. Un vautour solitaire planait silencieusement au-dessus de ma tête. Il se laissait porter par les vents ascendants, insensible aux rayons du soleil qui essayaient de percer son plumage. Son ombre me frappait de temps à autre comme une masse métallique et me pressait contre le sol. J'ai vu un vieil homme noir, tout nu, qui se lavait à une pompe. Malgré la chaleur, il frottait énergiquement son corps comme s'il voulait arracher sa vieille peau usée. Sous le soleil impitoyable, j'ai découvert, ce jour-là, le vrai visage de la ville. J'ai compris que les pauvres, trop occupés à se débattre sur le fil ténu de la survie, n'avaient pas le temps de préparer leur vie et étaient forcés de la consommer à l'état brut. J'ai vu ce temple de l'absurde qu'était la ville, qu'était peut-être aussi le monde, à l'image de ce qui m'entourait. Je me trouvais en réalité au beau milieu de la cathédrale sombre de l'impuissance. Ses murs s'écroulaient lentement en soulevant une poussière épaisse. Ses vitraux multicolores avaient disparu depuis bien longtemps déjà. Autour de moi, je ne voyais que des pauvres. Les autres, les riches, évitaient les rues et s'abritaient dans l'enceinte de leurs bunkers où des machines chuintantes maintenaient une fraîcheur constante. Le monde n'était plus rond. Il était redevenu plat et la ville était située à son bord extrême. Si jamais les maisons se faisaient de nouveau balayer des pentes escarpées par de violentes pluies, elles ne seraient plus précipitées dans le fleuve, mais dans un gouffre sans fond.

Ce jour-là, la ville semblait être la victime d'une invasion subite, non pas de sauterelles, mais de prêcheurs. Ils étaient partout, perchés sur des caisses, des cartons, des palettes ou des poubelles. Le visage ruisselant de sueur, ils tentaient d'attirer les gens en usant de leur voix plaintive et de leurs mains suppliantes. Des hommes et des femmes les ont rejoints. Ils balançaient leur corps en fermant les yeux, espérant trouver un changement radical au moment de les rouvrir. Certains se tordaient convulsivement par terre, d'autres s'éloignaient en rampant comme des chiens battus, d'autres encore jubilaient pour des raisons qui m'échappaient. Moi qui avais toujours cru que l'Apocalypse se déroulerait sur fond de pluie, de nuages noirs déchiquetés, de tremblements de terre et sous un millier d'éclairs, je m'apercevais que je m'étais trompé. C'est sous un soleil de plomb que le monde allait disparaître. Nos ancêtres – sans doute des millions –, ne pouvant plus supporter la souffrance que les vivants s'infligeaient les uns aux autres, s'étaient réunis pour que nous nous retrouvions tous ensemble dans l'autre monde, après la chute dans le néant. Les rues que j'arpentais ne seraient alors plus qu'un souvenir dans la mémoire de ceux qui n'avaient pu apprendre à oublier.

Je suis passé devant une maison où un homme, pris de folie, était en train de lancer ses meubles par la fenêtre. Il appelait sans cesse son frère Fernando qu'il n'avait pas revu depuis le début de cette guerre que les bandits avaient imposée à notre pays. Je l'ai vu au moment où il jetait son lit. En heurtant le trottoir, le matelas s'est éventré et le bois a éclaté. Je ne sais toujours pas pourquoi j'ai poursuivi mon chemin. Pourquoi je ne lui ai pas dit de s'arrêter. Je me le demande encore.

Le dernier jour où Nelio était encore en vie reste pour moi comme la longue représentation d'un rêve dont je n'aurais gardé que des souvenirs partiels. Quelque chose était sur le point de se terminer dans mon existence, et soudain j'ai commencé à comprendre le véritable sens du récit de Nelio. J'avais peur de l'inévitable. Peur que son histoire ne s'achève. Peur que tout soit révélé et qu'il meure des suites de sa terrible blessure à la poitrine. Finalement, l'unique chose que la vie nous offre gratuitement, à nous les pauvres, aux gens comme Nelio et moi, c'est la mort.

Nous sommes forcés de consommer la vie à l'état brut. Et après… il n'y a plus que la mort qui nous attend.

Il ne nous est jamais donné d'envisager le lendemain sans crainte. Nous n'avons jamais le temps de préparer la joie ou d'astiquer nos souvenirs pour les faire briller.

Ce n'est qu'à la tombée de la nuit que je suis retourné à la boulangerie. Devant sa boutique, Dona Esmeralda était engagée dans une dispute animée avec un livreur de farine. Cette dispute avait commencé des milliers d'années auparavant et elle allait se poursuivre pendant des milliers d'années encore. J'ai attendu que l'homme s'en aille, penaud, et que Dona Esmeralda entre dans le théâtre pour engager les acteurs à reprendre la répétition et à remettre leurs trompes, malgré la chalcur insoutenable. Au moment de franchir le seuil de la boulangerie, je me suis rappelé que j'avais oublié d'acheter des herbes chez madame Muwulene. Mais cela n'avait plus aucune importance. Il était trop tard.

J'ai fait mon pain en regardant d'un œil distrait le beau corps de Maria qui se devinait sous sa robe légère. En soirée, la mer nous avait apporté un peu de fraîcheur et la ville était plongée dans un sommeil réparateur, avant d'affronter le soleil du lendemain qui s'annonçait tout aussi impitoyable.

L'image du garçon fouettant le sol m'est revenue à l'esprit. Je me suis demandé s'il était encore en train de fustiger sa propre misère ou s'il avait trouvé un endroit pour dormir.

Maria a quitté la boulangerie peu après minuit. Caché dans l'obscurité, je l'ai vue se laver au robinet que j'avais moi-même l'habitude d'utiliser. Grâce à la faible lueur des étoiles, aussi indiscrètes que moi, son corps nu m'est apparu furtivement. Tout à coup, j'ai éprouvé un sentiment d'agacement de pouvoir ainsi résister à l'envie d'aller la prendre dans mes bras.

Comme tout ce qui est beau, sa grâce avait quelque chose d'énigmatique. J'aurais voulu que Nelio soit avec moi pour partager le secret de Maria. C'est le seul souvenir que j'aurais souhaité qu'il emporte avec lui dans l'autre monde. Sans raison, je n'arrivais pas à imaginer que les esprits puissent être nus. Mais après tout, pourquoi pas ? Je ne sais pas.

Une fois sur le toit, j'ai constaté que le chat était revenu. Il s'était couché en boule près de la tête de Nelio. Je me suis arrêté dans l'ombre de la porte de l'escalier pour observer ce qui ressemblait à une conversation entre l'animal et Nelio. Un petit souffle froid devant mon visage m'a fait frissonner. Il m'a fait comprendre que les morts avaient commencé à se rassembler en attendant que Nelio soit prêt à les suivre. J'ignorais l'identité du chat. Sentant ma présence, il a tourné la tête et m'a regardé de ses yeux glacials. En le voyant ciller, il m'a semblé reconnaître l'homme aux yeux plissés. Cet homme que Nelio avait tué. Avait-il fini par le retrouver ? J'ai ramassé un caillou que j'ai lancé dans sa direction. Le chat a bondi, disparaissant à travers les toits. Je me suis approché du matelas pour tâter le front fiévreux de Nelio. Il était très pâle et son regard brillant exprimait une sorte d'absence que j'avais déjà remarquée quelque temps auparavant. Pourtant, il m'a souri.

– Il a fait très chaud aujourd'hui, m'a-t-il dit d'une voix frêle.

Je lui ai donné de l'eau à laquelle j'avais ajouté ce qui me restait des herbes de madame Muwulene.

Nous avons de nouveau entendu la femme qui passait une partie de la nuit à préparer le maïs pour le lendemain. Elle chantait en tapant avec son pilon.

– Tout est fini, a dit Nelio. Tout est fini et tout recommence.

Il a levé la main vers les étoiles qui étaient très près de nous et particulièrement brillantes cette nuit-là. Le ciel s'était abaissé au-dessus du toit pour restreindre son espace de repos.

– Mon père qui était un homme sage, a poursuivi Nelio, m'a appris à me tourner vers les étoiles quand la vie est trop difficile. Tout ce qui paraît insurmontable devient alors petit et simple.

Je lui ai donné un peu d'eau. Son pouls était rapide et irrégulier. A présent, le temps qui lui était attribué touchait à sa fin.

Nelio m'a regardé en silence. Un scintillement au fond de ses yeux fatigués m'a indiqué qu'il avait déjà entamé la fin de son récit. Il était très calme et ne semblait pas craindre ce qu'il avait à me dire.

Est-il possible d'aimer la mort ?

Nelio n'a pas répondu à cette question tant qu'il était encore en vie. Mais je continue à espérer qu'un petit papillon de nuit vienne un jour se poser à côté de moi pour m'apporter le message que j'attends. C'est pourquoi, dans ma solitude, il m'arrive de danser et de m'enivrer de *tontonto*.

J'attends et je continuerai à attendre.

Nelio a repris le cours de son histoire. Je savais qu'elle allait se terminer cette nuit-là.

Il m'a raconté qu'il était monté avec ses amis sur la scène éclairée par les projecteurs et que les ombres dans les coulisses s'étaient mises à murmurer et à faire des commentaires en les voyant apparaître. La scène respirait. Les différents spectacles qui s'y étaient déroulés pendant des années réapparurent, plongeant les enfants dans un univers chaotique de représentations, de répliques, d'entrées et de sorties d'acteurs. Ce fut un moment magique. Nelio choisit un endroit au milieu du plateau pour réunir le groupe. Il avait remarqué que les garçons sentaient la présence du passé et qu'ils avaient peur. Ils étaient venus là dans l'intention de monter une pièce pour Alfredo Bomba qui allait mourir. Mais ils étaient aussi devenus les spectateurs des anciens spectacles dont ils avaient perturbé la longue nuit et qui semblaient vouloir ressusciter.

Tout d'abord, ils établirent la liste de ce qui pourrait leur servir. Les accessoires, les fragments de vieux décors, les costumes et les perruques dont disposait le théâtre. Nelio leur interdit sévèrement de toucher à quoi que ce soit sans son accord. Il les prévint que chaque objet devrait être remis à sa place avant leur départ. Cette première nuit prit la forme d'un jeu excessivement long. Debout sur le plateau, Nelio regardait les autres apparaître et disparaître des coulisses, méconnaissables sous leurs différents déguisements. De temps en temps, il leur demandait de se calmer, leur rappelant qu'ils s'étaient emparés du théâtre sans autorisation. Il se souvint que Nascimento lui avait signalé la présence de gardiens armés, postés dans la rue.

Les enfants se déguisèrent et s'émerveillèrent sans retenue. Chaque fois que l'un d'eux entrait en scène après avoir changé de costume, l'ambiance se transformait sur-le-champ et une nouvelle pièce se mettait en place. Pas de répliques, pas d'action, simplement le résultat de l'occasion unique qui s'offrait à eux de créer un monde différent de celui dans lequel ils vivaient quotidiennement. Pecado fit son entrée sous les projecteurs pendant que les autres attendaient dans les coulisses. Il portait un habit étincelant en soie rouge, des chaussures blanches et il avança sur la scène avec l'aisance de celui qui ignore souverainement la loi de la pesanteur. Peu après apparut Nascimento transformé en dieu, ou peut-être en une fleur jusque-là inconnue. Il se mit à réciter un texte sans queue ni tête tout en dessinant avec noblesse de vastes cercles autour de Nelio. Mandioca, qui se muait en animaux, souvent de son invention, rampa à travers la scène en poussant des cris étranges. Il avait l'arrière-train d'un crocodile, les pattes d'un rat, le torse d'un insecte et la tête d'un zèbre. Nelio n'avait jamais rien vu de semblable.

A la vue de ce défilé onirique aux éléments inattendus et évolutifs, plus surprenants les uns que les autres, la pièce commença petit à petit à prendre forme dans sa tête. Il imagina le voyage : le moment où, debout près du fleuve, ils devineraient l'île dans le brouillard, puis la traversée et, finalement, l'arrivée. Il comprit que ce qu'ils devaient essayer de faire n'était rien d'autre que de représenter le paradis. Et comme le paradis n'existait pas, il fallait s'en faire une idée qui puisse s'intégrer dans l'univers d'Alfredo Bomba. Il fallait concrétiser un éden dans lequel Alfredo Bomba se reconnaîtrait.

Nelio ne dit pas grand-chose au cours de cette première nuit. L'air pensif, presque rêveur, il regarda passer les différents costumes et accessoires en les inscrivant au fur et à mesure dans sa mémoire. A l'approche de l'aube, il réunit les enfants et demanda que tout soit rangé. Toute trace de leur passage devait disparaître et il fallait ensuite quitter le théâtre aussi discrètement qu'ils étaient venus.

– Les répétitions commencent demain, dit-il en conclusion. Il nous faudra trois nuits pour les préparatifs. La quatrième nuit, nous entreprendrons notre voyage avec Alfredo Bomba.

A la première clarté de l'aube, ils retrouvèrent Tristeza et Alfredo Bomba sur la place. Nelio vit immédiatement que l'état de son ami s'était aggravé. Il eut même peur qu'Alfredo Bomba ne vive pas assez longtemps pour pouvoir assister à la représentation. Il demanda aux autres de ne pas faire de bruit pour ne pas déranger le malade et s'assit ensuite à côté de lui pour parler.

– Nous allons partir pour ce voyage, dit-il. On va te porter et ce ne sera pas long.

– J'ai peur, murmura Alfredo Bomba.

– Il n'y a aucune raison d'avoir peur.

– Je ne veux pas que ce soit Nascimento qui me porte. Il va me faire tomber. Il le fera peut-être même exprès.

– Si jamais il te fait tomber, dit Nelio, il aura une bonne bastonnade, et tu peux être sûr qu'il n'aime pas ça !

Alfredo Bomba ne parut pas entièrement rassuré, mais il était trop fatigué pour résister. Nelio sortit un cachet du cornet en papier, le lui donna et ordonna à Pecado de lui masser les pieds.

– Pour quoi faire ? interrogea Pecado. Il n'a pas froid.

– Pour éviter que le sang ne se cache dans ses pieds, rétorqua Nelio d'une voix ferme. Fais-le. Fais ce que je te dis.

Sous la surveillance de Nelio, Pecado se mit à frotter les pieds d'Alfredo Bomba pendant que les autres essuyaient la sueur de son front à tour de rôle. Ils veillèrent aussi à ce qu'il ait en permanence de l'eau fraîche à boire. Ceux qui n'étaient pas indispensables auprès du malade partirent nettoyer des voitures et achetèrent du pain avec l'argent gagné. La chaleur était tenace et il y avait toujours quelqu'un à côté d'Alfredo Bomba pour éventer son visage avec un vieux parapluie tout déchiré.

Peu après minuit, lorsque les gardiens se furent installés sur les marches du théâtre pour jouer aux cartes, les enfants empruntèrent de nouveau la fenêtre cassée pour se glisser à l'intérieur du bâtiment.

C'est cette nuit-là que les répétitions devaient commencer. Nelio réunit les enfants sur la scène.

– Nous sommes tous parfaitement ignorants en matière de théâtre, dit-il. Il va pourtant falloir qu'on s'arrange tout seuls, sans aide extérieure. Mais subvenir à nos besoins sans aide, c'est une chose que nous savons faire mieux que quiconque.

– Moi, je veux jouer un monstre, dit Nascimento.

– C'est d'accord, promit Nelio, à condition que tu me laisses finir sans m'interrompre. Le plus important maintenant, c'est de faire oublier à Alfredo Bomba qu'il est malade, et qu'il est ici. Si on y parvient, il sera plus facile de l'emmener où l'on veut. On attendra d'abord qu'il se soit endormi, après on le transportera à l'intérieur du théâtre. Quand il ouvrira les yeux, il aura l'impression de rêver.

– On aura du mal à le faire passer par le carreau cassé, s'inquiéta Pecado.

– Il y a une porte à l'arrière, répondit Nelio. On se débrouillera pour qu'elle reste ouverte la nuit qui précède notre spectacle.

Ils commencèrent les répétitions du voyage vers l'île évoquée par la mère d'Alfredo Bomba. Leur but était de créer un rêve ayant la même force que la réalité. Mais Nelio doutait encore. Il avait la sensation d'avancer à l'aveuglette. Maintes fois il fut obligé de se mettre en colère contre certains enfants qui ne respectaient pas ses consignes ou qui étaient trop bruyants. Rapidement, il s'avéra qu'il était impossible d'utiliser Nascimento et Mandioca dans la pièce. Nascimento avait repéré une tête de monstre dont il refusait obstinément de se séparer. Il était incapable de retenir les répliques et il n'arrivait pas à se souvenir des moments où il devait entrer en scène. Nelio finit par perdre patience et lui dit de s'envelopper d'un tissu bleu pour représenter la mer.

– Et qu'est-ce que je dois dire ? demanda Nascimento.

– La mer ne parle pas, fit remarquer Nelio. La mer est infinie, elle fait des vagues ou elle est calme, mais elle ne parle pas. Donc tu ne diras rien.

– Ce n'est pas un rôle très marrant, s'opposa Nascimento.

– Mais important, répliqua Nelio, et si tu continues à poser des problèmes, tu ne joueras pas du tout.

Le plus doué et le plus à l'aise dans son rôle était Pecado. Il retenait immédiatement toutes les indications, il entrait sur la scène au moment prévu et prononçait les mots qu'on attendait de lui.

Nelio s'occupait personnellement de la lumière qu'il manipulait selon les besoins. Il obligeait les jeunes comédiens à continuer de travailler, même quand ils étaient épuisés. Tous les matins, en sortant du théâtre, ils étaient pâles et avaient les traits tirés. Ils voyaient que la maladie d'Alfredo Bomba évoluait très rapidement et que la fin était proche. Le temps dont ils disposaient s'amenuisait très vite.

La troisième nuit, ils jouèrent de bout en bout le spectacle qu'ils avaient créé. Tout se déroula selon les souhaits de Nelio, mis à part le fait que Nascimento s'endormît dans les coulisses où il se mit à ronfler dans sa tête de monstre. Il arrivait même que Nelio se laisse prendre par l'illusion. Il oubliait alors qu'il était assis dans la salle et qu'il était censé régler les jeux de lumière. Le voyage vers l'île, débarrassé de ce que le rêve avait réussi à concrétiser, se transforma sous ses yeux en un vrai voyage.

Quand ils se réunirent ensuite sur la scène, il sermonna Nascimento pour s'être endormi et annonça que leur travail était fin prêt. Le spectacle ne pouvait être mieux.

– Avant de repartir cette nuit, il faudra laisser la porte

de derrière ouverte, rappela-t-il, ce qui veut dire qu'il est temps de faire venir Alfredo Bomba pour qu'il puisse enfin participer.

– Il ne va pas seulement regarder ? s'étonna Mandioca.

– Il va participer en regardant, dit Nelio. C'est justement ce qui donnera un sens à ce que nous sommes en train de préparer.

– Peut-être qu'il ne va rien comprendre, dit Pecado. Si ça se trouve, il sera tellement déçu qu'il n'aura pas envie de rester jusqu'à la fin. Il s'endormira peut-être.

Nelio n'eut pas le courage de répondre. D'autant plus que cela n'aurait rien changé. Il n'y avait qu'à attendre la nuit suivante. Il ajouta seulement qu'il fallait se mettre à ranger pour pouvoir quitter le théâtre avant le jour.

Nelio savait qu'Alfredo Bomba n'en avait plus pour longtemps. Il ne mangeait plus, sa peau était tendue sur son crâne, ses yeux s'enfonçaient de plus en plus dans leurs orbites. Les enfants s'étaient assis autour de lui, silencieux, fatigués, angoissés. Ils éprouvaient tous la même inquiétude et se sentaient tous aussi peu rassurés à l'approche de la mort.

Juste avant le crépuscule, une pluie violente s'abattit sur la ville. Ils recouvrirent Alfredo Bomba d'une vieille bâche qui traînait à côté de la pompe à essence, mais celui-ci, plongé dans ses rêves agités, ne sembla rien remarquer.

– Ce sont les vieilles personnes qui meurent, dit soudain Nascimento en essuyant la pluie de son visage. Ce sont elles qui doivent mourir, pas les enfants. Même pas les enfants qui vivent dans la rue comme Alfredo Bomba.

– Tu as entièrement raison, dit Nelio. C'est une chose que notre monde devrait apprendre.

Nascimento resta silencieux sous la pluie en regardant Alfredo Bomba.

– Et les esprits, poursuivit-il, est-ce qu'ils meurent aussi, comme les êtres humains ?

Nelio fit non de la tête.

– Les esprits ne naissent pas et ne meurent pas. Ils ne font qu'exister.

– Moi, je pense qu'Alfredo Bomba sera bien mieux que maintenant, dit Nascimento.

– Ce sont les vieux qui doivent mourir, pas les enfants, répéta Nelio.

– Je crois qu'il reviendra en chien, dit Nascimento d'une voix hésitante. Il aime les chiens et ils le lui rendent bien.

– Peut-être bien, conclut Nelio, mais ne parle plus maintenant.

La pluie cessa de tomber tard dans la soirée. Alfredo Bomba dormait. Les enfants étaient sur les nerfs. Pecado sortit à plusieurs reprises pour avoir l'œil sur les gardiens armés devant le théâtre.

– Cette nuit, c'est Armandio et Julio, rapporta-t-il. Armandio le gros dort déjà, mais je suis sûr que Julio va rester éveillé.

– Ils ne s'apercevront de rien, dit Nelio. On va bientôt pouvoir y aller.

Plus tôt dans la journée, Nelio était allé sur le marché pour emprunter deux gros manches à balai à un vieux fabricant de brosses qu'il connaissait. En chemin, il avait vu senhor Castigo qui se faisait traîner dans la rue par deux policiers. Il était en sang, il avait le visage tuméfié et ses vêtements pendaient en lambeaux comme si une foule en furie avait voulu le lyncher. En croisant Nelio, il avait fait des tentatives désespérées pour mettre un nom sur le garçon aux manches à balai. Mais il ne l'avait sûrement pas reconnu.

La rencontre avec senhor Castigo est un présage,

pensa-t-il. Il a été arrêté et battu. Dans la cellule sombre du commissariat, il recevra encore des coups. Bientôt il n'aura plus rien d'un être humain. Si je ne m'étais pas enfui, j'aurais probablement subi le même sort que lui à l'heure qu'il est.

Les deux manches à balai passés dans deux vieux maillots de corps devinrent un brancard. Peu après minuit, on y plaça Alfredo Bomba qui, à présent, avait commencé à délirer. Les enfants le portèrent dans la rue vide jusqu'au théâtre dont ils ouvrirent la porte, après avoir tendu l'oreille pour vérifier qu'il n'y avait personne dans l'obscurité. Nelio avança à tâtons dans la salle sombre jusqu'à la table régie-lumières tandis que les autres attendaient derrière la scène. Il laissa filtrer la faible lueur matinale sur le plateau noir, un reflet rose sur une mer encore endormie. Il rejoignit ensuite le groupe et ensemble ils posèrent le brancard sur l'avant-scène, devant les rampes. Pendant que les garçons se préparaient, Nelio s'assit à côté d'Alfredo Bomba dont le front était brûlant. Il décida d'attendre un peu avant de le réveiller.

Au bout d'un moment, Nascimento sortit sa tête de monstre de derrière les coulisses pour annoncer en chuchotant que tout le monde était prêt. Nelio fit un signe et le vent se mit à souffler. Il venait des bouches de Pecado, de Mandioca et des autres. Nelio tira doucement Alfredo Bomba de sa torpeur. Il le fit avec infiniment de précautions. Quand Alfredo Bomba ouvrit les yeux, Nelio se pencha vers lui.

– Tu entends le vent ? demanda-t-il.

Alfredo Bomba écouta, puis approuva.

– C'est le vent de la mer, dit Nelio. Nous sommes en route pour l'île dont ta mère t'a parlé.

– J'ai dû dormir, dit Alfredo Bomba. Est-ce que j'ai vraiment dormi ? Où sommes-nous ?

– Sur un navire, répondit Nelio en balançant lentement le torse. Tu sens la houle ?

Alfredo Bomba acquiesça de nouveau. Nelio l'aida à se redresser et l'adossa contre le bord de la scène. Puis il laissa Alfredo Bomba seul et regagna sa table régie-lumières.

Tard dans sa vie, alors que la mort avait déjà pris racine dans son corps, le vieil Alfredo Bomba entreprit le voyage dont il avait rêvé et pour lequel il s'était toujours préparé. Une nuit, quand la mer commença à remonter après marée basse, il se rendit à gué jusqu'à un petit bateau de pêche à voile aurique qui devait longer la côte pour l'emmener jusqu'à l'embouchure du fleuve. Seuls ceux qui avaient la confiance de leur mère étaient capables de la trouver. A bord du bateau, il y avait un timonier invisible, un chien et un homme avec un sac de riz. De temps à autre, un monstre marin apparaissait à côté de l'embarcation. Ils naviguaient à l'aide des étoiles, maintenant le cap sur la deuxième étoile de Pégase. Juste avant l'aube, ils essuyèrent une violente tempête de nord-est. Le vent secoua les voiles, l'orage gronda et les éclairs se succédèrent sans relâche. Puis, le calme revint. Le monstre naufragé semblait avoir succombé dans les flots, l'homme au sac de riz se tenait immobile à la proue, cherchant l'embouchure du regard. Le chien s'était couché à côté d'Alfredo Bomba. Il avait des mains à la place des pattes de devant, mais l'âge avait apporté la sagesse à Alfredo Bomba et il savait que les voyages le long de côtes inconnues pouvaient très bien vous imposer la compagnie d'êtres étranges, jamais rencontrés auparavant. Au lever du jour, ils s'approchèrent de la terre. La côte était bordée de falaises abruptes, mais l'homme à l'avant du bateau sacrifia une poignée de riz à la mer et un fleuve coula entre les parois rocheuses. Ils remontèrent ensuite ce fleuve qui était très large au départ. Le monstre était réapparu sous la forme d'un crocodile. Cependant Alfredo Bomba se sentait en sécurité entre le timonier invisible, le chien et l'homme au sac de riz. Sur les berges, des gens lui firent des signes de la main. Alfredo Bomba eut le sentiment étrange de reconnaître ceux qui le saluaient, de même qu'il lui semblait avoir déjà rencontré le chien. Mais il se contenta de l'idée que cela remontait sans doute à très loin, peut-être au temps où il était encore enfant. Au bout d'un moment, la quille toucha un banc de sable au milieu du fleuve. Le chien se leva sur ses pattes arrière qui ressemblaient beaucoup à des jambes humaines, saisit le sac de riz et se mit à marcher dans l'eau en direction d'une île très proche de l'endroit où ils avaient échoué. L'homme qui était resté à l'avant du bateau à scruter l'horizon se retourna pour la première fois. Alfredo Bomba eut l'impression de l'avoir déjà vu, lui aussi. C'était un visage du passé qui remontait lentement dans sa conscience. Et il se souvint.

– Pecado, s'exclama-t-il. C'est vraiment toi ?

– Pecado était mon père. Je suis son fils.

– Je me souviens de lui, dit Alfredo Bomba, rêveur. Tu lui ressembles beaucoup. Mais lui n'avait pas une moustache de travers sous le nez.

– On est arrivés. Je vais t'aider à gagner la terre.

Le fils de Pecado soutint le faible Alfredo Bomba pour qu'il puisse sortir du bateau. La mer qui ressemblait à un morceau de soie bleue les enveloppa un instant. Ils firent quelques pas dans l'eau avant d'atteindre la côte. La lumière était très forte, comme si le soleil s'était multiplié et les inondait d'une clarté venant de plusieurs sources. Le fils de Pecado installa Alfredo Bomba sur une chaise longue et ouvrit un parasol au-dessus de sa tête. Le chien était couché à côté de lui. Le bateau et le crocodile avaient disparu. Tout était très calme.

– Qu'est-ce qui est arrivé à ton père? demanda Alfredo Bomba qui s'aperçut que la tranquillité qui régnait sur la petite île de sable le ramenait en arrière à une vitesse vertigineuse.

– C'est mon fils qui t'a conduit ici, répondit Pecado, je suis son père.

Surpris, Alfredo Bomba le regarda. Alors, il se rendit compte qu'il n'avait plus de moustache. C'était bien Pecado qui était là avec lui.

– Il y a si longtemps…, dit Alfredo Bomba.

Et il sentit que la mer était en train d'imprégner son corps lentement. Comme la houle, la mer ondulait sous sa peau.

– Toi aussi, tu as vieilli, poursuivit-il sans quitter Pecado de son regard étonné.

Pecado sourit. Il indiqua le fleuve du doigt. Alfredo Bomba plissa les yeux sous la lumière aveuglante et vit Nelio s'approcher dans l'eau, le pantalon retroussé. A ses côtés il y avait Nascimento, Mandioca, Tristeza. Ils le rejoignirent bientôt et Alfredo Bomba s'aperçut qu'ils étaient tous vieux, comme lui.

– J'ai cru qu'on n'allait jamais se revoir, dit-il. Je ne comprends pas pourquoi j'ai toujours eu aussi peur.

– Nous sommes là, dit Nelio. Et là où les amis se retrouvent, il n'y a aucune place pour la peur.

Alfredo Bomba sentit sa houle intérieure se faire plus intense. Elle se préparait à l'emporter vers une destination inconnue qui ne faisait toujours pas peur à Alfredo. L'eau était chaude et il sentit un engourdissement agréable l'envahir. Le soleil était très fort et les visages autour de lui s'estompèrent peu à peu.

– Qui m'a emmené jusqu'ici? demanda-t-il. J'aimerais remercier le timonier.

– C'est ta mère, dit la voix qui appartenait à Nelio, dont il ne distinguait plus le visage.

– Où est-elle ? demanda Alfredo Bomba. Je ne la vois pas.

– Elle est derrière toi, dit une voix qui était celle du chien couché à côté de lui.

Alfredo Bomba n'avait pas la force de tourner la tête mais, de fait, il sentit la chaleur de la respiration de sa mère sur sa nuque. La houle au fond de lui le balançait, il était très fatigué et il se dit que ça faisait longtemps qu'il n'avait pas dormi. Il ferma les yeux. Sa mère était assise dans le sable derrière lui et il savait que la peur qu'il avait ressentie toute sa vie était sans fondement. Ce qui venait d'arriver continuerait d'arriver et ses amis seraient toujours autour de lui.

Puis les soleils s'éteignirent les uns après les autres. Alfredo Bomba sourit en pensant au chien qui avait des mains et des pieds à la place des pattes. Il fallait qu'il pense à raconter ça à Nelio à son réveil. Un chien qui avait des mains à la place des pattes…

Ils étaient tous debout autour de lui et ils le regardaient dormir.

– Il sourit, dit Nascimento, mais il ne nous a pas applaudis. Je crois qu'il a eu peur du monstre.

– Tais-toi, dit Nelio. Tu parles trop, Nascimento.

Nelio observa le visage d'Alfredo Bomba. Il avait une expression qu'il n'y avait jamais vue.

Il comprit alors qu'Alfredo Bomba était mort. Il recula d'un pas.

– Il est mort, annonça-t-il.

D'abord, les autres ne comprirent pas ce qu'il venait de dire. Puis, s'apercevant à leur tour qu'Alfredo Bomba ne respirait plus, ils s'écartèrent eux aussi.

– On était si mauvais que ça ? dit Mandioca.

– Je crois que nous ne pouvions pas faire mieux, répondit Nelio et sa voix était déformée par le chagrin.

Personne ne dit rien. Nascimento tourna le dos et se réfugia dans la tête du monstre.

On entendit le bruit furtif d'un rat sous le plancher de la scène.

C'est alors que les événements se précipitèrent.

Les portes du fond de la salle s'ouvrirent brutalement. Quelqu'un cria. Les enfants, aveuglés par les projecteurs, ne savaient pas qui c'était. Tous, sauf Nelio, coururent se cacher dans les coulisses. Les cris continuèrent. Nelio comprit qu'on lui demandait de mettre les mains au-dessus de sa tête et de se rendre. Il était debout devant Alfredo Bomba qui reposait sur la chaise longue et il se dit que, même mort, un enfant de la rue méritait d'être défendu. Il avança jusqu'à la rampe pour expliquer qu'il ne s'était rien passé. Deux coups retentirent, l'un après l'autre. Nelio fut projeté en arrière et resta immobile par terre, aux pieds d'Alfredo Bomba. Sa vue se troubla et il se sentit sombrer. Il était vaguement conscient que quelqu'un l'observait. C'était peut-être Julio, un des gardiens. Mais le visage était indistinct et Nelio n'était pas certain de reconnaître la voix. Cela pouvait aussi être le visage transparent de la mort, venue chercher Alfredo Bomba mais qui avait choisi de l'emporter lui aussi.

Le visage qui s'était penché sur lui disparut. Nelio entendit des pas s'éloigner en courant. Puis, le calme revint. La lumière des projecteurs était violente. Il garda les yeux fermés. Une douleur le transperçait à chaque respiration, comme si son corps était troué. Malgré la souffrance, il s'efforça de comprendre. Il se dit que c'était certainement à cause de l'orage et qu'il aurait dû se douter que le bruit des tôles secouées et traînées derrière la scène s'entendrait jusque dans la rue. Les gardiens s'étaient forcément posé des questions et avaient dû croire que les enfants étaient des cambrioleurs. Ils avaient tiré de peur d'être eux-mêmes transformés en cibles.

– Si j'étais resté sans bouger, pensa Nelio, ils auraient peut-être vu que je n'étais qu'un enfant.

Il entendit de nouveau le bruit de pas, mais cette fois-ci ils lui étaient familiers. C'étaient de pauvres petits pas légers qui frôlaient à peine le plancher de la scène. La bande était revenue. Il ouvrit les yeux et vit les visages affolés de ses amis. Il fit un énorme effort pour leur cacher sa douleur.

– Il faut que vous emportiez Alfredo Bomba, dit-il. Ne le laissez pas dans la rue, ni dans un fossé. Arrangez-vous pour qu'il ait un véritable enterrement. Portez-le jusqu'à la morgue et donnez l'argent qui vous reste au gardien de nuit. Comme ça, il sera conduit au cimetière demain matin quand il fera jour. Mais avant de partir, il faut que vous remettiez tout en ordre.

– Et toi, tu restes là ? demanda Nascimento.

– Je vais me reposer un peu, après je vous rejoindrai. Même si je saigne beaucoup, ce n'est pas aussi grave que ça en a l'air. Maintenant, faites ce que je vous ai dit. Et dépêchez-vous. L'aube approche.

Ils rangèrent les costumes, soulevèrent Alfredo Bomba et l'emportèrent avec eux.

Le calme s'installa de nouveau autour de Nelio. Il se demanda s'il allait mourir rapidement ou si cela prendrait du temps. Le trou dans son corps ne semblait pas s'agrandir. Mais il avait toujours très mal en respirant. Il comprit qu'il n'allait pas mourir tout de suite. Il n'allait pas suivre Alfredo Bomba maintenant.

Nelio m'a fait ce récit en gardant les yeux clos. Sa voix était parfois si faible que j'avais du mal à entendre ce qu'il disait. Soudain, il a ouvert les yeux et m'a regardé.

– A toi de continuer l'histoire maintenant, a-t-il dit. J'étais donc étendu sur la scène et tu es venu me chercher pour me porter en haut de ce toit. Mais je ne sais pas depuis combien de temps je suis ici.

– Cette nuit est la neuvième.

– La neuvième et la dernière, fit-il. Je sens que je n'ai plus beaucoup de forces. Je suis déjà en train de me quitter moi-même.

– Je vais t'emmener à l'hôpital. Il y a des médecins qui sauront te guérir.

– Personne ne peut me guérir. Et tu le sais.

Je lui ai donné de l'eau. C'était la seule chose que je pouvais faire.

Deux ivrognes se disputaient quelque part dans la nuit.

J'ai posé ma main sur son front, il était brûlant.

– Je n'ai plus rien à raconter, a dit Nelio. Il me semble avoir eu une vie très longue. Je suis heureux que ce soit toi qui m'aies trouvé et que tu m'aies porté en haut de ce toit. J'ai encore une chose à te demander : je voudrais que tu brûles mon corps quand j'aurai quitté la vie.

J'ai eu un mouvement de recul et il l'a remarqué.

– Comment vas-tu faire pour m'enlever d'ici ? Comment vas-tu expliquer ma mort sur ce toit ? Il faut que tu brûles mon corps pour te débarrasser de moi.

Je savais qu'il avait raison.

– Une heure suffira pour que je disparaisse, a-t-il ajouté. Mon corps est tout petit.

Alors tout s'est passé très vite.

Confiant à l'idée que j'allais respecter son dernier vœu, il a voulu boire encore un peu d'eau. Puis il a fermé les yeux et s'est détourné du monde. Son visage était paisible.

Quels furent vraiment ses derniers mots ? A-t-il ajouté autre chose ?

Aujourd'hui encore, un an après, je n'en suis pas certain, mais je crois qu'il n'a plus rien dit.

Mon corps est tout petit.

Ce furent ses derniers mots.

La nuit était calme. J'ai contemplé son visage blême à la lueur vacillante de la lampe.

Je me souviens que, pour une raison mystérieuse, son visage m'a fait penser à la mer. La découverte de l'infini y était inscrite.

Le vent avait oublié un petit souffle. Il a effleuré le toit de sa main caressante et nous a offert une fraîcheur soudaine. Quand il a retiré sa main, Nelio était mort.

La neuvième nuit était en marche vers l'aube.

L'aube

Ce matin-là restera à tout jamais gravé dans ma mémoire.

Quand je suis sorti de la boulangerie, une luminosité très particulière m'a enveloppé. A moins que ce ne soient mes yeux qui aient changé. Peut-être étaient-ils enfin capables de percevoir les secrets de la lumière ? L'aurore s'était peut-être colorée de l'esprit de Nelio qui, invisible et libre, planait dans son propre espace ? Je suis resté dans la rue sans bouger. Nelio m'avait fait prendre conscience que l'être humain, où qu'il soit, se trouve toujours au centre du monde, et, à présent, cette affirmation m'apparaissait comme une évidence.

Un rat, assis sur le bord d'une plaque d'égout cassée, m'observait fixement.

Alors un léger frisson a parcouru la terre. Je n'avais jamais rien vécu de semblable, mais j'ai immédiatement compris de quoi il s'agissait. Les anciens qui avaient connu le même genre d'événement au cours de la première année du règne de Dom Joaquim m'ont raconté que la terre s'était mise à trembler, que le sol s'était ouvert et que des maisons s'étaient effondrées. Les gens qui étaient suffisamment vieux pour en garder le souvenir continuaient à craindre qu'il y ait un jour d'autres secousses et que la terre s'ouvre à nouveau. Cela expliquait pourquoi tant de vieilles personnes refusaient d'emprunter les escaliers et d'avoir leurs lits installés au premier ou au deuxième étage dans les maisons de *la ville en pierre*. Ils tenaient à vivre près du sol, même si la crevasse pouvait tout aussi bien se former sous leurs pieds. Ils préféraient se faire engloutir par la terre chaude plutôt que se faire écraser par les maisons.

La secousse a été très brève, à peine dix secondes. Des plaques de ciment se sont détachées du mur de la boulangerie, un carreau a vibré. Le rat s'est réfugié dans le sous-sol. Puis, le calme est revenu. Les gens matinaux, les enfants de la rue tirés de leur sommeil, les ouvriers et les *empregados* en route pour leurs différentes occupations se sont figés au beau milieu d'un pas. Le tremblement n'a pas vraiment été ressenti dans les corps, il s'est plutôt manifesté comme une perception auditive, ou comme un sentiment que quelque chose d'inhabituel était en train de se produire. Après, tout est devenu silencieux. La ville a retenu sa respiration. Et soudain, un tohu-bohu invraisemblable a éclaté. Des flots de gens, beaucoup en chemise de nuit, ont quitté leurs maisons. Certains portaient des boîtes contenant leurs biens les plus précieux, d'autres semblaient avoir attrapé des objets au hasard. J'en ai vu avec de petits miroirs dans les bras, des éventails, des poêles à frire. La panique menaçait. Des groupes se sont formés au milieu de la rue pour éviter les maisons qui risquaient de s'effondrer.

J'ai relevé un phénomène étrange. Tout le monde regardait vers le ciel, vers le soleil, alors que la secousse était venue d'en bas, d'un mouvement invisible de la terre. Je n'ai toujours pas compris cette réaction et ce n'est pas faute d'y avoir réfléchi au long de l'année qui vient de s'écouler.

Je pense avoir été le seul à ne pas avoir eu peur.

Non pas que je sois particulièrement courageux ou que je sois moins craintif que les autres, mais j'étais le seul à savoir ce qui s'était passé. La secousse que nous avions entendue, ou ressentie comme un étrange présage, avait en réalité été provoquée par l'esprit de Nelio. Il s'était libéré de ses derniers liens avec notre monde en déployant une force inouïe pour traverser la barrière transparente qui le séparait de ses ancêtres. Il a rejoint les habitants du village incendié qui l'attendaient. Alfredo Bomba était avec eux, lui aussi. Pour Nelio, la vie n'était déjà plus qu'un souvenir lointain, elle était juste un de ces rêves énigmatiques qu'on ne se rappelle que partiellement. J'ai regardé tous ces gens agglutinés en me disant que je devrais me percher sur le toit d'une voiture pour leur expliquer ce qui venait de se passer. Mais je ne l'ai pas fait. Je suis parti vers la plage où je me suis assis à l'ombre d'un arbre dont les racines avaient été presque entièrement dénudées par le sable fuyant. Et là, j'ai regardé la mer et les petits bateaux de pêche aux voiles triangulaires qui s'éloignaient en suivant le large rayon de soleil.

Mon chagrin était accablant. La dignité avec laquelle Nelio avait quitté notre monde ne pouvait entièrement apaiser ma douleur d'avoir été laissé seul. Et je n'étais pas certain de pouvoir me fier à mon appréciation. J'étais épuisé par les longues nuits, fatigué comme jamais auparavant.

J'ai fini par m'endormir sur le sable, sous l'arbre. Mes rêves furent agités : Nelio était vivant, il était transformé en chien et je le cherchais partout dans la ville. Je me suis réveillé assoiffé et en sueur. A en juger par le soleil, cela faisait des heures que je dormais. Je me suis rafraîchi le visage dans la mer, avant de retourner en ville où il n'y avait plus aucune trace de l'agitation du matin. Un peu partout, les gens continuaient à évoquer l'étonnante secousse mais elle paraissait déjà loin et on avait commencé à spéculer sur celles qui ne manqueraient pas de se produire un jour. Dans cent ans peut-être.

Je suis retourné à la boulangerie où on était en train de sortir le pain du four. Un bout du pansement qui avait entouré le torse de Nelio la dernière nuit traînait par terre. Il s'était sans doute défait au moment où j'avais poussé son corps dans le feu. J'ai jeté un coup d'œil rapide autour de moi avant de le ramasser et le jeter dans le four. Ensuite je suis allé me laver de la tête aux pieds dans l'arrière-cour. J'ai pensé que le mieux serait que je retourne dans la maison que je partageais avec mon frère et sa famille. Ma vie allait reprendre son cours, comme avant les coups de feu dans le théâtre nocturne. Nelio n'était plus là. Mais il y avait Maria. Il y avait aussi son sourire et le pain qui nous restait à faire ensemble pendant les nombreuses nuits que nous avions devant nous.

Il était trop tôt encore. Je suis monté sur le toit. Je m'attendais presque à revoir le visage pâle et fiévreux de Nelio. Son corps maigre avait laissé son empreinte sur le matelas vide. Je l'ai secoué avant de le redresser contre la cheminée pour l'aérer. J'ai mis la tasse qui avait contenu les herbes de madame Muwulene dans ma poche et j'ai plié la couverture pour la rendre au gardien de nuit. Il ne restait plus rien. Au moment de partir, j'ai découvert le chat qui avait l'habitude de se pelotonner aux pieds de Nelio. J'ai essayé de l'attirer vers moi, mais il est resté à distance, aux aguets. Il ne m'a pas lâché des yeux quand je me suis levé pour partir. C'est la dernière fois que je l'ai vu. Il ne s'est jamais montré pendant les nuits que j'ai continué à passer sur le toit.

Parfois il m'arrive de penser que Nelio l'a emmené avec lui dans l'autre monde. Je me dis que les chats restent peut-être vivants dans le pays des morts.

En descendant du toit, j'ai trouvé Dona Esmeralda assise sur son tabouret, en train de payer les salaires. Elle avait un sac avec l'argent – Dieu sait d'où elle le tenait – dans lequel elle plongeait ses mains maigres et fripées. Elle avait chaque fois autant de mal à se séparer de ses sous et pourtant on ne peut pas dire qu'elle était avare. Mais je crois savoir pourquoi elle se comportait ainsi. Il y avait tant à faire dans son théâtre… elle aurait sans doute préféré utiliser cet argent autrement. Pas pour ses propres besoins, qui étaient inexistants. Elle ne s'achetait jamais rien. Son chapeau avait au moins cinquante ans. C'était pareil pour ses robes et les chaussures usées qu'elle avait aux pieds.

– As-tu remarqué le tremblement de terre ? m'a-t-elle demandé.

– Oui. La terre a tremblé. Deux fois. C'était comme dans un rêve, quand quelque chose d'inattendu vous fait sursauter.

– Je me souviens de la dernière fois, a-t-elle poursuivi. C'était du temps de mon père. Les prêtres croyaient que cela annonçait la fin du monde.

Nous n'avons plus rien dit. J'ai remboursé mes dettes aux vendeuses de la boulangerie et je suis sorti en ville. Les enfants de la rue cherchaient de quoi manger dans les poubelles, les commerçants indiens remontaient les lourdes grilles devant les vitrines et les portes de leurs magasins. L'air était saturé d'une odeur de bouillie de maïs et personne, non, personne ne savait que Nelio était mort.

Sans raison, je me suis arrêté devant une boutique indienne et je me suis enfoncé dans l'obscurité. Tout était comme d'habitude. Une grosse Indienne, assise derrière la caisse, surveillait ses vendeuses noires. Un homme très âgé s'est incliné devant moi et m'a demandé ce que je désirais.

Ce que je désirais ?

– Je désire le retour de Nelio. Je désire qu'il revienne à la vie.

Le vieil homme a réfléchi.

– Je regrette mais nous n'avons pas cela en stock, a-t-il dit lentement. Mais si senhor veut bien s'adresser à la boutique de l'autre côté de la rue. Ils ont des produits inattendus. Ils importent directement des pays où les gens ont les yeux bridés.

Je l'ai remercié.

Sur le mur derrière lui, étaient accrochés plusieurs chapeaux. J'ai indiqué celui du milieu et je l'ai acheté.

– C'est utile un chapeau quand il fait chaud, a dit le vieil homme en l'attrapant à l'aide d'une pince fixée à une longue tige.

Le chapeau était blanc et son bord était orné d'une bande noire. L'homme m'a fait une facture que j'ai portée à la caissière indienne. En lui tendant l'argent, j'ai réalisé que la somme correspondait à plus de la moitié de mon salaire mensuel. J'ai récupéré mon chapeau et je l'ai mis sur ma tête avant de retourner au soleil.

J'ai déjeuné dans un café. Ma tête était vide.

Quand je suis retourné à la boulangerie le soir, Maria était déjà là, vêtue de sa robe fine et légère.

Elle m'a fait un grand sourire.

– Tu as senti le tremblement de terre ? lui ai-je demandé.

– Non, je dormais.

Nous nous sommes mis au travail. Peu après minuit, je l'ai accompagnée dans la rue. Au moment de nous séparer, j'ai effleuré son bras et de nouveau, elle m'a souri.

Cette nuit-là, je ne suis pas monté sur le toit. Quand j'éprouvais le besoin de respirer l'air frais, je sortais m'asseoir sur les marches qui donnaient sur la rue.

Le lendemain, je me suis rendu chez mon frère et sa famille qui tous ont manifesté leur joie de me revoir. Ma belle-sœur m'a demandé si j'étais malade.

– Quelqu'un qui s'achète un nouveau chapeau n'est pas malade, a fait remarquer mon frère. Un homme fait ce qu'il a envie de faire. Il rentre chez lui, s'il veut, il va ailleurs, s'il préfère.

Je suis resté longtemps éveillé dans mon lit à écouter les différents bruits qui traversaient les murs.

Je sentais qu'il se passait quelque chose en moi mais je ne savais pas de quoi il s'agissait.

Pas encore.

Quelques semaines passèrent. Je faisais mon pain, j'effleurais le bras de Maria, j'accrochais mon chapeau à côté des fours. Quelquefois, trop fatigué pour rentrer chez moi le matin, j'empruntais le conduit de ventilation pour assister aux répétitions du spectacle sur les éléphants révolutionnaires. Plusieurs comédiens ont auditionné pour le rôle de Dom Joaquim, mais le regard critique de Dona Esmeralda n'en a retenu aucun. Les acteurs paraissaient de plus en plus déstabilisés par le contenu de la pièce. Ils ont tenté différents genres, tragédie, comédie, farce, vaudeville, mais quels que soient leurs efforts, leurs trompes les gênaient dans leur jeu. La jeune et belle Elena a même éclaté en sanglots sur scène. Cela faisait un drôle d'effet de la voir essayer de sécher ses larmes derrière sa trompe. C'était la première fois que je riais depuis la mort de Nelio. C'était un rire solitaire et léger qui flottait dans un espace qui n'était plus le mien.

Puis est arrivée une nuit où j'ai accompagné Maria dans la rue comme tant de fois. Je l'ai vue sourire, je l'ai regardée partir. Je suis retourné dans la boulangerie, j'ai glissé une plaque dans le four et j'ai fermé la porte.

Et brutalement, j'ai su que c'était la dernière nuit que je passais au service de Dona Esmeralda.

J'ai pris la décision de tout terminer correctement. J'allais faire ma toilette le lendemain matin derrière la boulangerie, j'allais prendre mon chapeau et m'en aller pour ne plus jamais revenir.

Je me suis rendu compte qu'il m'était impossible de continuer mon travail de boulanger. Pendant le temps qui me restait à vivre, j'avais une autre mission à remplir. Je devais raconter l'histoire de Nelio. Le monde ne pouvait pas s'en passer. Il ne devait pas l'oublier.

Aujourd'hui encore, un an plus tard, je me souviens clairement de ce moment. En fait, ce n'est pas une décision que j'ai eu à prendre. La certitude était déjà en moi depuis quelque temps, mais c'est alors seulement que j'ai compris ce que j'avais à faire. Je savais que l'odeur du pain frais allait me manquer, tout comme Maria et ses robes légères. J'allais peut-être même regretter Dona Esmeralda et son théâtre.

Pourtant ça ne m'a pas paru difficile, au contraire j'ai ressenti une sorte de soulagement.

Le matin, j'ai donc fait ma toilette et pris mon chapeau, puis j'ai attendu Dona Esmeralda pour lui faire part de mon intention. Comme elle tardait, je me suis tourné vers l'une des vendeuses espiègles derrière le comptoir. J'ai soulevé mon chapeau et je lui ai dit :

– Je m'en vais. Dis à Dona Esmeralda que José Antonio Maria Vaz ne travaille plus ici. Dis-lui que j'ai été très heureux pendant que j'étais à son service. Dis-lui aussi que tant que je serai en vie, je n'irai pas faire le pain chez un autre boulanger.

Est-ce à Rosa que je me suis adressé ? Je me souviens seulement de l'expression de stupeur qu'a reflétée son visage. Comment pouvait-on être assez stupide pour quitter un emploi chez Dona Esmeralda sans y être contraint ? Et surtout quand des milliers de gens étaient sans travail, sans argent, sans nourriture ?

– Tu as bien entendu, ai-je confirmé en soulevant de nouveau mon chapeau. Je m'en vais pour ne plus revenir.

Or ce n'était pas entièrement vrai. J'avais décidé d'attendre l'arrivée de Maria le soir. Je voulais aller à sa rencontre pour lui dire au revoir et lui souhaiter bonne chance pour l'avenir. Il n'est pas impossible que, tout au fond de moi, je nourrissais l'espoir qu'elle me suivrait. Je ne sais pas. Mais où aurait-elle pu me suivre ? Vers quelle destination étais-je en train de me diriger ?

Je l'ignorais, voilà la vérité. J'étais chargé d'une mission importante, mais je ne savais pas où je devais aller.

En quittant la boulangerie ce matin-là, j'ai éprouvé un sentiment de grande liberté. Je ne voyais même plus pourquoi j'aurais ressenti du chagrin pour Nelio.

J'aurais plutôt dû avoir de la peine pour Alfredo Bomba qui n'était sûrement pas heureux là où il se trouvait. Il lui faudrait sans doute beaucoup de temps pour oublier la bande, la vie dans la rue, les poubelles et les cartons devant le Palais de Justice.

C'est souvent ainsi. L'être humain peut tout aussi bien aspirer à une poubelle qu'à une vie éternelle.

Je me suis dirigé vers la place où était érigée la statue équestre de Nelio. A ma grande surprise, j'ai découvert qu'elle était à terre. Une foule s'était rassemblée. Les commerçants indiens gardaient leurs magasins fermés, alors que les portes de l'église de Manuel Oliveira étaient grandes ouvertes.

La statue équestre était tombée.

Les secousses du matin avaient été suffisamment

fortes pour faire céder le socle de la lourde statue. Le cheval de bronze gisait sur le flanc, le casque du cavalier était brisé. C'étaient les vestiges d'une époque révolue qui s'écroulaient. Les journalistes de la ville rédigeaient leurs articles, un photographe faisait des photos, les enfants avaient déjà commencé à jouer et à sauter sur le dernier monument de Dom Joaquim.

L'église était pleine de gens qui récitaient des prières dans l'espoir d'empêcher d'autres secousses de se produire. Le vieux Manuel, debout sous la grande croix noire au fond de l'église, contemplait le miracle qui venait d'avoir lieu. Il était peut-être même en pleurs. J'étais trop loin pour pouvoir l'affirmer avec certitude. Je suis parti en me disant que l'esprit de Nelio volait là-haut, quelque part au-dessus de ma tête. Sa souffrance était finie. Les balles ne pouvaient plus empoisonner son corps. Dans une ultime révérence, il avait renversé le cheval dans lequel il avait vécu. Pendant des heures, je suis resté assis sur un banc à côté de l'hôpital d'où j'avais vue sur toute la ville. En plissant les yeux, j'apercevais le toit sur lequel Nelio avait passé neuf nuits à me raconter son histoire.

Il fallait que je m'organise. Je ne savais pas où j'allais habiter ni de quoi j'allais vivre. Qui accepterait d'offrir la nourriture nécessaire à un homme qui n'a qu'une histoire à raconter ? Assis là, sur mon banc à l'ombre, j'ai senti l'angoisse monter en moi.

Puis j'ai pensé à ces enfants qui vivent dans la rue, à Nelio, à Alfredo Bomba, à Pecado et à tous les autres. Ils se nourrissaient dans les poubelles, la cantine gratuite des pauvres. Je ferai comme eux. L'habitat n'était pas non plus un vrai problème. Comme le lézard, je repérerai une fissure suffisamment large dans un mur. La ville abondait de logements qui ne coûtaient rien, de cartons ou d'épaves de voitures rouillées.

Je savais qu'il me serait impossible de retourner vivre avec la famille de mon frère puisque leur maison appartenait à la vie que je venais de quitter. Quand je me suis levé du banc, je me trouvais dans un état d'euphorie. Je m'étais fait des soucis pour rien. En réalité j'étais un homme riche. J'avais l'histoire de Nelio à raconter. Je n'avais besoin de rien d'autre.

Le soir, à l'abri dans les ténèbres, j'ai attendu Maria devant la boulangerie. Quand elle est arrivée, j'ai été trop impressionné pour aller vers elle et je n'ai pas osé sortir dans la lumière. Mais elle m'avait déjà aperçu. Sa robe était légère et elle m'a souri. J'ai quitté ma place dans l'ombre avec l'impression de faire mon entrée sur la scène éclairée, comme un acteur. Machinalement, j'ai passé ma main sur mon visage pour m'assurer que je n'avais pas de trompe attachée à mon nez. Puis, j'ai soulevé mon chapeau.

– Maria, ai-je dit, comment pourrais-je oublier un jour une femme dont le sommeil est si profond que même un tremblement de terre ne la réveille pas ? De quoi rêvais-tu ?

Elle a ri en faisant danser ses longues *tranças* noires d'un mouvement de la tête.

– Mes rêves ne regardent que moi. Mais j'aime ton chapeau. Il te va bien.

– Je l'ai acheté pour pouvoir l'ôter devant toi.

Soudain, elle est devenue très sérieuse.

– Pourquoi es-tu ici ?

J'avais enlevé mon chapeau, je le tenais devant ma poitrine comme si j'étais à un enterrement.

Je lui ai tout expliqué. Je lui ai dit que tout était fini, que j'avais laissé mon travail.

– Pourquoi ? m'a-t-elle demandé.

– J'ai une histoire que je dois raconter.

A mon grand étonnement, elle a semblé comprendre. Elle n'a pas eu la réaction de surprise qu'avait manifestée la vendeuse derrière le comptoir.

– Il faut faire ce que l'on doit, a-t-elle dit.

Nous nous sommes quittés. Elle ne voulait pas être en retard. Elle s'est dépêchée d'entrer. Je n'ai même pas eu le temps d'effleurer son bras. C'est la dernière fois que je l'ai eue si près de moi.

Je l'ai revue plus tard dans les rues de la ville, avec un autre homme, mais à distance. Son ventre était gros.

Maria, la femme que je ne pourrai jamais oublier, est toujours près de moi. Maria, la femme que j'aperçois parfois dans la rue, au loin, n'est pas celle que j'ai connue.

Je l'ai regardée partir. Elle s'est retournée une fois pour me faire un petit signe en souriant. J'ai soulevé mon chapeau et je l'ai gardé à la main jusqu'à ce qu'elle soit hors de ma vue. Je ne l'ai plus jamais porté. Comme je n'en avais plus besoin, je l'ai posé sur une poubelle. Plus tard, il m'a semblé voir sur la tête d'un enfant de la rue les restes de ce qu'avait été mon chapeau. Il paraissait parfaitement à sa place.

Cela fait maintenant un an que Nelio est mort.

J'ai vu Maria disparaître et j'ai changé de vie. J'ai commencé une existence de mendiant en me nourrissant dans les poubelles, en dormant entre les murs serrés des maisons et je me suis mis à raconter mon histoire.

La bande de Nelio avait éclaté. J'ai revu Nascimento qui avait intégré le groupe des enfants les plus agités, ceux qui avaient l'habitude de se réunir devant le marché central. Il était comme avant. Il trimbalait son carton. Je me suis demandé s'il réussirait un jour à tuer les monstres qui l'habitaient. Il est vrai qu'il était maintenant le propriétaire d'un couteau et qu'il passait son temps à l'affûter.

En me promenant un jour dans le quartier des riches, j'ai aperçu Pecado. Il vendait des fleurs au coin d'une rue. Peut-être les avait-il fait pousser dans ses poches comme Mandioca. Ses affaires semblaient bien marcher, car il portait des vêtements propres et en bon état.

Un autre jour, je suis tombé sur Tristeza devant un des grands cafés fréquentés par les touristes et les *cooperantes*. Il s'était endormi au milieu du trottoir et il était de nouveau pieds nus. Ses tennis avaient disparu. Jamais je n'ai vu un enfant de la rue plus sale que lui. Il puait littéralement, la gale et les poux avaient recouvert son corps de plaies purulentes. Il se grattait en dormant. Il était d'une extrême maigreur et je me suis dit que Nelio avait raison. Sa vie ne pouvait pas être longue dans un monde où il n'y a pas de place pour ceux qui pensent lentement. Je suis parti sans le réveiller et je ne l'ai plus jamais revu.

Mandioca avait disparu. Peut-être avait-il été victime d'un accident ou peut-être était-il mort. Bien plus tard, j'ai appris par hasard qu'il avait choisi lui-même de se rendre dans une de ces grandes maisons où les religieuses habillées de blanc donnaient des vêtements et de la nourriture aux enfants. Il a voulu y rester et je crois bien qu'il n'est jamais retourné dans la rue.

Et puis j'ai revu Deolinda.

C'est l'un de mes plus sombres souvenirs de l'année qui a suivi la mort de Nelio.

Ça s'est passé tard un soir, dans l'une des rues centrales où sont alignées les terrasses de restaurants et qui mènent vers les quartiers résidentiels où habitent de nombreux *cooperantes*. Je ne sais plus où j'avais l'intention d'aller. Je vais là où me conduisent mes pas. J'ai rarement l'intention d'aller ailleurs. Des filles proposaient leurs services sur le trottoir. J'avais toujours été gêné quand je passais devant elles et j'avais pris l'habitude de baisser les yeux ou de tourner la tête. Un soir donc, à l'angle d'une rue, j'ai revu Deolinda. Elle était outrageusement maquillée, presque méconnaissable, ses vêtements étaient provocants et elle manifestait son impatience en tapant du pied. Après être passé devant elle, je me suis arrêté et je me suis retourné. Pourvu que Cosmos revienne un jour de son long voyage pour prendre soin de sa sœur !

J'espère qu'il ne sera pas trop tard.

Souvent le soir, il m'arrive de m'arrêter devant un restaurant pour écouter de la musique avant de regagner le toit. Les notes monotones mais belles d'une *timbila* me rappellent les nuits passées avec Nelio. Je peux rester là des heures. La musique évoque des voix depuis longtemps oubliées et dont je suis le seul à me souvenir.

Un autre soir, je suis allé dans le grand cimetière où Nelio avait passé une nuit dans le tombeau de senhor Castigo. J'ai fini par trouver les fosses communes. Les restes d'Alfredo Bomba étaient là, quelque part sous la terre. Ses os s'étaient déjà mélangés aux autres. Ils étaient là, serrés les uns contre les autres, la mâchoire d'un corps contre la main d'un autre. Ensemble, ils hurlaient le désespoir de leur destin. J'ai cru percevoir la danse inquiète des esprits. Tant qu'ils n'avaient pas réussi à trouver le repos, la guerre allait continuer de sévir dans notre pays.

Mon histoire touche à sa fin. J'ai tout raconté mais je vais recommencer.

Je sais qu'on m'appelle le Chroniqueur des Vents. On m'appelle ainsi parce que personne n'a encore eu le courage d'écouter ce que j'ai à dire.

Mais je sais que ce jour viendra.

Il viendra obligatoirement.

Un an s'est écoulé depuis les coups de feu.

Je passe mes nuits sur le toit du théâtre.

Malgré tout, c'est le lieu auquel j'appartiens.

Le boulanger qui m'a remplacé et qui travaille pendant les heures silencieuses de la nuit ne fait aucune remarque sur ma présence. Parfois il partage même ses repas avec moi.

Après les longues journées passées sous le soleil brû lant, j'ai besoin du calme qui règne sur ce toit. J'ai gardé le matelas. Je m'y étends pour regarder les étoiles avant de m'endormir et pour penser à tout ce que Nelio m'a dit avant de mourir. Je sais que je dois continuer à raconter son histoire même si seuls les vents de la mer écoutent ce que j'ai à dire. Je dois continuer à parler de notre terre qui s'enfonce de plus en plus profondément dans l'impuissance et dont les habitants vivent pour oublier et non pas pour se souvenir. Je dois continuer à parler pour empêcher que les rêves ne meurent après avoir été brûlants de fièvre. C'est comme si Nelio voulait poser sa main sur le front de la terre, comme s'il voulait donner les herbes de madame Muwulene à tous les fleuves et à toutes les mers du monde.

Notre terre continue à sombrer. Les bandes d'enfants de la rue grossissent et se multiplient. Les enfants de la rue vivent dans les pays les plus miséreux. Les pays des enfants de la rue.

Mon histoire est finie mais elle recommencera sans cesse. Elle finira par devenir une note invisible dans l'éternel bruissement du vent de la mer. Elle sera présente dans les gouttes de pluie qui tombent sur la terre sèche et dans l'air que nous respirons. Je sais que Nelio avait raison en disant que notre dernier espoir est celui de ne pas oublier qui nous sommes et de garder en mémoire l'idée que nous ne saurons jamais maîtriser les vents doux de la mer. Un jour, peut-être, comprendrons-nous pourquoi ils doivent continuer de souffler.

Moi, José Antonio Maria Vaz, seul sur un toit, sous le ciel étoilé des Tropiques, j'ai une histoire à raconter…

Lexique

alface	laitue
avô	grand-père
bairro	zone d'habitation
barracca	baraquement où l'on vend de la bière et de l'alcool
bomba	pompe
camarada	camarade
capulana	morceau de tissu servant de vêtement traditionnel à la femme
cassava	manioc, nourriture de base dans certaines parties de l'Afrique

castigo	sanction
cavalo	cheval
chefe de posto	administrateur portugais local à l'époque coloniale
cooperante	coopérant
criminosos	criminels, terroristes
curandeiro	médecin local
empregada	employée de maison
feticheiro, feticheira	sorcier, sorcière
halakawuma	en shangane : lézard ; selon la tradition, ce lézard conseille les rois et les présidents
mandioca	manioc
Markes	de *Dinamarquês*, Danois
nascimento	naissance
padrasto	beau-père (époux de la mère)

patrão	chef, patron
pecado	péché
puta	prostituée
soruma	haschisch africain
terrorista	terroriste
tia	tante
timbila	instrument traditionnel
tontonto	en shangane : alcool de fabrication artisanale
trança	tresse
tristeza	chagrin, tristesse
uputso	alcool fort à base de noix de cajou
la ville en pierre	centre d'une ancienne ville coloniale
xidjana	en shangane : albinos

xogo-xogo en shangane : acte sexuel

xuva shita duma en shangane : charrette

Table

DU MÊME AUTEUR

Meurtriers sans visage
Christian Bourgois, 1994, 2001
et « Points Policier », n° P1122
Point Deux, 2012

La Société secrète
Flammarion, 1998
et « Castor Poche », n° 656

Le Secret du feu
Flammarion, 1998
et « Castor Poche », n° 628

Le Guerrier solitaire
prix Mystère de la Critique
Seuil, 1999
et « Points Policier », n° P792

La Cinquième Femme
Seuil, 2000
et « Points Policier », n° P877
Point Deux, 2011

Le chat qui aimait la pluie
Flammarion, 2000
et « Castor Poche », n° 518

Les Morts de la Saint-Jean
Seuil, 2001
et « Points Policier », n° P971

La Muraille invisible
prix Calibre 38
Seuil, 2002
et « Points Policier », n° P1081

L'Assassin sans scrupules
L'Arche, 2003

Le Mystère du feu
Flammarion, 2003
et « Castor Poche », n° 910

Les Chiens de Riga
Trophée 813
Seuil, 2003
et « Points Policier », n° P1187

Le Fils du vent
Seuil, 2004
et « Points », n° P1327

La Lionne blanche
Seuil, 2004
et « Points Policier », n° P1306

L'homme qui souriait
Seuil, 2004
et « Points Policier », n° P1451

Avant le gel
Seuil, 2005
et « Points Policier », n° P1539

Ténèbres, Antilopes
L'Arche, 2006

Le Retour du professeur de danse
Seuil, 2006
et « Points Policier », n° P1678

Tea-Bag
Seuil, 2007
et « Points », n° P1887

Profondeurs
Seuil, 2008
et « Points », n° P2068

Le Cerveau de Kennedy
Seuil, 2009
et « Points », n° P2301

Les Chaussures italiennes

Seuil, 2009
et « Points », n° P2559
Point Deux, 2013

L'Homme inquiet

Seuil, 2010
et « Points Policier », n° P2741

Le Roman de Sofia

Flammarion, 2011

Le Chinois

Seuil, 2011
et « Points Policier », n° P2936

L'Œil du léopard

Seuil, 2012
et « Points », n° P3011

La Faille souterraine
Les premières enquêtes de Wallander

Seuil, 2012
et « Points Policier », n° P3161

Le Roman de Sofia
Vol. 2 : Les ombres grandissent au crépuscule

Seuil, 2012

Joel Gustafsson
Le garçon qui dormait sous la neige

Seuil Jeunesse, 2013

Un paradis trompeur

Seuil, 2013
et « Points », n° P3357

Mankell par Mankell

(de Kristen Jacobsen)
Seuil, 2013
et « Points », n° P4209

À l'horizon scintille l'océan

Seuil Jeunesse, 2014

Une main encombrante

Seuil, 2014
et « Points Policier », n° P4159

Daisy Sisters

Seuil, 2015

Sable mouvant

Fragments d'une vie

Seuil, 2015

RÉALISATION : PAO ÉDITIONS DU SEUIL
IMPRESSION : CPI FRANCE
DÉPÔT LÉGAL : NOVEMBRE 2015. N° 130922-2 (3017117)
IMPRIMÉ EN FRANCE

Éditions Points

Le catalogue complet de nos collections est sur Le Cercle Points, ainsi que des interviews de vos auteurs préférés, des jeux-concours, des conseils de lecture, des extraits en avant-première…

www.lecerclepoints.com

DERNIERS TITRES PARUS

P3010. Rue des petites daurades, *Fellag*
P3011. L'Œil du léopard, *Henning Mankell*
P3012. Les mères juives ne meurent jamais
Natalie David-Weill
P3013. L'Argent de l'État. Un député mène l'enquête
René Dosière
P3014. Kill kill faster faster, *Joel Rose*
P3015. La Peau de l'autre, *David Carkeet*
P3016. La Reine des Cipayes, *Catherine Clément*
P3017. Job, roman d'un homme simple, *Joseph Roth*
P3018. Espèce de savon à culotte ! et autres injures d'antan
Catherine Guennec
P3019. Les mots que j'aime et quelques autres…
Jean-Michel Ribes
P3020. Le Cercle Octobre, *Robert Littell*
P3021. Les Lunes de Jupiter, *Alice Munro*
P3022. Journal (1973-1982), *Joyce Carol Oates*
P3023. Le Musée du Dr Moses, *Joyce Carol Oates*
P3024. Avant la dernière ligne droite, *Patrice Franceschi*
P3025. Boréal, *Paul-Émile Victor*
P3026. Dernières nouvelles du Sud
Luis Sepúlveda, Daniel Mordzinski
P3027. L'Aventure, pour quoi faire ?, *collectif*
P3028. La Muraille de lave, *Arnaldur Indridason*
P3029. L'Invisible, *Robert Pobi*
P3030. L'Attente de l'aube, *William Boyd*
P3031. Le Mur, le Kabyle et le marin, *Antonin Varenne*
P3032. Emily, *Stewart O'Nan*
P3033. Les oranges ne sont pas les seuls fruits
Jeanette Winterson
P3034. Le Sexe des cerises, *Jeanette Winterson*
P3035. À la trace, *Deon Meyer*

P3036. Comment devenir écrivain quand on vient de la grande plouquerie internationale, *Caryl Férey*
P3037. Doña Isabel (ou la véridique et très mystérieuse histoire d'une Créole perdue dans la forêt des Amazones) *Christel Mouchard*
P3038. Psychose, *Robert Bloch*
P3039. Équatoria, *Patrick Deville*
P3040. Moi, la fille qui plongeait dans le cœur du monde *Sabina Berman*
P3041. L'Abandon, *Peter Rock*
P3042. Allmen et le diamant rose, *Martin Suter*
P3043. Sur le fil du rasoir, *Oliver Harris*
P3044. Que vont devenir les grenouilles ?, *Lorrie Moore*
P3045. Quelque chose en nous de Michel Berger *Yves Bigot*
P3046. Elizabeth II. Dans l'intimité du règne, *Isabelle Rivère*
P3047. Confession d'un tueur à gages, *Ma Xiaoquan*
P3048. La Chute. Le mystère Léviathan (tome 1), *Lionel Davoust*
P3049. Tout seul. Souvenirs, *Raymond Domenech*
P3050. L'homme naît grâce au cri, *Claude Vigée*
P3051. L'Empreinte des morts, *C.J. Box*
P3052. Qui a tué l'ayatollah Kanuni ?, *Naïri Nahapétian*
P3053. Cyber China, *Qiu Xiaolong*
P3054. Chamamé, *Leonardo Oyola*
P3055. Anquetil tout seul, *Paul Fournel*
P3056. Marcus, *Pierre Chazal*
P3057. Les Sœurs Brelan, *François Vallejo*
P3058. L'Espionne de Tanger, *María Dueñas*
P3059. Mick. Sex and rock'n'roll, *Christopher Andersen*
P3060. Ta carrière est fi-nie !, *Zoé Shepard*
P3061. Invitation à un assassinat, *Carmen Posadas*
P3062. L'Envers du miroir, *Jennifer Egan*
P3063. Dictionnaire ouvert jusqu'à 22 heures *Académie Alphonse Allais*
P3064. Encore un mot. Billets du Figaro, *Étienne de Montety*
P3065. Frissons d'assises. L'instant où le procès bascule *Stéphane Durand-Souffland*
P3066. Y revenir, *Dominique Ané*
P3067. J'ai épousé Johnny à Notre-Dame-de-Sion *Fariba Hachtroudi*
P3068. Un concours de circonstances, *Amy Waldman*
P3069. La Pointe du couteau, *Gérard Chaliand*
P3070. Lila, *Robert M. Pirsig*
P3071. Les Amoureux de Sylvia, *Elizabeth Gaskell*
P3072. Cet été-là, *William Trevor*

P3073. Lucy, *William Trevor*
P3074. Diam's. Autobiographie, *Mélanie Georgiades*
P3075. Pourquoi être heureux quand on peut être normal ? *Jeanette Winterson*
P3076. Qu'avons-nous fait de nos rêves ?, *Jennifer Egan*
P3077. Le Terroriste noir, *Tierno Monénembo*
P3078. Féerie générale, *Emmanuelle Pireyre*
P3079. Une partie de chasse, *Agnès Desarthe*
P3080. La Table des autres, *Michael Ondaatje*
P3081. Lame de fond, *Linda Lê*
P3082. Que nos vies aient l'air d'un film parfait, *Carole Fives*
P3083. Skinheads, *John King*
P3084. Le bruit des choses qui tombent, *Juan Gabriel Vásquez*
P3085. Quel trésor !, *Gaspard-Marie Janvier*
P3086. Rêves oubliés, *Léonor de Récondo*
P3087. Le Valet de peinture, *Jean-Daniel Baltassat*
P3088. L'État au régime. Gaspiller moins pour dépenser mieux *René Dosière*
P3089. Refondons l'école. Pour l'avenir de nos enfants *Vincent Peillon*
P3090. Vagabond de la bonne nouvelle, *Guy Gilbert*
P3091. Les Joyaux du paradis, *Donna Leon*
P3092. La Ville des serpents d'eau, *Brigitte Aubert*
P3093. Celle qui devait mourir, *Laura Lippman*
P3094. La Demeure éternelle, *William Gay*
P3095. Adulte ? Jamais. Une anthologie (1941-1953) *Pier Paolo Pasolini*
P3096. Le Livre du désir. Poèmes, *Leonard Cohen*
P3097. Autobiographie des objets, *François Bon*
P3098. L'Inconscience, *Thierry Hesse*
P3099. Les Vitamines du bonheur, *Raymond Carver*
P3100. Les Trois Roses jaunes, *Raymond Carver*
P3101. Le Monde à l'endroit, *Ron Rash*
P3102. Relevé de terre, *José Saramago*
P3103. Le Dernier Lapon, *Olivier Truc*
P3104. Cool, *Don Winslow*
P3105. Les Hauts-Quartiers, *Paul Gadenne*
P3106. Histoires pragoises, *suivi du* Testament *Rainer Maria Rilke*
P3107. Œuvres pré-posthumes, *Robert Musil*
P3108. Anti-manuel d'orthographe. Éviter les fautes par la logique, *Pascal Bouchard*
P3109. Génération CV, *Jonathan Curiel*
P3110. Ce jour-là. Au cœur du commando qui a tué Ben Laden *Mark Owen et Kevin Maurer*

P3111. Une autobiographie, *Neil Young*
P3112. Conséquences, *Darren William*
P3113. Snuff, *Chuck Palahniuk*
P3114. Une femme avec personne dedans, *Chloé Delaume*
P3115. Meurtre au Comité central, *Manuel Vázquez Montalbán*
P3116. Radeau, *Antoine Choplin*
P3117. Les Patriarches, *Anne Berest*
P3118. La Blonde et le Bunker, *Jakuta Alikavazovic*
P3119. La Contrée immobile, *Tom Drury*
P3120. Peste & Choléra, *Patrick Deville*
P3121. Le Veau *suivi du* Coureur de fond, *Mo Yan*
P3122. Quarante et un coups de canon, *Mo Yan*
P3123. Liquidations à la grecque, *Petros Markaris*
P3124. Baltimore, *David Simon*
P3125. Je sais qui tu es, *Yrsa Sigurdardóttir*
P3126. Le Regard du singe
Gérard Chaliand, Patrice Franceschi, Sophie Mousset
P3127. Journal d'un mythomane. Vol. 2 : Une année particulière
Nicolas Bedos
P3128. Autobiographie d'un menteur, *Graham Chapman*
P3129. L'Humour des femmes, *The New Yorker*
P3130. La Reine Alice, *Lydia Flem*
P3131. Vies cruelles, *Lorrie Moore*
P3132. La Fin de l'exil, *Henry Roth*
P3133. Requiem pour Harlem, *Henry Roth*
P3134. Les mots que j'aime, *Philippe Delerm*
P3135. Petit Inventaire des plaisirs belges, *Philippe Genion*
P3136. La faute d'orthographe est ma langue maternelle
Daniel Picouly
P3137. Tombé hors du temps, *David Grossman*
P3138. Petit oiseau du ciel, *Joyce Carol Oates*
P3139. Alcools *(illustrations de Ludovic Debeurme)*,
Guillaume Apollinaire
P3140. Pour une terre possible, *Jean Sénac*
P3141. Le Baiser de Judas, *Anna Grue*
P3142. L'Ange du matin, *Arni Thorarinsson*
P3143. Le Murmure de l'ogre, *Valentin Musso*
P3144. Disparitions, *Natsuo Kirino*
P3145. Le Pont des assassins, *Arturo Pérez-Reverte*
P3146. La Dactylographe de Mr James, *Michiel Heyns*
P3147. Télex de Cuba, *Rachel Kushner*
P3148. Promenades avec les hommes, *Ann Beattie*
P3149. Le Roi Lézard, *Dominique Sylvain*
P3150. Scènes de la vie quotidienne à l'Élysée, *Camille Pascal*
P3151. Je ne t'ai pas vu hier dans Babylone
António Lobo Antunes

P3152. Le Condottière, *Georges Perec*
P3153. La Circassienne, *Guillemette de Sairigné*
P3154. Au pays du cerf blanc, *Chen Zhongshi*
P3155. Juste pour le plaisir, *Mercedes Deambrosis*
P3156. Trop près du bord, *Pascal Garnier*
P3157. Seuls les morts ne rêvent pas.
La Trilogie du Minnesota, vol. 2, *Vidar Sundstøl*
P3158. Le Trouveur de feu, *Henri Gougaud*
P3159. Ce soir, après la guerre, *Viviane Forrester*
P3160. La semaine où Jérôme Kerviel a failli faire sauter le système financier mondial. Journal intime d'un banquier, *Hugues Le Bret*
P3161. La Faille souterraine. Et autres enquêtes *Henning Mankell*
P3162. Les deux premières enquêtes cultes de Wallander : Meurtriers sans visage & Les Chiens de Riga *Henning Mankell*
P3163. Brunetti et le mauvais augure, *Donna Leon*
P3164. La Cinquième Saison, *Mons Kallentoft*
P3165. Les Nouvelles Enquêtes du Juge Ti : Panique sur la Grande Muraille & Le Mystère du jardin chinois, *Frédéric Lenormand*
P3166. Rouge est le sang, *Sam Millar*
P3167. L'Énigme de Flatey, *Viktor Arnar Ingólfsson*
P3168. Goldstein, *Volker Kutscher*
P3169. Mémoire assassine, *Thomas H. Cook*
P3170. Le Collier de la colombe, *Raja Alem*
P3171. Le Sang des maudits, *Leighton Gage*
P3172. La Maison des absents, *Tana French*
P3173. Le roi n'a pas sommeil, *Cécile Coulon*
P3174. Rentrez chez vous Bogner, *Heinrich Böll*
P3175. La Symphonie des spectres, *John Gardner*
P3176. À l'ombre du mont Nickel, *John Gardner*
P3177. Une femme aimée, *Andreï Makine*
P3178. La Nuit tombée, *Antoine Choplin*
P3179. Richard W., *Vincent Borel*
P3180. Moi, Clea Shine, *Carolyn D. Wall*
P3181. En ville, *Christian Oster*
P3182. Apprendre à prier à l'ère de la technique *Gonçalo M. Tavares*
P3183. Vies pøtentielles, *Camille de Toledo*
P3184. De l'amour. *Textes* tendrement *choisis par Elsa Delachair*
P3185. La Rencontre. *Textes* amoureusement *choisis par Elsa Delachair*

P3186. La Vie à deux. *Textes* passionnément *choisis par Elsa Delachair*
P3187. Le Chagrin d'amour. *Textes* rageusement *choisis par Elsa Delachair*
P3188. Le Meilleur des jours, *Yassaman Montazami*
P3189. L'Apiculture selon Samuel Beckett, *Martin Page*
P3190. L'Affaire Cahuzac. En bloc et en détail, *Fabrice Arfi*
P3191. Vous êtes riche sans le savoir *Philippe Colin-Olivier et Laurence Mouillefarine*
P3192. La Mort suspendue, *Joe Simpson*
P3193. Portrait de l'aventurier, *Roger Stéphane*
P3194. La Singulière Tristesse du gâteau au citron, *Aimee Bender*
P3195. La Piste mongole, *Christian Garcin*
P3196. Régime sec, *Dan Fante*
P3197. Bons baisers de la grosse barmaid. Poèmes d'extase et d'alcool, *Dan Fante*
P3198. Karoo, *Steve Tesich*
P3199. Une faiblesse de Carlotta Delmont, *Fanny Chiarello*
P3200. La Guerre des saints, *Michela Murgia*
P3201. DRH, le livre noir, *Jean-François Amadieu*
P3202. L'homme à quel prix ?, *Cardinal Roger Etchegaray*
P3203. Lumières de Pointe-Noire, *Alain Mabanckou*
P3204. Ciel mon moujik ! Et si vous parliez russe sans le savoir ? *Sylvain Tesson*
P3205. Les mots ont un sexe. Pourquoi « marmotte » n'est pas le féminin de « marmot », et autres curiosités de genre, *Marina Yaguello*
P3206. L'Intégrale des haïkus, *Bashō*
P3207. Le Droit de savoir, *Edwy Plenel*
P3208. Jungle Blues, *Roméo Langlois*
P3209. Exercice d'abandon, *Catherine Guillebaud*
P3210. Le Roman de Bergen. 1999 Le crépuscule – tome V *Gunnar Staalesen*
P3211. Le Roman de Bergen. 1999 Le crépuscule – tome VI *Gunnar Staalesen*
P3212. Amie de ma jeunesse, *Alice Munro*
P3213. Le Roman du mariage, *Jeffrey Eugenides*
P3214. Les baleines se baignent nues, *Eric Gethers*
P3215. Shakespeare n'a jamais fait ça, *Charles Bukowski*
P3216. Ces femmes qui ont réveillé la France *Valérie Bochenek, Jean-Louis Debré*
P3217. Poèmes humains, *César Vallejo*
P3218. Mantra, *Rodrigo Fresán*
P3219. Guerre sale, *Dominique Sylvain*
P3220. Arab Jazz, *Karim Miske*

P3221. Du son sur les murs, *Frantz Delplanque*
P3222. 400 coups de ciseaux et autres histoires, *Thierry Jonquet*
P3223. Brèves de noir, *collectif*
P3224. Les Eaux tumultueuses, *Aharon Appelfeld*
P3225. Le Grand Chambard, *Mo Yan*
P3226. L'Envers du monde, *Thomas B. Reverdy*
P3227. Comment je me suis séparée de ma fille et de mon quasi-fils, *Lydia Flem*
P3228. Avant la fin du monde, *Boris Akounine*
P3229. Au fond de ton cœur, *Torsten Pettersson*
P3230. Je vais passer pour un vieux con. Et autres petites phrases qui en disent long, *Philippe Delerm*
P3231. Chienne de langue française ! Répertoire tendrement agacé des bizarreries du français, *Fabian Bouleau*
P3232. 24 jours, *Ruth Halimi et Émilie Frèche*
P3233. Aventures en Guyane. Journal d'un explorateur disparu *Raymond Maufrais*
P3234. Une belle saloperie, *Robert Littell*
P3235. Fin de course, *C.J. Box*
P3236. Corbeaux. La Trilogie du Minnesota, vol. 3 *Vidar Sundstøl*
P3237. Le Temps, le temps, *Martin Suter*
P3238. Nouvelles du New Yorker, *Ann Beattie*
P3239. L'Embellie, *Audur Ava Ólafsdóttir*
P3240. Boy, *Takeshi Kitano*
P3241. L'Enfance des criminels, *Agnès Grossmann*
P3242. Police scientifique : la révolution. Les vrais experts parlent, *Jacques Pradel*
P3243. Femmes serials killers. Pourquoi les femmes tuent ?, *Peter Vronsky*
P3244. L'Histoire interdite. Révélations sur l'Histoire de France, *Franck Ferrand*
P3245. De l'art de mal s'habiller sans le savoir *(illustrations de Bob London)*, *Marc Beaugé*
P3246. Un homme loyal, *Glenn Taylor*
P3247. Rouge de Paris, *Jean-Paul Desprat*
P3248. Parmi les disparus, *Dan Chaon*
P3249. Le Mystérieux Mr Kidder, *Joyce Carol Oates*
P3250. Poèmes de poilus. Anthologie de poèmes français, anglais, allemands, italiens, russes (1914-1918)
P3251. Étranges Rivages, *Arnaldur Indridason*
P3252. La Grâce des brigands, *Véronique Ovaldé*
P3253. Un passé en noir et blanc, *Michiel Heyns*
P3254. Anagrammes, *Lorrie Moore*
P3255. Les Joueurs, *Stewart O'Nan*

P3256. Embrouille en Provence, *Peter Mayle*
P3257. Parce que tu me plais, *Fabien Prade*
P3258. L'Impossible Miss Ella, *Toni Jordan*
P3259. La Politique du tumulte, *François Médéline*
P3260. La Douceur de la vie, *Paulus Hochgatterer*
P3261. Niceville, *Carsten Stroud*
P3262. Les Jours de l'arc-en-ciel, *Antonio Skarmeta*
P3263. Chronic City, *Jonathan Lethem*
P3264. À moi seul bien des personnages, *John Irving*
P3265. Galaxie foot. Dictionnaire rock, historique et politique du football, *Hubert Artus*
P3266. Patients, *Grand Corps Malade*
P3267. Les Tricheurs, *Jonathan Kellerman*
P3268. Dernier refrain à Ispahan, *Naïri Nahapétian*
P3269. Jamais vue, *Alafair Burke*
P3270. Homeland. La traque, *Andrew Kaplan*
P3271. Les Mots croisés du journal *Le Monde*. 80 grilles *Philippe Dupuis*
P3272. Comment j'ai appris à lire, *Agnès Desarthe*
P3273. La Grande Embrouille, *Eduardo Mendoza*
P3274. Sauf miracle, bien sûr, *Thierry Bizot*
P3275. L'Excellence de nos aînés, *Ivy Compton-Burnett*
P3276. Le Docteur Thorne, *Anthony Trollope*
P3277. Le Colonel des Zouaves, *Olivier Cadiot*
P3278. Un privé à Tanger, *Emmanuel Hocquard*
P3279. Kind of blue, *Miles Corwin*
P3280. La fille qui avait de la neige dans les cheveux *Ninni Schulman*
P3281. L'Archipel du Goulag, *Alexandre Soljénitsyne*
P3282. Moi, Giuseppina Verdi, *Karine Micard*
P3283. Les oies sauvages meurent à Mexico, *Patrick Mahé*
P3284. Le Pont invisible, *Julie Orringer*
P3285. Brèves de copies de bac
P3286. Trop de bonheur, *Alice Munro*
P3287. La Parade des anges, *Jennifer Egan*
P3288. Et mes secrets aussi, *Line Renaud*
P3289. La Lettre perdue, *Martin Hirsch*
P3290. Mes vies d'aventures. L'homme de la mer Rouge *Henry de Monfreid*
P3291. Cruelle est la terre des frontières. Rencontre insolite en Extrême-Orient, *Michel Jan*
P3292. Madame George, *Noëlle Châtelet*
P3293. Contrecoup, *Rachel Cusk*
P3294. L'Homme de Verdigi, *Patrice Franceschi*
P3295. Sept pépins de grenade, *Jane Bradley*

P3296. À qui se fier ?, *Peter Spiegelman*
P3297. Dernière conversation avec Lola Faye, *Thomas H. Cook*
P3298. Écoute-moi, Amirbar, *Àlvaro Mutis*
P3299. Fin de cycle. Autopsie d'un système corrompu
Pierre Ballester
P3300. Canada, *Richard Ford*
P3301. Sulak, *Philippe Jaenada*
P3302. Le Garçon incassable, *Florence Seyvos*
P3303. Une enfance de Jésus, *J.M. Coetzee*
P3304. Berceuse, *Chuck Palahniuk*
P3305. L'Homme des hautes solitudes, *James Salter*
P3307. Le Pacte des vierges, *Vanessa Schneider*
P3308. Le Livre de Jonas, *Dan Chaon*
P3309. Guillaume et Nathalie, *Yanick Lahens*
P3310. Bacchus et moi, *Jay McInerney*
P3311. Plus haut que mes rêves, *Nicolas Hulot*
P3312. Cela devient cher d'être pauvre, *Martin Hirsch*
P3313. Sarkozy-Kadhafi. Histoire secrète d'une trahison
Catherine Graciet
P3314. Le monde comme il me parle, *Olivier de Kersauson*
P3315. Techno Bobo, *Dominique Sylvain*
P3316. Première station avant l'abattoir, *Romain Slocombe*
P3317. Bien mal acquis, *Yrsa Sigurdardottir*
P3318. J'ai voulu oublier ce jour, *Laura Lippman*
P3319. La Fin du vandalisme, *Tom Drury*
P3320. Des femmes disparaissent, *Christian Garcin*
P3321. La Lucarne, *José Saramago*
P3322. Chansons. L'intégrale 1 (1967-1980), *Lou Reed*
P3323. Chansons. L'intégrale 2 (1982-2000), *Lou Reed*
P3324. Le Dictionnaire de Lemprière, *Lawrence Norfolk*
P3325. Le Divan de Staline, *Jean-Daniel Baltassat*
P3326. La Confrérie des moines volants, *Metin Arditi*
P3327. L'Échange des princesses, *Chantal Thomas*
P3328. Le Dernier Arbre, *Tim Gautreaux*
P3329. Le Cœur par effraction, *James Meek*
P3330. Le Justicier d'Athènes, *Petros Markaris*
P3331. La Solitude du manager, *Manuel Vázquez Montalbán*
P3332. Scènes de la vie d'acteur, *Denis Podalydès*
P3333. La vérité sort souvent de la bouche des enfants
Geneviève de la Bretesche
P3334. Crazy Cock, *Henry Miller*
P3335. Soifs, *Marie-Claire Blais*
P3336. L'Œuvre de Dieu, la part du Diable, *John Irving*
P3337. Des voleurs comme nous, *Edward Anderson*
P3338. Nu dans le jardin d'Éden, *Harry Crews*

P3339. Une vérité si délicate, *John le Carré*
P3340. Le Corps humain, *Paolo Giordano*
P3341. Les Saisons de Louveplaine, *Cloé Korman*
P3342. Sept femmes, *Lydie Salvayre*
P3343. Les Remèdes du docteur Irabu, *Hideo Okuda*
P3344. Le Dernier Seigneur de Marsad, *Charif Majdalani*
P3345. Primo, *Maryline Desbiolles*
P3346. La plus belle histoire des femmes
Françoise Héritier, Michelle Perrot, Sylviane Agacinski, Nicole Bacharan
P3347. Le Bidule de Dieu. Une histoire du pénis
Tom Hickman
P3348. Le Grand Café des brèves de comptoir
Jean-Marie Gourio
P3349. 7 jours, *Deon Meyer*
P3350. Homme sans chien, *Håkan Nesser*
P3351. Dernier verre à Manhattan, *Don Winslow*
P3352. Mudwoman, *Joyce Carol Oates*
P3353. Panique, *Lydia Flem*
P3354. Mémoire de ma mémoire, *Gérard Chaliand*
P3355. Le Tango de la Vieille Garde, *Arturo Pérez-Reverte*
P3356. Blitz, et autres histoires, *Esther Kreitman*
P3357. Un paradis trompeur, *Henning Mankell*
P3358. Aventurier des glaces, *Nicolas Dubreuil*
P3359. Made in Germany. Le modèle allemand au-delà des mythes, *Guillaume Duval*
P3360. Taxi Driver, *Richard Elman*
P3361. Le Voyage de G. Mastorna, *Federico Fellini*
P3362. 5e avenue, 5 heures du matin, *Sam Wasson*
P3363. Manhattan Folk Story, *Dave Van Ronk, Elijah Wald*
P3364. Sorti de rien, *Irène Frain*
P3365. Idiopathie. Un roman d'amour, de narcissisme et de vaches en souffrance, *Sam Byers*
P3366. Le Bois du rossignol, *Stella Gibbons*
P3367. Les Femmes de ses fils, *Joanna Trollope*
P3368. Bruce, *Peter Ames Carlin*
P3369. Oxymore, mon amour ! Dictionnaire inattendu de la langue française, *Jean-Loup Chiflet*
P3371. Coquelicot, et autres mots que j'aime, *Anne Sylvestre*
P3372. Les Proverbes de nos grands-mères *(illustrations de Virginie Berthemet)*, *Daniel Lacotte*
P3373. La Tête ailleurs, *Nicolas Bedos*
P3374. Mon parrain de Brooklyn, *Hesh Kestin*
P3375. Le Livre rouge de Jack l'éventreur, *Stéphane Bourgoin*
P3376. Disparition d'une femme. L'affaire Viguier
Stéphane Durand-Souffland

P3377. Affaire Dils-Heaulme. La contre-enquête
Emmanuel Charlot, avec Vincent Rothenburger
P3378. Faire la paix avec soi. 365 méditations quotidiennes
Etty Hillesum
P3379. L'amour sauvera le monde, *Michael Lonsdale*
P3380. Le Jardinier de Tibhirine
Jean-Marie Lassausse, avec Christophe Henning
P3381. Petite philosophie des mandalas. Méditation
sur la beauté du monde, *Fabrice Midal*
P3382. Le bonheur est en vous, *Marcelle Auclair*
P3383. Divine Blessure. Faut-il guérir de tout?
Jacqueline Kelen
P3384. La Persécution. Un anthologie (1954-1970)
Pier Paolo Pasolini
P3385. Dans le sillage du météore désinvolte.
Lettres de guerre (1914-1919), *Jacques Vaché*
P3386. Les Immortelles, *Makenzy Orcel*
P3387. La Cravate, *Milena Michiko Flašar*
P3388. Le Livre du roi, *Arnaldur Indridason*
P3389. Piégés dans le Yellowstone, *C.J. Box*
P3390. On the Brinks, *Sam Millar*
P3391. Qu'est-ce que vous voulez voir?, *Raymond Carver*
P3392. La Confiture d'abricots. Et autres récits
Alexandre Soljénitsyne
P3393. La Condition numérique
Bruno Patino, Jean-François Fogel
P3394. Le Sourire de Mandela, *John Carlin*
P3395. Au pied du mur, *Elisabeth Sanxay Holding*
P3396. Nous cheminons entourés de fantômes aux fronts troués
Jean-François Vilar
P3397. Fun Home, *Alison Bechdel*
P3398. L'homme qui aimait les chiens, *Leonardo Padura*
P3399. Deux veuves pour un testament, *Donna Leon*
P4000. Sans faille, *Valentin Musso*
P4001. Dexter fait son cinéma, *Jeff Lindsay*
P4002. Incision, *Marc Raabe*
P4003. Mon ami Dahmer, *Derf Backderf*
P4004. Terminus Belz, *Emmanuel Grand*
P4005. Les Anges aquatiques, *Mons Kallentoft*
P4006. Strad, *Dominique Sylvain*
P4007. Les Chiens de Belfast, *Sam Millar*
P4008. Marée d'équinoxe, *Cilla et Rolf Börjlind*
P4009. L'Étrange Destin de Katherine Carr, *Thomas H. Cook*
P4010. Les Secrets de Bent Road, *Lori Roy*
P4011. Journal d'une fille de Harlem, *Julius Horwitz*

P4012. Pietra viva, *Léonor de Récondo*
P4013. L'Égaré de Lisbonne, *Bruno d'Halluin*
P4014. Le Héron de Guernica, *Antoine Choplin*
P4015. Les Vies parallèles de Greta Wells, *Andrew Sean Greer*
P4016. Tant que battra mon cœur, *Charles Aznavour*
P4017. J'ai osé Dieu, *Michel Delpech*
P4018. La Ballade de Rikers Island, *Régis Jauffret*
P4019. Le Pays du lieutenant Schreiber, *Andreï Makine*
P4020. Infidèles, *Abdellah Taïa*
P4021. Les Fidélités, *Diane Brasseur*
P4022. Le Défilé des vanités, *Cécile Sepulchre*
P4023. Tomates, *Nathalie Quintane*
P4024. Songes de Mevlido, *Antoine Volodine*
P4025. Une terre d'ombre, *Ron Rash*
P4026. Bison, *Patrick Grainville*
P4027. Dire non, *Edwy Plenel*
P4028. Le Jardin de l'aveugle, *Nadeem Aslam*
P4029. Chers voisins, *John Lanchester*
P4030. Le Piéton de Hollywood, *Will Self*
P4031. Dictionnaire d'anti-citations. Pour vivre très con et très heureux, *Franz-Olivier Giesbert*
P4032. 99 Mots et Expressions à foutre à la poubelle *Jean-Loup Chiflet*
P4033. Jésus, un regard d'amour, *Guy Gilbert*
P4034. Anna et mister God, *Fynn*
P4035. Le Point de rupture, *Marie Lise Labonté*
P4036. La Maison des feuilles, *Mark Z. Danielewski*
P4038. Le Mal napoléonien, *Lionel Jospin*
P4039. Trois vies de saints, *Eduardo Mendoza*
P4040. Le Bruit de tes pas, *Valentina D'Urbano*
P4041. Clipperton. L'atoll du bout du monde *Jean-Louis Étienne*
P4042. Banquise, *Paul-Émile Victor*
P4043. La Lettre à Helga, *Bergsveinn Birgisson*
P4044. La Passion, *Jeanette Winterson*
P4045. L'Eau à la bouche, *José Manuel Fajardo*
P4046. Première Personne du singulier, *Patrice Franceschi*
P4047. Ma mauvaise réputation, *Mourad Boudjellal*
P4048. La Clandestine du voyage de Bougainville *Michèle Kahn*
P4049. L'Italienne, *Adriana Trigiani*
P4050. L'Inconnue du bar, *Jonathan Kellerman*
P4051. Une disparition inquiétante, *Dror Mishani*
P4052. M. Pénombre, libraire ouvert jour et nuit, *Robin Sloan*
P4053. Harmonium, *Wallace Stevens*

P4054. Belém *suivi de* Moscow, *Edyr Augusto*
P4055. Solo. Une nouvelle aventure de James Bond
William Boyd
P4056. Le cintre était sur la banquette arrière, *Alain Rémond*
P4057. The Kid, *Sapphire*
P4058. Brigitte Bardot. La femme la plus belle
et la plus scandaleuse au monde, *Yves Bigot*
P4059. Al-Qaïda en France, *Samuel Laurent*
P4060. Dans le Pavillon rouge, *Pauline Chen*
P4061. La Petite Copiste de Diderot, *Danielle Digne*
P4062. L'Effrayant Docteur Petiot. Fou ou coupable ?
Claude Quétel
P4063. Le Couteau jaune. L'affaire Dany Leprince
Franck Johannès
P4064. Thèse sur un homicide, *Diego Paszkowski*
P4065. Thé vert et arsenic, *Frédéric Lenormand*
P4066. Étouffements, *Joyce Carol Oates*
P4067. Rien dans les poches, *Dan Fante*
P4068. Pain, éducation, liberté, *Petros Markaris*
P4069. No Bank, *Hugues Le Bret*
P4070. Elle marchait sur un fil, *Philippe Delerm*
P4071. Maudite Éducation, *Gary Victor*
P4072. L'Autre, *Sylvie Le Bihan*
P4073. Fille de Burger, *Nadine Gordimer*
P4074. Une vie de passions formidables, *Luis Sepúlveda*
P4075. Le Mystère Goldman. Portrait d'un homme très discret
Éric Le Bourhis
P4076. Eux, *Claire Castillon*
P4077. La Plus Belle Histoire de la philosophie
Luc Ferry et Claude Capelier
P4078. Les Apparitions, *Florence Seyvos*
P4079. Entre les jours, *Andrew Porter*
P4080. L'Humour au féminin en 700 citations
Macha Méril et Christian Moncelet
P4081. L'assassin court toujours. Et autres expressions
insoutenables, *Frédéric Pommier*
P4082. Devance tous les adieux, *Ivy Edelstein*
P4083. Contre vents et marées, *Denis Ledogar*
P4084. Cœur pur. Journal zen et lettres
de Maura « Soshin » O'Halloran, *Maura O' Halloran*
P4085. Dans l'abîme du temps, *Howard Phillips Lovecraft*
P4086. L'Appel de Cthulhu, *Howard Phillips Lovecraft*
P4087. La Couleur tombée du ciel *suivi de* La Chose sur le seuil
Howard Phillips Lovecraft
P4088. Meurtre à Tombouctou, *Moussa Konaté*

P4089. L'Empreinte massaï, *Richard Crompton*
P4090. Pianotrip. Tribulations d'un piano à travers l'Europe
Lou Nils et Christophe Clavet
P4091. Don Fernando. Le seigneur de l'Amazone
Fernand Fournier-Aubry
P4092. En finir avec Eddy Bellegueule, *Édouard Louis*
P4093. Le Duel, *Arnaldur Indridason*
P4094. Demain à Santa Cecilia, *María Dueñas*
P4095. La Joie, *Mo Yan*
P4096. Les Convalescentes, *Michèle Gazier*
P4097. La Lettre oubliée, *Nina George*
P4098. Ce qui n'est pas écrit, *Rafael Reig*
P4099. L'Enfance des dictateurs, *Véronique Chalmet*
P4100. Hexagone. Sur les routes de l'histoire de France
Lorànt Deutsch
P4101. Dark Horse, *Craig Johnson*
P4102. Dragon bleu, tigre blanc, *Qiu Xiaolong*
P4103. Le Dernier Message de Sandrine Madison
Thomas H. Cook
P4104. L'Empereur aux mille conquêtes, *Javier Moro*
P4105. Mélancolique anonyme, *Soprano*
P4106. Les Mots croisés du journal *Le Monde* n° 2. 80 grilles
Philippe Dupuis
P4107. Une imposture, *Juan Manuel de Prada*
P4108. Ce qui est arrivé aux Kempinski, *Agnès Desarthe*
P4109. Les Rouges, *Pascale Fautrier*
P4110. Le Témoin invisible, *Carmen Posadas*
P4111. Qu'il est bon d'être mauvais, *L'Odieux Connard*
P4112. Désirable, *Yann Queffélec*
P4113. Allmen et les dahlias, *Martin Suter*
P4114. Le garçon qui ne pleurait plus, *Ninni Schulman*
P4115. Trottoirs du crépuscule, *Karen Campbell*
P4116. Retour à Niceville, *Carsten Stroud*
P4117. Dawa, *Julien Suaudeau*
P4118. Sept années de bonheur, *Etgar Keret*
P4119. L'Invité du soir, *Fiona McFarlane*
P4120. 1001 secrets de grands-mères, *Sylvie Dumon-Josset*
P4121. Une journée, une vie. Fragments de sagesse
dans un monde fou, *Marc de Smedt*
P4122. Tout ce qui compte en cet instant. Journal
de mon jardin zen, *Joshin Luce Bachoux*
P4123. Guide spirituel des lieux de retraite dans toutes
les traditions, *Anne Ducrocq*
P4124. Une histoire personnelle de la Ve République
Alain Duhamel

P4125. Ce pays qu'on abat, *Natacha Polony*
P4126. Le Livre des secrets, *Fiona Kidman*
P4127. Vent froid, *C.J. Box*
P4128. Jeu d'ombres, *Ivan Zinberg*
P4129. Petits moments de bonheur volés, *Francesco Piccolo*
P4130. La Reine, le Moine et le Glouton, *Shafique Keshavjee*
P4131. Crime, *Irvine Welsh*
P4132. À la recherche de mon fils. Toute une vie sur les traces d'un explorateur disparu, *Edgar Maufrais*
P4133. Un long printemps d'exil. De Petrograd à Saigon. 1917-1946, *Olga Ilyina-Laylle, Michel Jan*
P4134. Le Printemps des enfants perdus, *Béatrice Égémar*
P4135. Les Enfants du duc, *Anthony Trollope*
P4136. Portrait d'une femme sous influence, *Louise Doughty*
P4137. Le Pyromane adolescent *suivi du* Sang visible du vitrier *James Noël*
P4138. Lamb, *Bonnie Nadzam*
P4139. Le Coq rouge, *Miodrag Bulatovic*
P4140. Terminus radieux, *Antoine Volodine*
P4141. Le Rire du grand blessé, *Cécile Coulon*
P4142. Retour à Little Wing, *Nickolas Butler*
P4143. Pas pleurer, *Lydie Salvayre*
P4144. Bain de lune, *Yanick Lahens*
P4145. Dans les yeux des autres, *Geneviève Brisac*
P4146. Viva, *Patrick Deville*
P4147. Fonds perdus, *Thomas Pynchon*
P4148. Incident voyageurs, *Dalibor Frioux*
P4149. L'Évangélisation des profondeurs, *Simone Pacot*
P4150. Apprivoiser son ombre. Le côté mal aimé de soi *Jean Monbourquette*
P4151. La Pratique du bonheur, *Marcelle Auclair*
P4152. 101 conseils pour ne pas atterrir aux urgences *Gérald Kierzek*
P4153. L'État islamique, *Samuel Laurent*
P4154. Le Diable au creux de la main, *Pascal Manoukian*
P4155. Les Indomptées, *Nathalie Bauer*
P4156. Nos disparus, *Tim Gautreaux*
P4157. Sarah Thornhill, *Kate Grenville*
P4158. Ne meurs pas sans moi, *Suzanne Stock*
P4159. Une main encombrante, *Henning Mankell*
P4160. Un été avec Kim Novak, *Håkan Nesser*
P4161. Le Sourire de l'ange, *Émilie Frèche*
P4162. Cher époux, *Joyce Carol Oates*
P4163. Minus, lapsus et mordicus. Nous parlons tous latin sans le savoir, *Henriette Walter*

P4164. Brèves de bulletins scolaires
P4165. Et rien d'autre, *James Salter*
P4166. Cassada, *James Salter*
P4167. Un truc très beau qui contient tout, *Neal Cassady*
P4168. D'un monde à l'autre. Autisme, le combat d'une mère *Olivia Cattan*
P4169. Je n'ai plus peur, *Jean-Claude Guillebaud*
P4170. Poèmes épars, *Rainer Maria Rilke*
P4171. Le Détroit du Loup, *Olivier Truc*
P4172. Dandy, *Richard Krawiec*
P4173. Jacob, Jacob, *Valérie Zenatti*
P4174. La Vie amoureuse de Nathaniel P., *Adelle Waldman*
P4175. Suzon, *Louise Bachellerie*
P4176. La Maîtresse du commandant Castro, *Eduardo Manet*
P4177. Johnny : l'incroyable histoire, *Éric Le Bourhis*
P4178. Le Voleur de morphine, *Mario Cuenca Sandoval*
P4179. Les Réputations, *Juan Gabriel Vásquez*
P4180. La Vie volée de Jun Do, *Adam Johnson*
P4181. Rien que la vie, *Alice Munro*
P4182. Tout est en vous. Paroles d'Amma *Mata Amritanandamayi*
P4183. Quatre actes de présence. Vivre ici et maintenant *Sylvie Germain*
P4184. Petit manuel climatique pour ceux qui ne veulent pas finir grillés comme des sardines, *Philippe J. Dubois*
P4185. Mystères polaires, *Nicolas Dubreuil, Ismaël Khelifa*
P4186. Romans, *Katherine Pancol*
P4187. En France. Chroniques, *Florence Aubenas*
P4188. L'Ombre des chats, *Arni Thorarinsson*
P4189. Le Gâteau mexicain, *Antonin Varenne*
P4190. Passent les heures, *Justin Gakuto Go*
P4191. Le Météorologue, *Olivier Rolin*
P4192. Manuel d'écriture et de survie, *Martin Page*
P4193. À la recherche de Livingstone *Henry Morton Stanley*
P4194. Eiger, la dernière course, *Joe Simpson*
P4195. Mes contes de Perrault, *Tahar Ben Jelloun*
P4196. Le Soleil, *Jean-Hubert Gailliot*
P4197. La Maison Zeidawi, *Olga Lossky*
P4198. L'Imposteur, *Olivier Truc*
P4199. Cent récitations d'hier pour aujourd'hui
P4200. Sky my boss ! Guide insolite de l'anglais des affaires, *Jean-Loup Chiflet*
P4201. La Patience du franc-tireur, *Arturo Pérez-Reverte*
P4202. Derniers Instants, *Steve Mosby*

P4203. Le Festin de John Saturnal, *Lawrence Norfolk*
P4204. Aimons-nous les uns les autres, *Catherine Clément*
P4205. Crimes de femmes. 25 histoires vraies
Anne-Sophie Martin, Brigitte Vital-Durand
P4206. Les Deux Affaires Grégory, *Étienne Sesmat*
P4207. Dans la tête des tueurs. Portrait de profilers
Véronique Chalmet
P4208. Soigner autrement. Ces mains qui guérissent
Jean-Paul Moureau
P4209. Mankell par Mankell, *Kristen Jacobsen*
P4210. La Lionne blanche & L'homme qui souriait
Henning Mankell
P4211. Kobra, *Deon Meyer*
P4212. Point Dume, *Dan Fante*
P4213. La rage est mon énergie. Mémoires, *Johnny Rotten*
P4214. Comme si c'était moi, *Philippe Torreton*
P4215. Les Feux, *Raymond Carver*
P4216. La Main de Joseph Castorp, *João Ricardo Pedro*
P4217. Anthologie de poésie haïtienne contemporaine
(sous la direction de James Noël)
P4218. Les Étourneaux, *Fanny Salmeron*
P4219. Désaccords mineurs, *Joanna Trollope*
P4220. No Hero, *Mark Owen, Kevin Maurer*
P4221. L'Appel du mal, *Lisa Unger*
P4222. La Conjuration florentine, *Gérard Delteil*
P4223. Le Ciel pour mémoire, *Thomas B. Reverdy*
P4224. Les Nuits de Reykjavik, *Arnaldur Indridason*
P4225. L'Inconnu du Grand Canal, *Donna Leon*
P4226. Little Bird, *Craig Johnson*
P4227. Une si jolie petite fille. Les crimes de Mary Bell
Gitta Sereny
P4228. La Madone de Notre-Dame, *Alexis Ragougneau*
P4229. Midnight Alley, *Miles Corwin*
P4230. La Ville des morts, *Sara Gran*
P4231. Un Chinois ne ment jamais & Diplomatie en kimono
Frédéric Lenormand
P4232. Le Passager d'Istanbul, *Joseph Kanon*
P4233. Retour à Watersbridge, *James Scott*
P4234. Petits meurtres à l'étouffée, *Noël Balen et Vanessa Barrot*
P4235. La Vérité sur Anna Klein, *Thomas H. Cook*
P4236. Les Rêves de guerre, *François Médéline*
P4237. Lola à l'envers, *Monika Fagerholm*
P4238. Il est minuit, monsieur K, *Patrice Franceschi*
P4239. Un pays pour mourir, *Abdellah Taïa*
P4240. Les Trophées & Poésies complètes
José-Maria de Heredia

P4241. Abattoir 5, *Kurt Vonnegut*
P4242. Westwood, *Stella Gibbons*
P4243. Hérétiques, *Leonardo Padura*
P4244. Antimanuel de littérature, *François Bégaudeau*
P4245. Les Petits Blancs. Un voyage dans la France d'en bas *Aymeric Patricot*
P4246. Qu'ont-ils fait de nos espoirs ? Faits et gestes de la présidence Hollande, *La rédaction de Mediapart, sous la direction d'Edwy Plenel*
P4247. Georges, si tu savais..., *Maryse Wolinski*
P4248. Métamorphoses, *François Vallejo*
P4249. Au bord du monde, *Brian Hart*
P4250. Grand Chasseur blanc, *Denis Parent*
P4251. Quand nous serons heureux, *Carole Fives*
P4252. Scipion, *Pablo Casacuberta*
P4253. Juliette dans son bain, *Metin Arditi*
P4254. Un yakuza chez le psy, *Hideo Okuda*
P4255. Bienvenue à Big Stone Gap, *Adriana Trigiani*
P4256. Le Brigand bien-aimé, *Eudora Welty*
P4257. La Coupe d'or, *Henry James*
P4258. Au commencement était le verbe... Ensuite vint l'orthographe !, *Bernard Fripiat*
P4259. Billets du Figaro. L'actualité au fil des mots *Étienne de Montéty*
P4260. L'Exception, *Audur Ava Olafsdóttir*
P4261. Menus Souvenirs, *José Saramago*
P4262. L'Ange rouge, *Nedim Gürsel*
P4263. Ce sera ma vie parfaite, *Camille de Villeneuve*
P4264. Le Clan du sorgho rouge, *Mo Yan*
P4265. Bernadette et Jacques, *Candice Nedelec*
P4266. Le rap est la musique préférée des Français *Laurent Bouneau, Fif Tobossi & Tonie Behar*
P4267. Il fait Dieu, *Didier Decoin*
P4268. De la mélancolie, *Romano Guardini*
P4269. L'Ancêtre en Solitude, *Simone et André Schwarz-Bart*
P4270. François parmi les loups, *Marco Politi*
P4271. Cataract City, *Craig Davidson*
P4272. Les coqs cubains chantent à minuit, *Tierno Monénembo*
P4273. L'Inspecteur Ali à Trinity College, *Driss Chraïbi*
P4274. Les Silences de la guerre, *Claire Fourier*
P4275. Louise, *Louise Bachellerie*
P4276. Sans domicile fixe, *Hubert Prolongeau*
P4277. Croquis de voyage, *Joseph Roth*
P4278. Aller voir ailleurs. Dans les pas d'un voyageur aveugle *Jean-Pierre Brouillaud*